KB114873

서산대사 — 빈 배에 달빛만 가득하고

서연비람은 조선 시대 왕궁 내, 강론의 자리였던 서연(書筵)에서 강관(講官)이 왕세자에게 가르치던 경전의 요지를 수집하여 기록한 책(비람備覽)을 말합니다. 서연비람 출판사는 민주주의 국가의 주인인 시민들 역시 지속 가능한 과거와 현재, 미래의 이치를 깨우치고 체현해야 한다는 믿음으로 엄선한 도서를 발간합니다.

역사와 문학 비람북스 인물 시리즈

서산대사—빈 배에 달빛만 가득하고

초판 1쇄 2022년 11월 15일
지은이 강태근
편집주간 김종성
편집장 이상기
펴낸이 윤진성
펴낸곳 서연비람
등록 2016년 6월 29일 제 2016-000147호
주소 서울특별시 강남구 언주로30길 57, 제이동 6층 606호
전자주소 birambooks@daum.net

ⓒ 강태근 2022, Printed in Korea.

ISBN 979-11-89171-43-8
ISBN 979-11-89171-26-1 (세트)

값 9,800원

역사와 문학

비람북스 인물시리즈

서산대사

빈 배에 달빛만 가득하고

강태근 장편소설

서연비람

차례

머리말

소설 『서산대사』는 임진왜란을 당해 핍박을 받으면서도 나라를 구하는 데 앞장선 승군들의 활약상이 이야기의 큰 줄기를 이룬다. 조선시대에서 중은 제도상 천인의 신분이었다. 삼국시대로부터 고려 말에 이르기까지 국가에서 높이 받들었던 불교는 조선시대에 와서 유교를 받들면서 천하게 취급하였다. 절의 수를 줄이고, 절 소유의 토지를 빼앗고, 중의 수를 줄이고, 심지어는 중들로 하여금 한양에 발을 못 들여놓게까지 하였다. 조선 중기의 왕조실록을 보면, 유생들이 절로 올라가 법당에 모셔 놓은 불상을 훼손하고 절을 불태우는가 하면, 불교를 탄압하면서 중들을 원수 보듯 하였다는 사실을 확인할 수 있다.

서산대사는 이런 상황에서도, 임진왜란 당시 73세의 나이에도 불구하고, 나라를 구하는 일에 앞장선다. 불교의 정신은 '불살생'인데도 서산대사는 나쁜 일을 금하는 계율인 금계를 어기고 "나라를 사랑하고 사직을 근심함에 산속의 중이라고 다를 바 있느냐. 지금 우리 조국은 피를 흘리며 통곡하고 있다! 어찌 자비만을 내세워 바라보고 참을 수 있겠는가! 저 왜적 아수라들을 물리치지 않는다면 범종은 누구를 위해 울릴 것이며, 부처가 앉을 연화대가 남아나기나 하겠는가!"라고 외치며 칼을 들고 조국과 백성들을 위해 떨쳐 일어난다.

서산대사의 호소에 따라 산문에는 구국의 깃발이 나부끼게 된다. 제자 처영은 지리산에서 일어나 권율의 휘하에 들었으며, 사명은 금강산에서 1천여 명의 승군을 이끌고 평양으로 진군하였다. 영규는 충청도에서 승군을 조직하여 청주성을 탈환하고 의병들과 금산 전투에 참여하여 장렬하게 육신을 조국에 바쳤다. 서산 또한 순안 법흥사로 1,500여 명의 승군을 집결시킨 뒤 명군의 군사와 합세하여 평양을 탈환하는 전과를 올렸다.

불교를 배척하고 유교를 숭상한 당시의 시대 상황 때문에서인지, 참고할 만한 서산대사에 대한 자료가 많지 않았다. 서산대사는 조선 불교사의 중심에 우뚝 선 승려임에도 서산대사가 직접 저술한 『선가귀감』, 『청허당집』말고는 학술지, 논문집, 종교 관련 잡지들을 두루 찾아보았지만 극히 단편적인 논의일 뿐, 소설을 심회(心懷)하는 데 크게 도움이 되지 못했다.

이 소설을 쓰려고 자료를 수집하고 구상하는 동안 왜장

고니시 유키나가에게 특별히 관심을 가지게 되었다. 고니시 유키나가는 독실한 기독교인으로 도요토미 히데요시의 조선 침탈을 막으려고 했고, 침탈 후에도 히데요시를 속이면서까지 강화를 성사시켜 전쟁을 종식시키려고 하였다. 그는 가토 기요마사와 종교적인 문제로도 골 깊은 갈등 관계였다. 그는 도쿠가와 이에야스와의 '세키가하라' 전투에서 패한 후, 자결을 금지하는 크리스천의 교리에 따라 할복을 거부하고, 오스트리아의 왕비 마르가리타로부터 선물로 받은 예수와 성모 마리아의 이콘(예배용 화상)을 세 번 머리에 댄 뒤에 참수되었다.

욕심이 생겼다. 서산과 왜승 겐소(겐소), 이순신과 고니시 유키나가가 대칭을 이루면서 전개되는 서사를 통해, 국가는 무엇이며, 인간이 추구해야 할 진정한 삶의 정체성이 무엇인가를 탐색하는 본격 소설로 써보자는 욕심이었다. 서사의 과정을 통해서, 현재 경색된 한·일 관계를 어떻게 풀어야 할 것인지, 코로나 19의 위기 상황에서 인류는 무엇을 자성하고 새로운 삶의 가치관을 정립해야 할 것인가를 화두로 던지고 싶었다.

2022년 8월
강태근

1. 아아, 평양성마저!

"아니 되옵니다! 평양성은 지켜야 하옵니다!"

좌의정 윤두수의 음성이 더 애절해진다.

"그러하옵니다. 전하! 이 평양성마저 버리고 떠나면 왜군을 맞아 싸울 곳이 없습니다."

영의정 류성룡도 재차 간곡하게 충언한다.

"지금 이곳의 상황은 한양에 있을 때와 다릅니다. 한양에서는 군사와 백성들이 무너져서 도성을 지키고자 하여도 어찌할 수가 없었습니다. 하오나 이곳 평양성은 앞에 강물이 가로막고 있는 천연의 요새입니다. 또한 중국에서도 멀지 않으니 며칠만 힘을 다해 지키고 있으면 명나라 군대가 와서 반드시 구원해줄 것입니다. 만약 이곳을 버리고 떠난다면 의주에 이르기까지, 의지하여 싸울 만한 곳이 없습니다."

류성룡의 말이 끝나기 무섭게 인성 부원군[1] 정철이 분노

---

1 부원군(府院君): 조선 때, 왕비의 친아버지나 정일품 공신에게 주던 작호(爵號).

힌 목소리로 또 반대한다.

"왜군은 이미 평양성을 코앞에 두고 굶주린 맹수 떼처럼 사납게 몰려오고 있지 않습니까? 기세로 보아 언제 어느 때 평양 성벽을 타고 넘어올지 알 수 없는 일이 아닙니까! 더 늦기 전에 전하께서는 옥체를 보전하시어 후일을 도모하셔야 합니다! 평양성은 남은 신하들이 백성들과 함께 지킴이 지당한 줄로 아옵니다. 전하, 그리하시옵소서!"

선조 임금은 좌우로 엎드려 있는 신하들을 바라보기만 할 뿐 말이 없다. 무슨 말을 해야 할지 가슴이 답답하고 무겁기만 하다. 피난길에 지친 몸을 가누며 대청마루에 앉아 있자니 정신까지 흐려진다.

선조는 대동관 대청마루 한가운데에 땀을 흘리며 앉아 있다. 무더운 날씨다. 삼복더위가 시작되는 유월 초순. 한 달 동안이나 가뭄이 계속되고 무더운 날씨는 가마솥으로 찌는 듯하다. 한양 왕궁이 아닌 이 대동관에 용상2이 없는 것은 물론이나, 의자조차도 내놓지 않았다. 그저 마룻바닥에다 돗자리를 편 위에 얄팍한 방석 하나를 깔았을 뿐이다.

---

2 용상(龍床): 용평상의 준말. 임금이 나랏일을 할 때 앉던 의자.

왕이 입고 있는 옷도 곤룡포3가 아니다. 소탈한 선비의 행색이나 다를 바 없다. 왕의 위엄을 갖추었다고 할 만한 것은 아무것도 없다. 오직 그의 앞에 전보다 훨씬 수가 줄어든 신하들이 엎드려 있을 뿐이다.

선조가 도성을 버리고 한양을 떠난 4월 30일부터 평양에 이르기까지 피난길은 궁핍하고 절망적이었다. 선조는 신립의 정예군이 탄금대에서 패하자 서쪽으로 피난길에 올랐다. 선조의 몽진4길은 매우 비참했다. 비가 억수로 쏟아져 길은 진창이 되어 말과 수레가 제대로 나아갈 수 없는 지경이었다. 따르는 신하들도 많지 않아 끼니를 걱정할 정도였다. 임금을 모시고 오던 도승지 이항복이 직접 선조의 끼니를 구해온 적이 있는데, 구해온 밥이 하도 초라하여 민망함을 면치 못하였다고 자신의 문집에 기록하기도 했다.5

'일본군이 임진강을 건너선 지 벌써 열흘이나 되는 지금, 어찌해야 한단 말인가!'

---

3 곤룡포(袞龍袍): 임금이 입던 정복. 누런빛이나 붉은빛의 비단으로 지었으며, 가슴과 등과 어깨에 용의 무늬를 수놓았다.
4 몽진(蒙塵): 머리에 먼지를 쓴다는 뜻으로, 임금이 난리를 피하여 다른 곳으로 옮아감.
5 류성룡 『징비록(懲毖錄)』 참조.

선조는 깊은 한숨을 쉬며 영의정 류성룡의 말을 귀담아 듣지 않은 일들이 후회스럽다. 류성룡은 임진왜란이 일어나기 전에 왜적이 침략할 것을 미리 알고 십만의 군사를 양성하여 대비할 것을 주상하였다. 그러나 오랫동안 평화로운 시절이 계속되어 편안함에 익숙해진 백성들은 성을 쌓고 전쟁준비를 하는 일에 동원되는 것을 꺼려하고 원망하였다. 조정에서도 일본을 얕잡아보고 일본과 교류를 끊고 왕래하던 통신사도 오랫동안 보내지 않았다. 150년 동안 일본과 왕래가 없었다. 신숙주도 조정이 일본의 사정을 너무 모르는 것을 걱정하여 죽기 직전에 성종 임금에게 "부디 일본과 좋은 관계를 가지시라"는 말을 남기기까지 했다. 그나마 선조 23년(1590년)에 황윤길과 김성일 두 대신을 통신사로 보내어 일본의 사정을 알아보게 하였다. 그런데 두 사람이 돌아와서 보고하는 내용이 달랐다.

황윤길은 배가 부산에 도착하자 반드시 전쟁이 일어날 것이라고 일본의 정황을 급하게 보고하였다. 하지만 김성일의 보고는 달랐다.

"신은 그러한 정황을 보지 못하였습니다."

그러면서 또 덧붙여서 말했다.

"황윤길이 인심을 동요시키니 옳은 일이 아니옵니다."

이에 조정의 신하들은 황윤길을 지지하거나 김성일을 지지하며 의견이 나뉘었다. 상대 세력의 의견은 반대부터 했다. 전쟁이 나고서 피난길에 오르고서도 서로에게 책임을 물으며 자기 당파의 정권 장악에 몰입하였다. 선조는 당시의 심정을 시로 지었는데, 시구 중에 "오늘 이후에도 동인이니 서인이니 싸우겠는가!"라는 구절을 보면 선조가 얼마나 착잡했었나를 알 수 있다.

선조가 깊은 시름에 잠겨 있다가 무겁게 입을 연다.

"이미 평양성을 나가기로 한 일인데…."

조정의 신하들은 왜군이 곧 닥쳐온다는 소식을 듣고 거의 모두 성을 나가 피난할 것을 청하였다. 사헌부와 사간원, 홍문관에서도 날마다 궁궐 문 앞에 엎드려 이를 청했고, 특히 정철이 강하게 피난을 주장했다.

선조는 백성들에게 또 거짓말을 하게 되니 가슴이 저리다. 한양에서도 선조는 종친들과 백성들이 통곡하며 한양을 지킬 것을 애소하자6, "종묘와 사직이 여기 있는데 내가 어디로 가겠는가."라고 안심시키고, 야반도주하듯이 피난

---

6 애소하다: 슬프게 하소연하다.

길에 올랐다. 피치 못할 상황이었다. 한양성안에는 충주 탄금대 전투 이후 거의 싸울 만한 군사가 남아 있지 않았다. 선조는 신립을 삼도 순변사에 제수하고 나라 안팎의 모든 군사와 무기를 있는 대로 사용하게 하여, 한양성에는 싸울 만한 무기도 군사도 없었다. 궁여지책으로 성안의 백성들과 공노비, 사노비, 서리, 삼의사7의 관리를 뽑아 성가퀴8를 지키게 하였으나, 지켜야 할 성가퀴는 3만여 개인데 지킬 사람은 겨우 7,000여 명이었다. 모두 오합지졸인데다가 성벽을 넘어 달아날 생각만 하고 있었다. 임금의 호위 부대인 내금위, 우림위, 겸사복의 군사들은 패전하였다는 장수 이일의 장계가 도착하자, 모두 달아났고 경루9도 울리지 않았다.

"경들의 뜻이 이리도 달라서야……허어, 차암!"

선조가 헛기침으로 불편한 심기를 드러내자 정철이 힘주어 말한다.

---

7 삼의사(三醫司): 조선시대, 세 개의 의료 기관, 곧 왕실(王室)의 내의원(內醫院), 양반(兩班)의 전의감(典醫監), 평민(平民)의 혜민서(惠民署)를 통틀어 이르던 말.
8 성가퀴: 성 위에 낮게 쌓은 담. 몸을 숨겨 적을 감시하거나 공격하는 곳.
9 경루: 밤 동안의 시간을 알리는 물시계.

"함경도가 길이 험하니, 왜군을 피할만하다고 하지 않사옵니까. 그리하시옵소서."

류성룡이 강하게 반대한다.

"깊이 생각하시옵소서. 어가가 서쪽으로 온 것은 원래 명나라 군대에 힘입어 부흥을 도모하기 위함이었사옵니다. 하온데 명나라에 구원병을 요청하시고서 함경도로 깊이 들어가신다면 중간에 왜군이 가로막아 명나라와 소통할 길이 없어질 것이옵니다. 또한 왜군이 여러 도에 흩어져 나타나고 있는 지경인데 어찌 함경도라고 안심할 수 있겠사옵니까? 만약 불행하게도 그곳에 들어간 뒤에 왜군이 뒤따라 들어온다면, 북쪽에는 여진족이 버티고 있어서 피할 길이 없는데, 그때는 어찌하시겠사옵니까? 지금 조정의 신하 식솔들이 대부분 함경도로 피난을 가 있습니다. 이 때문에 저들은 자신들에게 이로운 점을 따져 모두 함경도로 가는 것이 좋다고 말하는 것이옵니다. 신에게도 늙으신 어머님이 계시는데 동쪽으로 피난을 가셨다고 합니다. 어디에 계시는지는 모르지만 분명 강원도와 함경도 사이로 들어가셨을 것입니다. 신 또한 개인적인 사정으로 말한다면 어찌 함경도로 가고 싶지 않겠사옵니까? 그러나 나라의 큰 계획은 신하의 일과 다르옵니다!"

류성룡이 목매어 흐느끼며 눈물을 흘린다. 선조가 측은하게 바라본다.

"모두가 다 나 때문이구나!"

류성룡이 물러난 뒤, 지사 한준이 북쪽으로 가야 한다고 몽진을 재촉한다.

"서둘러 떠나셔야 하옵니다, 전하!"

2. 누구의 나라인가

‘아, 임금도 마침내 평양을 떠나는구나!’

서산은 길가에 서서 지나가는 행차를 향해 합장한다. 행차는 초라하다. 왕의 행차라는 것을 금방 알아볼 수 있는 것은 아무것도 없다. 보통 갓에다 굵은 모시옷을 입은 선조는 붉은 술띠[1]만 아니면 한낱 초라한 선비의 행색이나 다를 바 없다. 호위하는 군사는커녕 길잡이 전배[2] 하나 세우지 않았다. 그러나 서산은 그가 선조 임금이라는 것을 바로 알아보았다. 그와 함께 3년 전의 일이 떠오른다.

선조 22년(1589년)에 벌어졌던 정여립의 모반사건이다. 정여립은 한때 벼슬을 하다가 무슨 불만이 있었던지 호

---

1 술띠: 두 끝에 술을 단 가느다란 띠.
2 전배(前陪): 벼슬아치의 행차 때 앞에서 인도하던 하인.

남의 자기 고향으로 돌아가서 대동계3를 조직하여 활동하다가 역적으로 몰리게 되었다. 이때 서인들이 반대파인 죄 없는 동인들을 모함해서 억울하게 귀양살이를 하거나 죽임을 당한 사람들이 많았다.

　서산도 이때 무업이라는 중의 무고4로 한양으로 잡혀갔다. 왕은 대궐에 차려진 국청5에서 반역 사건에 관련된 자들을 직접 문초하였다. 서산은 피에 젖은 형틀에 매어 전각 대청 한가운데 놓인 의자에 앉아 있는 선조를 올려다보았다. 정철도 그때 보았다. 정철은 왕과 함께 죄를 문초하는 신하 중 한 사람이었다.

　정철은 "네 듣거라!", "바로 아뢰어라!"라고 호령하며 서산에게 정여립과 언제부터 역적모의했느냐고 추궁했다. 서산이 그런 일이 없다고 하자 "그러면 이 시는 왜, 어떤 심보로 지었느냐?"고 시 한 수를 내놓았다. 서산이 젊었을 때

---

3 정여립은 호남 지역에 대동계(大同契)를 조직하여 무술 연마를 하며, 선조 20년 (1587년)에는 왜구를 소탕하기도 하였다. 그런데 대동계의 조직은 더욱 확대되어 황해도까지 진출했다. 하지만 이들의 동정이 주목받게 되고, 마침내 역모를 꾸미고 있다는 당시 황해도 관찰사의 고변이 임금에게 전해지자 조정은 파란을 일으켰다.

4 무고(誣告): 없는 일을 거짓으로 꾸며 고발하거나 고소함.

5 국청(鞫廳): 조선 때, 역적 등의 중죄인을 신문하기 위하여 임시로 설치했던 관아.

금강산 향로봉에 올라가 즉흥적으로 지은 시였다. 일찍부터 명성이 높았던 서산을 시기해온 중 무업이 역모에 참가했다는 증거로 제출한 「향로봉시」였다. 그 시의 '만국의 도성은 개미집 같고, 백으로 천으로 꼽는 호걸이라는 것들은 초파리 같다'는 구절에 서산의 반골6 정신이 드러나 있다는 거였다. 그러니까 그런 반골이 있는 자가 이번 역모에 가담하지 않았을 리가 없다는 것이다.

문초는 여러 날 계속되었다. 그동안 서산의 몸은 곤장을 맞아 많이 상하였다. 왕이 자리를 떠날 때면 정철이 느물거리는 태도로 제 목을 도려내는 흉내를 해보이며 죽이겠다고 위협을 가하기도 했다. 정철을 위시해서 서산의 죄를 문초하는 조정의 관료들은 서산을 죄의 혐의자로서만이 아니라, 인간 이하의 천인으로 대했다.

조선에서 중은 제도상 천인의 신분이었다. 삼국 시대로부터 고려 말에 이르기까지 국가에서 높이 받들었던 불교는 조선에 와서 유교를 받들면서 천하게 취급하였다. 절의 수를 줄이고, 절 소유의 토지를 빼앗고, 중의 수를 줄이고,

---

6 반골(反骨): 세상의 풍조나 권세, 권위 따위를 따르지 않고 저항하는 기골. 또는 그런 사람.

심지어는 중들로 하여금 한양에 발을 못 들여놓게까지 하였다. 그러니까 서산이 동냥중이라면 모를까, 불교계의 큰 어른일 뿐 아니라 그 덕망으로, 인품으로, 일반사람들에게까지 명성이 높다는 것이 관료들에게는 아니꼽고 괘씸한 일이 아닐 수 없었다.

서산은 피에 젖은 형틀에 매어 모진 고초를 당하면서도, 처음부터 끝까지 자세를 흐트리지 않은 채 진실만을 말했다. 그의 대답은 대개가 짧았다. 묻는 말에 그런 사실이 있으면 있다, 없으면 없다는 단 한마디로 답했다. 그러면서 자신이 시를 지은 금강산과 묘향산이 얼마나 아름다운 산인가를 말했다. 그중에서도 묘향산이 더욱 좋아서 그 이름을 따서 스스로 서산이라고 부른 사실도 담담하게 말했다. 그의 말은 결코 장황하지 않았다. 그러나 그 말을 듣는 사람들은 두 산의 모습이 눈앞에 그대로 펼쳐지는 듯하였고. 그의 진실이 가슴에 와닿았다. 서산의 이야기에 누구보다도 마음이 움직인 것은 이항복이었다.

역모라는 죄명을 쓰고 형틀에 매이기만 하면 누구나 낯빛이 흙빛이 되고 기가 꺾이는 것이 보통이다. 죄가 있건 없건 그 형틀에 올라앉았다가 살아 나간 사람이 별로 없기 때문이다. 그런데도 한낱 중인 서산의 담대하고 의연한 태도는 이항복뿐만 아니라, 왕을 비롯한 그를 바라보는 사람들을 감복시켰다. 이항복은 류성룡을 찾아가서 "산중에서 늙어온 중이 역모가 무슨 역모이며, 그의 몇십 년 전 시를 지금에다 끌어 붙이려는 것은 억지도 푼수가 있지 않느냐?"고 분개했다.

서산은 결국 무죄로 석방되었다. 선조는 서산의 인품에 감명받아 친히 묵죽(墨竹) 한 폭에 시 한 수를 지어 하사했다.

잎은 붓끝에서 나왔고
뿌리는 땅에서 난 것이 아니네
달빛 비쳐도 그림자 드리우지 않고
바람이 흔들어도 소리 아니 들리네

엽자호단출(葉自毫端出)
근비지면생(根非地面生)
월래난견영(月來難見影)
풍동미문성(風動未聞聲)

서산도 시로 화답했다

소상강 변의 우아한 대나무가
임금님 붓 끝에서 나와
산승의 향불 사르는 곳에서
잎마다 가을바람에 서걱거리네

소상일지죽(瀟湘一枝竹)
성주필두생(聖主筆頭生)
산승향설처(山僧香爇處)
엽엽대추성(葉葉帶秋聲)

'왕과 조정이 참말로 평양을 떠나는구나.'

서산은 수수밭 사이로 난 길을 따라 점점 멀어져가는 왕의 행차를 바라본다. 다시 한번 합장을 한다. 안녕을 빈다. 만일 왕이 서산을 알아보았다면 행차를 멈추고 그를 불렀을는지 모른다. 서산도 왕 앞에 나가 인사를 할 수도 있었다. 그러나 왕의 행차를 멈추게 하고 할 말은 없었다. 다만 멀리서나마 경의를 표하고 왕의 피난길에 어려움이 없기만을 바랄 뿐이다.

서산은 지금 묘향산 금선대 암자에서 내려오는 길이다. 왕과 조정이 평양을 떠난다는 소문에 백성들이 다시 동요하고 있다는 소식을 듣고서다. 절의 형편을 살피러 묘향산 암자에 며칠 머무르다가 급히 평양성으로 돌아오는 도중에 왕의 행차와 마주친 것이다.

'어떤 일이 있어도 평양성은 지켜야 한다. 어디까지 물러 나겠다는 것인가. 마지막에는 나라를 버리고 압록강을 건 너 명나라로 들어가겠다는 것인가.'

서산은 깊은 시름에 잠기면서 다시 지팡이를 짚고 걸음 을 옮겨 놓기 시작한다.

*

서산이 칠성문7을 지나 성안으로 들어가는데

"큰스님! 이제 내려오십니까?"

등 뒤에서 반갑게 부르는 소리가 들린다.

서산은 걸음을 멈추고 돌아선다. 시봉승8 대현이다.

"아침부터 여기서 기다리고 있었습니다. 묘향산 암자는 별일이 없나요?"

---

7 칠성문 : 평양직할시 중구역 경상동에 있는 옛 평양성의 북문
8 시봉승(侍奉僧): 주지나 고승(高僧)을 시종하는 제자 승려.

열다섯 살 나이보다 목소리가 우렁차다.

"괜찮다. 오다가 임금께서 떠나시는 행차와 마주쳤다. 백성들이 크게 동요는 하지 않느냐?"

"예. 지난번 백성들이 난동을 부릴 때 류성룡 대감과 스님께서 하신 말씀을 믿는 백성들은 성을 지키려고 하고 있습니다."

"으, 음! 다행이로구나⋯."

며칠 전 평양성 백성들이 임금이 평양을 떠난다는 풍문을 듣고 성을 빠져나가 성이 거의 텅 비게 되었다. 선조는 세자에게 명하여, 대동관 문에 나가 성의 부로9들을 모아 성을 굳게 지키겠다는 뜻을 밝혀 타이르라고 했다. 그러자 부로들이 동궁의 말만으로는 믿지 못하겠으니 선조의 약조를 직접 듣고 싶다고 했다.

다음 날 아침, 왕이 대동관 문에 나가 승지에게 명하여 성을 굳게 지키겠다는 뜻을 밝혔다. 이에 부로 수십 명이 절하고 엎드려 통곡하더니 명을 받고 물러났다. 그들은 저마다 성 밖으로 나가 산속으로 도망가 숨어 있던 사람들을

---

9 부로(父老): 동네에서 덕을 갖춘 남자 어른을 높여 부르는 말

불러 모아 다시 성으로 들어오게 했다.

그러나 왜군들이 대동강 강가에 모습을 보이자 신하 노직 등은 종묘사직의 위패10를 받들고 호위하면서 먼저 성을 나갔다. 그 모습을 본 평양성의 관리와 백성들이 난을 일으켰다. 칼을 들고 길을 가로막으며 공격하여 종묘사직의 위패가 땅에 떨어졌다. 백성들은 도망가는 신하들을 가리키며 큰 소리로 꾸짖었다.

"너희들은 평소에 나라에서 주는 녹봉11을 훔쳐 먹더니 지금은 이처럼 나라를 그르치고 백성을 속이느냐?"

"이미 성을 버리기로 하였으면서 왜 우리를 속여 다시 성으로 들어오게 하고는 왜군의 손에 죽게 만드느냐?"

이때 류성룡이 궁에서 나와 나이 많고 수염이 많은 부로를 불러 타이르며 말했다.

---

10 위패(位牌): 단(壇)·묘(廟)·원(院)·절 등에 모시는 신주(神主)의 이름을 적은 나무패. 목주(木主). 위판(位版).
11 녹봉(祿俸): 벼슬아치에게 일 년 또는 계절 단위로 나누어 주던 금품을 통틀어 이르는 말. 쌀, 보리, 명주, 베, 돈 따위이다.

"너희가 힘을 다해 성을 지키려고 하고 어가12가 성을 나가지 않기를 바라지 않으니 나라를 위하는 충심이 지극하구나. 다만 그런 마음으로 난을 일으켜 궁 안을 소란스럽게 만들었으니 일이 매우 놀랍고 걱정스럽다. 조정의 대신들이 방금 성을 굳게 지킬 것을 청하여 임금께서 이미 이를 허락하셨다. 그런데 너희들이 무슨 일로 이렇게까지 하는가? 그대의 행색을 보아하니 식견이 있는 사람인 듯하니, 사람들을 타일러서 물러가게 하라. 그렇지 않으면 너희들은 무거운 죄를 짓게 되어 용서받을 수 없을 것이다."

그러자 그 부로가 무기를 버리고 공손하게 말했다.

"소인들은 임금께서 성을 버리고자 한다는 소식을 듣고는 분한 마음을 이기지 못하고 난리를 일으켰습니다. 그런데 지금 하신 말씀을 들으니 소인이 비록 어리석기는 하지만 가슴이 확 트입니다."

그때 서산도 지켜보고 있다가 침착하게 사람들을 설득했다.

"이 나라는 누구의 나라입니까? 우리 백성들이 살아야

---

12 어가(御駕): 임금이 타던 수레. 대가(大駕).

하고 지켜야 할 나라가 아닙니까? 임금이 계시고 안 계시고 간에 우리가 이 나라를 지키지 않으면 누가 지킵니까? 왜적의 기세에 눌려 겁을 먹고 도망갈 궁리만 할 것이 아니라 뭉쳐야 합니다! 힘을 합해야 합니다!"

서산은 잠시 말을 멈추었다가 이어 나갔다.

"어느 깊은 산중에 산불이 났더랍니다. 깊은 산중에 불이 났으니 불을 끌 사람이 있었겠습니까? 거센 바람에 불길은 번질 대로 번지는데 그 숲속에서 살던 짐승들은 불을 피해 달아날 수밖에 더 있었겠습니까? 그런데 그중의 작은 산새 새끼 한 마리가 멀리 있는 산 개울로 가서 날개와 꼬리에 물을 적셔 가지고 날아와서는 불타는 숲에 뿌리고 또 날아가서 물을 묻혀다가 뿌리곤 하더랍니다. 어미 새가 그것을 보고 '너 같이 어린 것이 가당치도 않은 헛수고를 하느냐'고 하니까 새끼 새가 '설사 끄지 못할지는 모르나, 이 산은 우리가 이때까지 여기서 먹고 여기서 깃들어 자면서 살아온 산인데 불타는 것을 보고 어떻게 가만히 보고만 있을 수 있습니까' 했답니다. 그 말을 들은 어미 새도 제 어린 새끼와 함께 물을 묻혀다 뿌리고, 다른 새들도 그렇게 했다고 합니다. 그러다가 어린 새들은 날개의 힘이 다해서 불 속에 떨어져 타 죽기도 했답니다. 그 새들은 끝내 산불을 끄지는 못했을 것입니다. 그러나….”

　서산은 말을 멈추고 비장한 표정으로 사람들을 둘러보았다.

　“지금 왜적의 침략으로 불타고 있는 이 나라는 수인이 없는 빈 산이 아닙니다! 그리고 이 나라는 임금만의 나라도 아니고, 벼슬아치나 관군의 나라도 아니고, 우리 모두의 나라입니다!”

　서산은 그때 자신이 한 말을 생각하며 제자 대현을 지긋이 바라본다. 열다섯 살. 나이에 비해 키도 크고 늠름하다. 무술로 단련된 몸이 빈틈이 없어 보인다. 서산은 왜란이 일어날 것을 미리 알고 제자들에게 무술을 가르쳤다.

　“왜적들은 어디까지 몰려왔느냐?”

　“왜군이 대동강에 다다른 지 사흘이 되었습니다.”

　“어떻게 하고 있느냐?”

　“적들은 몰려오자 먼저 말들을 벌판의 밭으로 몰아넣어 채 여물지도 않은 곡식을 뜯어 먹게 했습니다. 장림벌 나무들을 찍어다 세워 솥 가마를 매달아 놓고는 근처의 집들을 헐어다가 불을 때서 밥을 해 먹고 쉬고 있습니다. 그러면서 화의를 요청했습니다.”

　“화의라니? 어떻게? 어떤 내용으로?”

"일본은 조선의 길을 빌려 중국에 조공하려고 하였는데 조선에서 허락하지 않아 일이 이 지경에 이르렀으니, 지금이라도 길을 빌려주면 아무런 일도 일어나지 않을 것이라는 내용이었습니다. 이덕형 대감이 강 위에서 적장 야나가와 시게노부, 일본 중 겐소를 만났습니다. 이덕형 대감이 일본이 약속을 저버린 것을 꾸짖고, 동래부사 송상현 대감이 이미 대답하였으니 일본군이 물러난 뒤에 논의하자고 했습니다. 그러니까 겐소가 '우리 일본 군사는 오직 앞으로 나갈 줄만 알고 한 걸음도 물러갈 줄은 모른다'고 화를 내면서 돌아갔다고 합니다."

"으, 흠…."

서산은 송상현을 생각하면서 가슴이 쓰리다. 지난 사월에 일본군이 동래성을 공격하면서 '길을 빌리기만 하면 무사하리라'고 글을 써 보인데 대하여 '죽기는 쉬우나 길을 빌리기는 어렵다'는 글로써 답했다. 송상현은 끝끝내 굴하지 않고 분전하였으나 결국 중과부적으로 성이 함락될 위기에 처하자, 갑옷 위에 관복을 입고 북쪽의 임금께 절을 올린 후 성문의 누각에 단정히 앉은 채 왜병에게 피살되었다. 적장이 그의 충절에 탄복하여 송상현을 살해한 자기 부하를 잡아 죽이고, 일본장수인 소 요시토시(宗義智) 등이 그

의 충렬을 기려 동문 밖에 장사 지내 주었다. 그의 첩인 금섬도 그를 따라 순절하였다.[13]

"그래서 담판은 결렬되고, 그때부터 일본군은 평양성에 대고 조총질을 시작했습니다."

"곧 왜적이 총공격을 하겠구나. 어떻게든 평양성을 지켜야 한다! 여기서 더 물러나서는 안 된다!"

"예, 스님!"

"네가 이렇게 커서 나라를 지키는 일에 나서니 감개무량하구나!"

대현은 여섯 살 때 고아가 되었다. 대현이 살던 마을에 전염병이 돌아 많은 사람이 죽었는데 대현의 부모도 어린 딸과 아들을 남겨 놓고 병으로 죽었다. 두 살 더 많은 손위 누이는 같이 구걸하러 다니다가 죽고, 대현만이 가까스로 살아남았다. 의지할 데가 없어, 거지 신세가 되어 구걸하고 다니는 것을 서산이 보고 절로 데려왔다.

대현의 처지가 서산이 어렸을 때의 형편과 크게 다르지

---

13 그의 시신을 찾지 못했으므로 일각에서는 그가 정발과 함께 일본군에 투항하여 일본군 장수가 되었다는 헛소문이 퍼지기도 했다. 그 후 조정에서 그 아들에게 벼슬을 내리고 예관을 보내 제사를 지내주었다.

않았기 때문이다.

서산 휴정은 평안도 안주 출신으로 아버지는 최세창(崔世昌)이며, 어머니는 김씨(金氏)다. 어머니 김 씨가 50세가 되도록 자식을 얻지 못하고 있다가 어느 날 꿈에 한 노파로부터 임신했다는 말을 전해 들은 뒤 대사를 낳게 된다. 아버지도 대사가 세 살 되던 해의 4월 초파일에 한 꿈을 꾸게 되는데, 어떤 노인이 나타나 아이의 이름을 운학(雲鶴)으로 부르라는 말을 전하고 사라졌다. 어릴 때 운학이라 불린 것은 이러한 연유 때문이다. 어려서 아이들과 놀 때도 남다른 바가 있어서 돌을 세워 부처라 하고, 모래를 쌓아 올려놓고 탑이라 하며 놀았다. 9세에 어머니가 죽고 이듬해 아버지가 죽자 대사의 비범함을 눈여겨보았던 안주 목사 이사증(李思曾)에 의해 양육됐다. 이때 서울로 옮겨 성균관에서 3년 동안 글과 무예를 익혔다.

이후 과거를 보았으나 뜻대로 되지 않아 친구들과 같이 지리산의 화엄동·칠불동 등을 구경하면서 사찰에 기거하던 중, 영관대사(靈觀大師)의 설법을 듣고 불교의 진리를 연구하기 시작했다. 그곳에서 깊이 교리를 연구하다가 깨달은 바가 있어 스스로 시를 짓고 삭발한 다음 승려가 되었다.

"가자. 연관정 쪽으로 가보자."

서산은 지팡이를 옮겨 대동문 거리로 향한다.

평양 거리는 쓸쓸하다. 쓸쓸하다기보다도 처량하다는 느낌이 더 크다. 그렇게도 번화하던 평양 종로가, 대동문 거리가, 정적에 싸여 공포감마저 들게 한다. 대동문 통로에는 그 많던 물지게군 하나 보이지 않는다.

대동문과 연관정 사이의 성첩14에 이르자 이쪽 좌우의 성벽과 강 건너 적진들이 한눈에 보인다. 이편의 대동문으로부터 서남쪽의 성첩은 평안 감사 송언신이, 장경문으로부터 부벽루에 이르는 동북쪽의 성첩은 평안 병사 이윤덕이 맡아 지키고 있다. 평양성을 지키는 3, 4천 명 가운데 군복과 무기를 제대로 갖춘 군사는 반도 안 된다. 집에서 입던 옷 그대로 나선 사람들이 더 많다. 거의가 다 풀대님 동저고리 바람에 수건을 동이거나 망건만을 쓴 농군과 일반 백성들이다. 그들은 활, 창, 검 같은 병장기 대신 낫이나 쇠스랑 같은 농기구가 아니면 몽둥이를 하나씩 들었을 뿐이다. 그나마도 성첩을 지키는 군사가 모자라서 모란봉과

---

14 성첩(城堞): 성 위에 낮게 쌓은 담. 여기에 몸을 숨기고 적을 감시하거나 공격하거나 한다.

을밀대 근처에는 소나무 가지에 옷들을 걸어 놓았다. 신립 장군이 조령에다가 허수아비를 세워 군사로 위장했던 것처럼 왜적을 속이기 위해서다.

연관정에는 강 건너 적진에서 바라볼 수 있는 앞면과 좌우 쪽에다 두꺼운 나무로 만든 방패를 세워 놓았다. 방패로 병풍을 둘러치듯 한 그 안에는 류성룡, 윤두수, 도원수 김명원, 도체찰사 이원 같은 대관들이 있다. 선조는 평양을 떠나면서 이들에게 평양을 지키라고 명하였다. 윤두수는 평양 수성군의 대장으로 임명되었다. 그러니까 이들이 좌정하고 있는 연관정은 평양성을 지키는 작전본부다.

류성룡은 그 연관정에서 성 아래를 살피다가 대현과 함께 강 건너 적진을 바라보고 있는 서산을 발견한다.

"아니, 저건 서산이라는 중이 아닌가?"

윤두수와 김명원도 방패 틈 사이로 성 밖을 내려다보다가 말한다.

"그러네요! 틀림없네요!"

"그런데 저 늙은 중이 왜 또 산에서 내려왔을꼬?"

윤두수와 김명원 역시 정여립의 옥사 사건으로 서산의 사람 됨됨이를 잘 알고 있었다.

서산은 연산군 이래 오랫동안 폐지되었다가 명종 7년

(1552년)에 다시 시작했던 선과에 급제하여 서른여섯 살 때 전국의 사찰과 승려들을 장악하고 지도한 적이 있었다. 게다가 정여립 사건으로 '임금님까지도 알아주는 도승'으로 더욱 유명해지자 탁발승까지노 서산의 세사늘 사성했나. 그뿐만 아니라 서산은 천지조화를 부리는 도술과 신통력도 가졌다는 풍문까지 민가에 나돌았다. 서산의 수제자인 사명과의 일화가 그 한 예다.

서산과 사명이 처음 만난 곳은 장안사였다.

당시 평안도 묘향산에서 도술을 닦고 있던 사명은 자신의 도술이 어느 정도인지 시험해보고 싶었다. 그래서 금강산 장안사에 있는 서산이 도술이 높다는 소문을 듣고 금강산으로 찾아갔다. 서산은 이미 사명당이 자기를 찾아오리라는 것을 알았다. 서산은 제자에게 말했다. 계곡을 따라 동구 밖으로 나가보면 스님 한 분이 오실 테니 마중해서 모시고 오라고 했다. 장안사는 워낙 큰 절이라 하루에도 수많은 스님이 오가는데, 어떻게 알고 모시고 오느냐고 물으니, 계곡의 흐르는 물이 그 스님을 따라 거꾸로 흘러 올라올 것이라고 했다. 제자가 의아해하며 계곡을 따라 한참 내려가는데 한 스님이 올라오고 있었다. 옆으로 가서 자세히 보니 과연 그 스님의 옆으로 계곡물이 거꾸로 거슬러 올라오는 것이 아닌가. 제자는 공손히 합장하고 물었다.

"묘향산에서 오시는 스님이십니까?"

"예. 하온데, 제가 묘향산에서 오는 것을 어찌 아셨습니까?"

"저희 스승이신 서산 스님께서 모시고 오라고 해서 마중을 나왔습니다."

"그런데 저를 어찌 알아보았습니까?"

"저의 스승님께서 스님 옆으로 시냇물을 거꾸로 흐르도록 하여서 알려 주셨습니다."

이 말을 들은 사명당이 옆을 보니 과연 자기 옆으로 냇물이 거꾸로 흐르고 있었다. 사명당은 마음속으로 놀라면서, 도착하자마자 그를 시험해 보아야겠다고 생각하였다.

사명당은 서산의 방문 앞에 서서 날아가는 새 한 마리를 손아귀에 잡아넣고 서산에게 물었다.

"스님, 제가 이 새를 죽이겠습니까, 살려주겠습니까?"

때마침 서산은 사명당이 들어오는 것을 보고 방 안에 있다가 막 밖으로 나오려던 참이었다. 한쪽 발은 방 안에, 다른 한쪽 발은 방 밖에 있었다. 서산이 즉시 되물었다.

"스님, 제가 방 밖으로 나가겠습니까, 아니면 방안으로 들어가겠습니까?"

사명당이 말문이 막혀 대답을 못 하고 있는데 서산이 이어서 말했다.

"스님이 어찌 살생을 하시겠습니까? 그러니 그 손안에 든 새는 놓아주시겠지요."

사명당은 마음속으로 또 놀라며 방으로 들어갔다. 그러자 서산은 물고기가 든 어항을 내놓으면서 말했다.

"먼 길을 오시느라 시장하실 터이니 우리 요기나 합시다."

"아니, 스님! 어찌 물고기를 먹어 살생계를 범하겠습니까?"

"물고기를 먹는다고 모두 살생은 아니지요. 먹어서 요기가 된 후에는 다시 토해내서 살려놓으면 되지 않겠습니까?"

사명당은 하는 수 없이 어항 속의 물고기를 먹었다. 잠시 후 두 사람은 똑같이 물고기를 토해냈지만, 사명당이 토해놓은 물고기는 모두 죽은 반면, 서산이 토해놓은 물고기는 살아서 다시 어항 속을 유유히 헤엄치고 있었다. 내기에 실패한 사명당은 자신의 장기를 가지고 시험하리라 마음을 먹고 바랑 속에서 계란을 내어놓았다. 그리고는 방바닥에서부터 계란을 차곡차곡 쌓기 시작했다. 회심의 미소를 지으면서 서산에게 이렇게 할 수 있느냐고 물었다.

서산은 말없이 계란을 집더니 허공에서부터 차례로 아래쪽을 향해 쌓아 내려왔다. 사명당이 너무 놀라 정신을 못 차리고 있는데, 갑자기 서산이 점심상을 들이라고 명하였다.

"오늘 점심은 맛있는 국수를 준비했으니 함께 듭시다."

그런데 사명당이 보니 그릇 속에는 국수가 든 것이 아니라 바늘이 가득하였다. 서산은 그 바늘을 거침없이 맛있게 삼키며 사명당에게 어서 먹으라고 했다. 사명당은 자신의 도술로서는 도저히 서산을 이길 수 없다고 생각하여 그 자리에서 제자가 되었다.

이런 이야기 말고도 '검은 소가 먼저 일어날 것인가, 누런(혹은 붉은) 소가 먼저 일어날 것인가', '여자가 이고 오는 것은 무엇이며, 모두 몇 개인가' 등등 많은 설화가 있다는 것을 류성룡은 들어서 알고 있다. 지금 서산이 실제로 도술을 부릴 수 있는지의 여부는 류성룡에게 그리 중요한 일이 아니다. 왕이 떠난 지금 서산이 어떤 생각으로 성첩에서 적진을 바라보고 있느냐 하는 점이 궁금하고 중요했다.

'옛날 고구려에서는 당 태종의 침략군을 막을 때 승병 5만을 동원한 사실이 있고, 고려 시대에는 거란군이 쳐들어왔을 때 역시 많은 승병이 활약했다는 기록이 있지 않은가. 그리고 조선에서도 승병이라는 명목은 안 붙었지만 중들로 하여금 산성을 지키게 하지 않았는가. 그렇다면 지금 이 위급한 시기에….'

류성룡은 전국의 모든 승려를 설득하고 힘을 모으면 나라를 구할 수 있는 큰 힘이 되지 않을까 하는 생각과 함께, 그런 일을 할 적임자가 바로 서산이 아니겠느냐고 생각한다. 그러면서 선조 임금에게 그런 뜻을 한시바삐 전해야 한다고 마음먹는다.

바로 그때, 강 건너 모래벌판에 널려 있는 일본군이 조총을 쏘기 시작한다. 벼락 치는 듯한 소리와 함께 총알이 비 오듯이 연관정까지 날아온다. 연관정 앞면을 막았던 방패들을 쓰러트리는가 하면, 사람들의 비명도 들린다. 연관정에서도 대응하여 활을 쏜다. 그러나 화살들은 적진까지 못 미치고 강 가운데 떨어져 흘러갈 뿐이다.

"스님, 피하시지요!"

"그래. 영명사로 가자!"

서산은 급히 대현을 앞세워 성채를 벗어난다. 왜적의 총알은 대동관 안까지 멀리 날아와 지붕의 기와 위에서 우박이 떨어지는 듯한 소리를 낸다.

3. 영명사

능라도가 마주 보이는 전금문을 지나 조금 올라가자, 청운교와 백운교의 두 돌층계가 나타난다. 그 높은 돌층계를 올라가면 곧 영명사 앞뜰이다. 중이 근 백 명이나 되는 큰 절인데도 영명사 앞에는 눈에 띄는 중이 없다. 고요하다. 을밀대로부터 바로 눈앞의 모란봉까지 우거진 소나무 숲에서 우는 매미 소리만이 고요를 깨뜨리고 있다. 승려들은 모두 절 가까이에 있는 밭에 울력을 나갔거나, 나라의 안녕을 기원하는 기도를 올리거나 참선 중일 것이다. 온 나라를 아수라장으로 만들며 왜적이 코앞까지 밀려와 목숨이 위태로운데, 아무리 수도중인 승려들일지라도, 그렇게 태연히 뒷짐만 지고 바라보려는 것은 아니다. 오히려 어떤 위험이 닥치더라도 평상심을 잃지 않고 왜적과 싸우겠다는 뜻을 굳히고 흔들림 없이 맡은 바를 다하고 있을 뿐이다.

갈등이 아주 없는 건 아니다. 적이라지만 적도 소중한 생명이다. 어리석은 중생을 깨우치고 제도해야 할 본분이 아닌 살상을 어떻게 태연하게 범할 수 있겠는가. 더욱이 서산은 이미 속세의 인연을 다 끊고 오직 서방정토 극락세계에 왕생할 것만을 염원하며 중생을 제도해야 할 대선사가 아닌가. 제자들이 보기에, 일흔세 살의 늙은 몸을 이끌고 왜적을 물리치는 데 앞장선다는 것은 찬탄할 일만은 아니었다. 서산의 제자 가운데 그런 생각을 가장 많이 한 사람은 편석 대사였다. 제자 처영도 살상의 전쟁터에 직접 뛰어드는 것을 극구 반대했다.

서산은 편석과 처영에게 말했다.

"불도가 무엇인가? 어느 학인이 은사 선사에게 물었다. 불법이 어디에 있습니까? 네 눈앞에 있느니라. 선사가 대답하자 학인이 또 물었다. 눈앞에 있다면 왜 저에게는 보이지 않습니까? 너에게는 너라는 것이 있기 때문에 보이지 않느니라. 그러면 스님께서는 보셨습니까? 너만 있어도 안 보이는데 나까지 있으면 더욱 보지 못하느니라. 나도 없고 스님도 없으면 볼 수 있겠습니까? 그 오고 가는 문답 끝에 선사가 말했다. 나도 없고 너도 없는데 보려고 하는 자가 누구냐! 그 할은 바로 중생이 없는데 부처가 무엇이며 불도가 무엇이냐를 묻는 것이 아니더냐! 라고. 그렇다! 경배받을 부처만 있고 경배할 중생이 없는 법당에 앉아 있는 부처가 무슨 소용이며 망상이냐!

불국토가 따로 있는 것이 아니다! 대상경계가 다하여 끊어지면(忘) 활연1하게 되어 그 자리가 바로 무사(無事) 무고(無故)한 좌도량(坐道場)이요 불국토가 아니더냐. 또한 모든 망념의 대상경계가 다하여 끊어진 심왕(心王)의 사람을 한도인(閑道人)이라고 하고, 그 사람을 본래인(眞人)이라고 부르지 않는가. 본래인은 무사2이어서 배고프면 밥을 먹고, 피곤하면 잠을 자고 임운자재(任運自在) 하고 무애자재(無碍自在) 하는데, 나라가 난리를 당하고 백성이 참혹한 지경을 당한 지금, 이보다 더 급한 일이 어디 있으며 닦을 불도가 따로 있겠느냐? 할 일을 두고 한눈을 팔면 그건 도가 아니고 번뇌지!"

서산은 그렇게 말하면서 법맥을 이어받은 벽송(碧松) 지엄(智嚴) 선사를 생각했다. 벽송은 전북 부안 사람이다. 속성은 송(宋)씨이며 법명은 지엄(智嚴)이다. 28세 때 허종(許琮)의 군대에 들어가 여진족과 싸워 공을 세웠으나 삶과 죽음을 체험한 후 계룡산 상초암(上草庵)으로 들어가 조징(祖澄) 대사 밑에서 머리를 깎고 스님이 되었다. 조선 중종 15년

---

1 활연(豁然): 의심이 확실히 풀리어 깨닫는 것.
2 무사(無事): 망념의 일이 없는 사람.

(1520년) 3월 지리산으로 들어가 초암에 머물면서 외부와의 교류를 일체 두절한 채 정진하였다.

벽송 스님이 처음으로 정심(正心) 선사를 찾아갔을 때의 일화가 서산의 머리에 떠오른 것이다. 벽송이 문안 인사를 드리자 정심 선사가 물었다. "어디서 온 납자(衲子)3인가?" "참선의 묘리를 배우고자 왔습니다." "나는 도(道)를 가지고 있지 않다. 보다시피 먹고살기에 바쁘네. 자네가 거처할 방도 없고."

벽송은 물러가지 않고, 그날부터 토굴 하나를 따로 짓고 정심 선사와 같이 나무를 해다가 팔며 생활하였다. 두 스님은 날마다 나무를 해서 장에 내다 팔았다. 그러면서 벽송은 산에 오를 때마다 정심 선사에게 물었다. "부처는 누구입니까?" "오늘은 좀 바빠서 말해 줄 수 없다." "스님께서 얻은 도리만 일러주십시오." "산에 가서 빨리 나무를 하자. 그것은 내일 말해 주겠다." 그렇게 대답을 3년이나 미루어 왔다. 벽송은 어느 날 정심 선사가 없는 사이에 짐을 꾸려 떠

---

3 납자(衲子): 절에서 살면서 불도를 닦고 실천하며 포교하는 사람. 본래는 그런 단체를 이르던 말이다. 근래에는 비하하는 말로 많이 사용되며, 그 대신 '승려'나 '스님'의 호칭이 일반화되어 있다

나면서 밥 짓는 공양주 보살에게 말했다. "저는 오늘 떠나야겠습니다." "별안간 무슨 소립니까?" "제가 스님을 찾아온 것은 도를 배우러 온 것이지 고용살이하러 온 게 아닙니다." "그야 그렇습지요." "3년이 지나도록 도를 가르쳐주지 않으니 더는 못 기다리겠습니다." "그래도 정심 스님이 오시면 뵙고 떠나시지요." "아닙니다. 지금 떠나겠습니다." 벽송은 화가 난 낯빛으로 발길을 옮겼다. 이때 정심 선사가 나무를 해서 지게에 지고 돌아오자 공양주 보살이 다급하게 말했다. "벽송 스님이 떠났습니다." "왜 떠났는가?" "도를 가르쳐 주지 않아 화가 나서 떠났습니다." "무식한 놈! 내가 가르쳐 주지 않았나, 제 놈이 그 도리를 몰랐지. 자고 나서 인사할 때도 가르쳐 주었고 산에 가서 나무할 때도 가르쳐 주었지." "그런 것이 도입니까?" "도가 따로 있나? 따로 있다면 도가 아니고 번뇌지." "그럼 저에게도 가르쳐 주었겠습니다." "암, 가르쳐 주었지."

정심 선사는 토굴 밖으로 뛰어나가 멀어지는 벽송 스님을 소리쳐 불렀다. 벽송이 걸음을 멈추고 뒤돌아보자 크게 외쳤다. "내 법 받아라!" 그 순간 벽송 스님은 크게 깨달음을 얻었다.

사명은 편석과 처영의 생각과 달랐다. 특히 편석과 달랐다. 편석과 사명은 나이도 비슷했고 서산 문하에 들어온 시기도 거의 같은 무렵이었다. 그러나 두 사람은 같은 서산 문하 제자라고 하기에는 그 격과 풍이 너무도 달랐다. 같은 선승[4]이라고 보기 어려웠다. 선승다운 중이라면 편석 대사를 꼽을 수 있고, 중도 사람이라는 눈으로 보면 사명은 대장부 사내의 기질을 타고난 중이었다.

사명은 무기를 사용하지 않고 그의 당당한 풍채와 기백으로써 백여 명의 왜적을 물리치기도 했다. 사명이 어느 암자에 가 있던 때였다. 사명은 표훈사가 왜군에게 점령되었다는 소식을 듣고 단신으로 적진 중에 들어갔다. 사명은 법당 앞에 중들을 결박해 놓고 창검을 들이대며 절의 보물을 내놓으라고 위협하는 백여 명의 왜적 앞으로 서슴없이 당당하게 들어갔다. 왜적들은 사명의 당당한 풍모와 기세에 기가 눌렸다. 법당으로 들어간 사명은 불상 앞에 좌정하고 앉아서 붓을 들어서 썼다.

'우리 조선 승려들에게는 자기 손으로 뜯어 먹는 향기로운 산나물과 자기 손으로 움켜 마시는 석간수만이 유일한

---

4 선승(禪僧): 참선하는 승려

보배일 뿐 너희 같은 속인들이 탐낼 만한 보물은 없다.'

그다음에 이어서 또 썼다.

'이 청정법계는 너희 같은 병마로써 더럽힐 데가 아니다. 속히 물러가라.'

사명의 기백에 눌린 왜적은 더 버티지 못하고 '이 절에는 한 괴상한 중이 있다'는 글발을 절 문간에 써 붙이고 물러가고 말았다.

사명의 스승인 서산 역시 비록 학같이 몸이 야위고 키도 자그마한 편이지만 긴 흰 눈썹 아래 빛나는 눈과 꼿꼿한 자세가 범접하기 어려운 위엄을 갖췄다. 서산은 전국의 승려들에게 외쳤다.

"나라를 사랑하고 사직을 근심함에 산속의 중이라고 다를 바 있느냐. 저 왜적 아수라들은 조국의 성시와 촌락을 약탈 방화하고, 여인들을 능욕하고, 심지어 젖을 주는 어미를 능욕하기 위해 어린 것을 빼앗아 창날에 꿰어 불 속에 던지는 만행까지도 서슴지 않는다. 지금 우리 조국은 피를 흘리며 통곡하고 있다! 어찌 자비만을 내세워 바라보고 참을 수 있겠는가! 우리의 강토를 피로 물들이고 우리 부모형제들을 잔혹하게 죽이는 왜적 아수라들을 쳐서 물리치기 위해서는, 우리도 아수라가 되는 한이 있더라도, 떨쳐 일어나지 않을 수 없다! 이 나라의 모든 사람은 창과 칼을 들고, 무기가 없으면 낫과 도끼를 들고 일어서야 한다! 산속의 중들까지도 석장5을 창과 칼로 베려 들고 나서야 할 것이다! 범종까지도 창과 칼로 만들어 들고 나서야 할 것이다! 저 왜적 아수라들을 물리치지 않는다면 범종은 누구를 위해 울릴 것이며, 부처가 앉을 연화대가 남아나기나 하겠는가!"

서산은 후에 왕의 명을 받고 발표한 격문6보다 앞서서, 전국의 승려들에게 격문을 보내 승병을 일으키게 하였다. 서산의 제자 가운데 지리산에 있던 처영 대사는 천여 명의 승병을 모아 싸웠고, 충청도에서 7, 8백 명의 승병을 일으킨 영규 대사는 조헌의 농민 의병과 함께 싸웠다. 전국의 중들도 모두 각처에서 왜적과 싸웠다.

대현도 비록 열다섯 살의 나이지만, 목숨이 다하도록 왜적과 싸워서 조선의 백성을 구하고 이 땅을 지키는 것이 지금 행하여야 할 불도라고 생각했다.

---

5 석장(錫杖): 승려가 짚고 다니는 지팡이. 밑부분은 상아나 뿔로, 가운데 부분은 나무로 만들며, 윗부분은 주석으로 만든다. 탑 모양인 윗부분에는 큰 고리가 있고 그 고리에 작은 고리를 여러 개 달아 소리가 나게 되어 있다.

6 격문(檄文): ① 널리 일반에게 알려 부추기기 위한 글. 격(檄). 격서(檄書). ② 급히 여러 사람에게 알리려고 각처로 보내는 글.

대현은 서산을 따라 금강문을 지나 경내로 들어선다. 서산이 대웅전 쪽으로 걸음을 떼어놓는다. 대웅전 옆의 큰방 뒤에는 따로 떨어져 있는 작은 방장7이 있다.

방장으로 향하며 서산이 묻는다.

"법근이는 여기서 머물고 있느냐?"

"여기 있는 날보다 고려집에서 머무는 날이 더 많습니다."

"고려집이라면…고충경댁을 말함이냐?"

"네, 스님."

고충경이네를 고려집으로 부르는 것은 그의 조상이 두문동 72현 중의 한 사람인 고려 왕조의 벼슬아치였기 때문이다. 충신은 두 임금을 섬기지 않는다는 지조를 지켜, 조선에서는 벼슬도 과거도 하지 않고 대대로 장사를 하면서 평민으로 살기 때문에, 사람들이 그렇게 부르는 것이다. 두문동(杜門洞)은 경기도 개풍군 광덕면 광덕산 서쪽 기슭에 있던 옛 지명이다.

명재상으로 칭송받고 있는 황희(黃喜) 정승도 고려조의

7 방장(方丈): 화상(和尙), 국사(國師) 등의 고승(高僧)이 거처하는 처소.

많은 관리와 함께 두 임금을 섬길 수 없다고 하여 두문동에 들어가 일생을 마칠 뜻을 두었었다. 태조가 원년(1392년)에 경부(經部: 경전)에 밝고 품행이 단정한 선비를 선발할 때, 그를 여러 번 불렀으나 응하지 않았다. 그러다가 두문동 제현(諸賢)들이 '황희가 나가지 않으면 백성이 어떻게 되겠느냐?'고 권하고, 태조의 부름이 계속되자 할 수 없이 하산하였다. 나머지 사람들은 태조가 직접 찾아가 설득해도 응하지 않았다. 두문불출(杜門不出)이란 말은 여기서 유래했다. 이에 태조는 두문동 사람들에게 금고를 내리고, 백 년 동안 과거를 보지 못하도록 하였다. 금고8와 과거 금지령은 훗날 성종이 송도에 직접 찾아가 해지할 때까지 계속되었다.

고충경은 장사수완으로 재산도 모았지만, 학식과 무예를 겸비한 사람으로도 알려져 있다. 고충경뿐만 아니라, 그의 집안은 딸자식까지도 집에서 글을 가르쳐왔기 때문에, 식구들이 어지간한 양반집 가문에 뒤지지 않는 학식을 갖추었다. 고충경은 거기다가 탈속한 스님처럼 세상사에 얽매이지 않고 행동이 자유스럽다. 불도에도 상당히 깊이 들어

---

8 금고(禁錮): 조선 때, 죄과 또는 신분에 허물이 있어 벼슬에 오르지 못하게 하던 일

와 있는 것 같다. 봄 가을철이면 그를 어떤 절이나 암자에서나 쉽게 볼 수 있다. 중이면서도 혈기가 넘치는 법근이가 고충경에게 푹 빠지게 된 것도, 고충경이 절을 좋아할 뿐만 아니라, 신분을 떠나 두 사람의 성품이 많이 닮아 있기 때문이다. 두 사람은 무예도 출중하여 무술을 연마하는데도 뜻이 맞았다.

서산이 고충경의 집안 내력을 알게 된 것도, 고충경의 누이동생 보현이 올케(고충경의 아내)의 제사를 지내려고 영명사에 왔을 때, 재9를 올려준 우연치 않은 인연 때문이었다. 고충경은 2년 전에 아내가 죽었다. 장모는 처가에서 어린 남매를 맡아서 길러 줄 테니 새 장가를 들라고 권하여도 듣지 않았다. 누이동생인 보현에게 아이들과 살림을 맡겼다.

철들기 전 어렸을 때 아버지를 여의고 아홉 살 때 어머니마저 여읜 보현은 오라버니가 아버지 같고 올케가 어머니 같았다. 착한 올케는 보현을 어머니처럼 살뜰하게 보살폈다. 보현은 그 고마움을 잊지 못하고 매년 올케의 제사를 영명사에서 지내주는데, 서산이 영명사에 머물 때 그 재를 올리게

---

9 재(齋): 불교에서 죽은 사람의 명복을 비는 불공.

된 것이다. 서산은 그때 재를 올릴 적에 본 열일곱 살 보현의 아리따운 자태가 한 폭의 미인도처럼 눈앞에 선하다.

'혹여 법근이 녀석이 보현 낭자한테 엉뚱한 사심에 빠진 것은 아닌지….'

서산은 부질없는 망상의 죄를 짓고 있는 것 같아서 얼른 마음속으로 도리질한다. 그러나 아주 염려가 되지 않는 건 아니다. 법근이의 타고난 성품이 수행하는 선승과는 거리가 멀다. 어찌 보면 법근이가 중이 된 것은 당시의 부패한 과거제도와 농민을 착취하는 양반계급의 가혹한 횡포 때문이었는지도 모른다.

당시 양반이 못 되는 양민(주로 농민)의 자식들은 군역이라는 평생 부역과 호포, 전포, 군포라는 세금 명목으로 피를 짜내도 모자라는 착취를 당하면서 살거나, 도적패가 되거나 또 그렇지 않으면 중이 되는 수밖에 없었다. 양민으로 살기가 얼마나 어려웠던가는 제13대 왕 명종(선조의 바로 전 왕)을 대신하여 정사를 본 문정왕후의 비망록10으로도 알 수 있다.

---

10 비망록(備忘錄): 잊지 않으려고 적어 둔 기록이나 책자. 메모.

'양민이 날로 줄어서 군졸을 모아들이기가 지금같이 곤란한 때가 없다. 그 까닭은 다름이 아니라 백성들이 군역의 고통스러움을 이기지 못하여 군역을 피할 수 있는 중이 되므로 중은 날로 늘어 가고 군사로 충당할 양민은 줄어 가니 지극히 한심한 일이다.'[11]

서산도 근본은 이런 제도에 회의하고 인생무상을 느껴 스물한 살 때 지리산으로 들어가서 머리 깎고 중이 되었다. 서산은 이런 사정을 알기에 법근이가 절에 머물기보다는 탁발승으로 저잣거리에 나다니며 수행하는 것을 굳이 탓하려고 하지 않았다.

"주지 스님께 큰스님 오셨다고 말씀드릴까요?"

"아니다. 저녁 예불 때 모두 보지 않겠느냐."

"예, 큰스님."

대현은 공손히 합장하고 머리를 조아린다. 대현은 서산이 방장 안으로 드는 것을 보고 다시 대웅전 앞마당으로 되돌아 나온다. 해가 설핏 기울어 가는데도 맹위를 떨치고 있는 한여름의 열기는 누그러질 기미를 보이지 않는다. 대현

---

11 최명익 지은 『서산』(자음과 모음 출판사) p193 참조

은 대동강 가운데 있는 능라도 쪽을 바라본다. 능라도 강 건너에도 왜군이 개미 떼처럼 몰려와 있다. 왜군은 물이 깊어 대동강을 건너지 못하고 조총만 쏘아대고 있다. 왜군이 평양성으로 진격해오자 강 건너에 있던 배들을 모두 없애고, 뗏목을 만들 수 있는 나무들도 불살라버렸기 때문이다.

대현은 왜적이 눈앞으로 몰려오기라도 하듯이 바랑 속으로 손을 집어넣어 차돌을 더듬어 잡는다. 대현은 칼과 창을 쓰는 무술 실력도 뛰어나지만, 돌팔매질 솜씨가 대단하다. 돌팔매로 가까이 날아가는 새도 맞힐 수 있는 실력이다. 대현이 큰형처럼 따르는 법근이 말했다. "가까이서 싸울 때는 총알을 장전해야 하는 왜적의 조총보다도 네 돌팔매가 더 빨라! 네 돌팔매는 어떤 무기보다도 위력이 있어!"

법근은 대현보다 열한 살이 더 많다.

'그런데 법근 형님은 지금 보통문 밖 보현 누님이 계신 고충경댁에 있을까…….'

4. 초조한 고니시 유키나가

"묘책들을 생각해 보라고! 언제까지 바라보고만 있을 거야! 조선왕은 평양성을 빠져나가 도망치고 있는데 말이야!"

고니시 유키나가(小西行長)는 대동강 건너 평양성을 바라보며 호통을 친다. 그의 옆에는 그가 가장 믿는 부장 소서비와 부장 중에 가장 젊으면서도 문무의 재질이 출중하다는 구로다 나가마사(黑田長政)가 서 있다. 구로다 나가마사의 비서 격인 늙은 중 겐소도 근심스런 얼굴로 평양성을 바라본다.

"겐소! 무슨 좋은 계책이 없겠는가?"

"물이 깊고…… 건널 배도 부족한 판국이라 소승도 달리….."

"그걸 몰라서 묻나! 묘책이 없느냐 말이지!"

고니시 유키나가는 그렇게 신경질을 부리면서도 지금 상황에서는 당장 평양성을 공략할 뾰족한 묘책이 없다는 것을 누구보다 잘 알고 있다.

"으, 음…… 조선이 금방 항복할 줄 알았는데…… 우리가 조선을 잘못 알았던 것이야…… 관백1, 태합2 전하께서도 조선 백성을 잘못 알고 계셨어. 일본 백성들과는 다른 종자들이야! 독하고 끈질긴!"

고니시 유키나가는 조선 백성들의 끈질긴 저항에 또 분통을 터트린다.

사실 도요토미 히데요시(豊臣秀吉)가 조선과 명나라를 상대로 침략전쟁을 일으킨 계획에는 조선을 잘못 파악한 점이 많았다.

도요토미 히데요시의 첫 번째 전략은 주력부대로 수도인 한양성을 함락시키고 조선 국왕으로부터 항복을 받는 것이었다. 한양성을 함락하면, 조선 국왕이 자결 또는 항복할 것이고, 조선군을 포함한 백성들이 일본군의 명령에 복종할 것으로 판단했다. 왜냐하면 전국시대 일본에서는 한 영주가 다른 영주에게 핵심 지역을 점령당하면 패배한 영주와 핵심 추종자는 자결하고, 하급 무사와 주민은 새로운 영주에게 충성을 맹세했기 때문이다. 그러하기에 도요토미

---

1 관백(関白): 중고 시대에 天皇를 보좌하여 정무를 총리하던 중직
2 태합(太閤): 태합하(太閤下). 섭정 또는 관백직을 그 후계자에게 물려준 인물만을 가리키며, 넓은 의미로는 현직 태정대신·좌대신·우대신의 삼공까지를 포함한다.

히데요시는 조선인도 전투에서 지면 일본인과 같이 행동할 것이라고 생각한 것이다. 일본군이 조선군 병력이 남아 있지 않은 한양성 공략에 5만 명 이상의 병력을 동원한 것도 그 때문이었다. 하지만 조선은 달랐다. 선조는 한양성을 내준 후에도 조선을 지키기 위한 방안을 찾았고, 조선 백성은 일본군에게 많은 피해를 입히면서 결사 항전하였다.

도요토미 히데요시의 두 번째 전략은 한양성을 함락시킨 이후에 일본군 병력 8개 부대에게 조선 8도를 나누어 점령하게 하고, 병력과 전쟁 물자를 모아 평양성 이북에 집결시키는 것이었다. 이러한 작전을 세운 것은, 한양성을 함락시킨 이후에 조선 백성이 일본군에게 복종하는 것을 전제로, 조선 백성 중에서 추가 병력을 차출하고, 조선 땅에서 명나라를 침입하는 데 필요한 군수물자를 조달하겠다는 의도에서였다. 그러나 이 계획 역시 실패였다. 조선 백성은 한양성을 점령당한 이후에도 절대로 복종하지 않을 뿐 아니라, 가면 갈수록 지속적으로 더 거세게 항전하고 있는 것이다. 그래서 일본군은 현지에서 병력과 군수물자를 제대로 조달하지 못하고 있다.

도요토미 히데요시의 세 번째 전략도 실패였다. 도요토미 히데요시는 침략군 1번 대부터 9번 대까지의 15만

8,000여 명으로 조선 8도를 점령하여 조선 땅에서 군대를 모집하고 전쟁 물자를 확보한 후, 나고야에 주둔하고 있던 10번 대 이하의 96,120명의 병력은 선박을 이용하여 남해와 서해를 돌아 평양 이북으로 파견한 다음, 명나라를 침공할 계획을 세웠다. 이 계획이 실패하게 된 가장 큰 원인은 무엇보다도 이순신이 이끄는 해군력을 너무 가볍게 보았기 때문이다.

"이순신! 어떻게든 그자를 없애버려야 해! 그렇지 않고서는 이 전쟁에서 이길 수 없어!"

"지당하신 말씀입니다. 전라 좌수사 이순신의 수군은 경상 좌수사 박홍과 경상 우수사 원균의 수군과 똑같은 조선 수군인데, 어떻게 그렇게 다를 수 있습니까? 박홍과 원균이 이끄는 수군은 도노사마3께서 부산 영도에 도착하자마자 그 많은 병선을 침수시키고 육지로 줄행랑을 쳤는데 말입니다!"

구로다 나가마사의 아부 섞인 말에 부장 소서비(小西飛)4가 맞장구를 친다.

---

3 도노사마(若殿): 어린 주군(主君), 유군(幼君).
4 소서비(小西飛彈守): 일본 이름 불명으로, 조선과 중국의 기록대로 이름 표기.

"맞아! 이순신! 그자를 어떻게든 빨리 없애야 해! 겐소, 계책을 생각해 봐!"

고니시 유키나가가 이끄는 제1번 대가 부산 영도에 도착한 것은 1592년 4월 13일이었다.

당시 경상 좌수영과 경상 우수영에는 각각 판옥선 44척, 협선 29척 등 73척의 전함이 있었고, 경상 좌우수영을 합한 경상도 수군은 판옥선 88척, 협선 58척, 군사 2만 명이 있었다. 경상도 수군은 수적으로도 고니시 유키나가의 일본군 제1번 대를 충분히 대적할 전투력을 가지고 있었다. 병선의 질적 수준도 조선 수군의 주력 병선인 판옥선은 화포가 10문씩 장착되어 있었던 반면, 일본 수군은 화포가 없었다. 만약에 박홍과 원균의 수군이 출동하여 일본군과 해전을 벌였다면 임진왜란은 전혀 다른 양상이 되었을 수도 있다. 그러나 부산에 있던 경상 좌우수영의 병선과 병기를 적에게 넘겨주지 않겠다는 생각으로 전체 병선을 바다에 가라앉혔다.

또한 원균도 수군 1만 명을 해산시킨 후, 옥포만호 이운룡, 영등포만호 우치적과 함께 남해현에 머물면서 육지로 몸을 피했고, 통영에 있던 경상우수영의 판옥선 4척, 협선 2척만을 남긴 채 침수시켰다. 경상도 수군은 전투 한 번 치러보지도 못하고 극소수의 함선만을 남긴 채 스스로 해산하였다.

그러나 이순신이 이끄는 전라도 수군은 달랐다. 임진왜란 초기 경상 좌수영과 우수영의 무능과 판단 착오에 의해 경상도 수군이 자멸한 것과는 달리, 임진왜란이 시작된 지 1개월 후부터는 전라도 수군의 맹활약이 시작되었다. 전라도 수군은 임진왜란 초기에는 지역방어를 위해 멀리 떨어져 있는 경상도 원정을 자제하였다. 그러나 한양성이 함락된 5월부터는 적극적으로 일본군이 있는 경상도 바다로 진출하였다. 이순신과 이억기가 이끄는 전라도 함대가 경상도로 진출한 첫날은 한양성이 함락된 다음 날인 5월 4일이었다. 전라도 해군은 이틀간 노를 저어 거제도 앞바다까지 진출했다. 1차 해전은 5월 7일 거제도 옥포에서 벌어졌다.

일본군은 각종 전투에서 항상 승리했다는 자신감으로 기세가 등등하여 조선 판옥선으로 달려들었다. 그러나 27척의 판옥선에 10문씩 장착된 화포가 불을 뿜자 일본 병선은 별다른 힘을 쓰지 못하고 파손되었다. 조선군의 사기는 하늘을 찌를 듯하였다. 빠른 일본의 병선에 비해 상대적으로 느리지만 튼튼한 조선의 판옥선은 돌진하여 일본 병선을 남김없이 격파했다. 그러면서 조선의 사수들이 허둥대는 일본군을 쏘아 죽였다. 2시간의 격전 끝에 일본군의 대선

16척, 중선 8척, 소선 2척 등 합계 26척이 격파되었다. 일본군 전선의 탑승 정원이 대선 200명, 중선 100명, 소선 40명인 것으로 미루어 볼 때, 4,000여 명의 일본군이 전멸한 것이다. 조선 수군은 단 1척의 전함 손실도 없었다. 인명 피해도 오직 1명의 부상자만 있었을 뿐, 전사자는 없었다. 임진왜란에서 전세를 역전시키기 시작한 최초의 승리였다. 이로 인해 일본 수군을 전투에서 이기는 방법을 알게 된 조선 수군의 사기는 충천했고 일본 수군과의 싸움에서 연전연승을 거두었다.

"이순신, 그 노므새끼의 학익진 전법에 우리 수군이 맥을 못 쓰는 모양인데…귀신같은 병법으로 말이야!"

"관백, 태합 전하께서도 일본 수군의 연패 소식에 크게 노하시어 대규모 해전을 준비시켰는데, 한산 대첩마저 이순신에게 참패했으니 말이야! 이순신의 그 학익진 전법에 또 당하고 말았으니!"

"태합 전하의 심기가 어떠하시겠습니까!"

사실이 그랬다. 육지에서와 달리 일본 수군의 연패 소식에 크게 노한 도요토미 히데요시는 와키자카 야스히루(脇坂安治)에게 대규모 해전을 준비시켰다. 이 명령에 의해 7월 8일에 역사적인 한산대첩이 견내량에서 시작됐다. 와키자카 야스히루가 지휘하는 일본군 함대는 대선 37척, 중선 24척, 소선 13척, 모두 73척이었다. 이에 맞선 조선 수군은 전라좌수영 24척, 우수영 23척, 경상우수영 7척으로 판옥선 56척, 서북선 3척이 출동했다.

견내량은 통영과 거제도 사이의 폭 300~400m, 길이 약 4㎞ 정도의 바다다. 함포사격으로 해전을 치르기에는 좁다. 이순신은 판옥선 5척으로 견내량으로 들어가 적 함대를 유인했다. 일본 함대가 출동하자 이순신은 배를 후퇴시켰고, 일본 함대는 빠른 속도로 추격했다. 결국 조선 수군과 일본 수군은 한산도 앞바다에서 전투를 벌였다.

일본 함대는 육지에서의 전투대형과 마찬가지로 열을 맞추어 종대로 밀집하여 공격해 들어왔다. 이에 맞선 조선 함대는 학이 날개를 펴듯 횡대로 전투대형을 전개했다. 바로 학익진 전법이다. 조선 함대는 밀집대형으로 공격해 오는 일본 함대를 맞아, 학익진 전법으로 넓게 포위하고, 거북선을 앞세워 지자총통, 현자총통, 승자총통 등을 발사하며 일본 함대를 궤멸시켰다.

한산대첩에서 일본군 전선은 59척이 파괴되거나 조선 수군에 나포되었고, 도주한 일본 선박은 14척이었다. 일본군 선박 1척에 100명이 승선했다고 계산하면 6,000명 정도가 사망했을 것이다. 조선 수군의 함대는 단 1척의 손실도 없었다. 조선 수군의 인명 피해는 다음 안골포 해전까지 포함하여 전사 19명, 부상 119명에 그쳤다.

전투가 벌어지면 주변에서 급히 응원군을 보내던 일본군은, 한산대첩 이후 응원군을 보내지 않을 뿐 아니라, 오히려 조선 수군을 피해 다녔다.

"우리 수군은 이순신의 배가 나타나기만 해도 겁을 먹고 유령을 만난 것처럼 두려워합니다."

"그래! 유령 같은 놈이야! 수천 리나 떨어져 있는 우리까지도 저주하지 않을 수 없을 만큼 위세를 떨치고 있으니 말이야! 그건 그렇고, 대동강을 건널 계책을 빨리 마련해 봐!"

고니시 유키나가의 말에 소서비가 미간을 모으고 한참 생각하다가 말한다.

"조선군을 이쪽 강 건너로 유인하는 작전을 쓰면 어떨까요?"

"어떻게?"

"우리가 물자 보급도 제대로 안 되고 군사들이 지치고 굶주려 후퇴하는 것처럼 소문을 퍼뜨리면……포로로 잡아 우리 편이 된 조선인이나 첩자들을 평양성 안으로 보내서요."

"하! 좋은 생각이야!"

5. 평양성 1차 전투

"오랫동안 비가 내리지 않아 강물이 나날이 줄고 있습니다. 상류 쪽은 수심이 얕은 여울이 많으니, 조만간 왜군이 반드시 그 여울을 건널 것입니다. 왜군이 강을 건너면 성을 지킬 수 없을 것인데 어째서 여울을 엄히 방비하지 않습니까?"

류성룡의 말에 성격이 느긋한 도원수 김명원이 대답한다.

"이미 이윤덕에게 명하여 그곳을 지키게 하였습니다."

"어찌 이윤덕 같은 사람을 믿고 의지하겠습니까?"

류성룡은 순찰사 이원익에게도 말한다.

"공들은 마치 잔치라도 벌이는 듯이 한곳에 모여 앉아 있는데, 이는 일을 하는 데 전혀 도움이 되지 않습니다. 그러니 어서 가서 여울을 지키는 것이 어떻겠습니까?"

이에 윤두수가 이원익에게 지시한다.

"공이 가보십시오."

"마름쇠1를 물속에 많이 깔아두어서 대비하는 것이 좋겠습니다."

류성룡과 김명원은 다시 강 건너 모래사장 위에 주둔하고 있는 왜군의 병영을 바라본다. 왜군은 10여 개 병영을 두고 풀을 엮어서 막사를 만들었다. 며칠이 지나도록 강을 건너지 못하자 왜군들의 경계 태세가 다소 느슨해졌다.

김명원이 적진을 매섭게 쏘아보다가 입을 연다.

"왜군이 많이 지쳐 있고 보급도 제대로 되지 않아 사기가 떨어져 있다고 합니다. 야밤을 틈타 배를 타고 습격하면 전과를 올릴 것 같습니다!"

"함부로 군사를 움직일 일이 아닙니다. 우리 군만으로는 반드시 패할 것 같습니다. 대동강을 지키기 위해 평안도에 있는 고을 수령들이 군대를 보내왔지만, 군사와 장정들을 다 합해야 3~4천 명에다가 600여 명의 승려가 합세하고 있을 뿐입니다. 왜군을 대적하기 어렵습니다. 그러니 속히 명나라 장군들을 도중에서 맞이하여 그들로 하여금 빨리 와서 우리를 구원해주도록 하는 것이 더 나을 듯합니다. 또한시바삐 서산을 팔도선교도총섭에 임명하여 전국의 승군을 지휘하도록 해야 합니다. 저는 서둘러 행재소가 있는 박

---

1 마름쇠: 끝이 뾰족한 서너 개의 발을 가진 쇠못으로 도둑이나 적을 막기 위해 뿌려둔다.

천으로 가서 전하를 뵙고 이 일을 아뢰어야겠습니다. 거듭 말씀드리지만, 깊이 판단하셔서 군사를 움직이셔야 합니다."

"알겠습니다."

김명원은 류성룡의 충고를 듣지 않았다. 류성룡이 박천으로 떠난 뒤 명나라 구원병이 오기 전에 신무기를 이용하여 일본군을 공격하였다. 빠른 선박에 활 잘 쏘는 군사들과 현자총통, 신기전을 싣고 강 한복판까지 배를 저어가서 일본군 진지에 화포 사격을 가했다. 현자총통의 화포와 신기전의 대형 화살이 강 건너 일본군 진지에 날아들어 일본군을 당황하게 만들었다.

사기가 오른 조선군은 드디어 6월 13일 일본군 진영을 기습 공격하여 수백 명을 죽이고 군마를 탈취하였다. 6월 14일 도원수 김명원은 영원 군수 고언백, 벽단 참사 유경령으로 하여금 정예 병사 400명을 이끌고 다시 밤에 기습토록 하였다. 조선군은 부벽루 아래 능라도에서 몰래 배를 타고 강을 건너갔다. 삼경2에 기습하기로 정하였는데

---

2 삼경(三更): 밤 11시~1시 사이.

시간을 놓쳐서 강을 건넜을 때는 이미 먼동이 트고 있었다. 여러 막사에 잠들어 있는 왜군들은 아직 일어나지 않았다. 제1진이 돌격하자 왜병들이 놀라서 우왕좌왕하였다. 조선군은 화살을 쏘아 많은 왜병을 죽였다. 왜군의 말 300여 필도 빼앗았다. 그러나 많은 전과를 올렸던 토병[3] 임욱경이 선봉으로 나서 용감하게 싸우다가 안타깝게 전사하였다.

얼마 후 열을 지어 주둔해 있던 구로다 나가마사의 왜군에게 조선군은 반격을 당했다. 열세에 몰린 조선군은 퇴각하여 배로 달려갔다. 하지만 배를 타고 강 가운데 있던 사람들은 왜군들이 접근하는 것을 보고 강가에 배를 정박시키지 못했다. 그래서 물에 빠져 죽은 사람들이 많았다. 나머지 군사들은 왕성탄을 건너 후퇴하였다. 왜군들은 그것을 보고 비로소 왕성탄의 물이 얕다는 것을 알았다. 이날 저녁 대부분의 왜병들이 왕성탄을 통해 강을 건너왔다. 조방장 박성명, 수탄장 오응정 등이 막았으나 조총을 쏘아대며 밀려오는 왜군에게 밀릴 수밖에 없었다.

---

3 토병(土兵): 일정한 지역의 토착민만으로 편성한 그 지방의 군사.

왜군들은 강을 건넜지만 머뭇거리며 평양성으로 바로 전진하지 못하였다. 성안에 조선군의 방비가 있을지 모른다고 의심했기 때문이다.

6. 피난

"우선 밤에 성문을 열어 성안 사람들을 모두 나가게 하고 군기와 화포를 풍월루 연못에다 가라앉혀야 합니다. 성을 나가서 군사를 더 모으고 저항하다가 명나라 구원군이 오면 합세해서 성을 다시 찾아야 합니다. 이 군사력으로 맞서 싸우다가는 얼마 못 버티고 전멸을 당하고 말 것입니다."

"비통하지만 어쩔 수 없지요! 우선은 물러설 수밖에!"

도원수 김명원의 말에 윤두수가 비장한 어조로 동조한다. 종사관 김신원도 슬프고 근심 어린 표정만 지을 뿐이다.

이번에는 김명원이 서산을 바라보며 묻는다.

"영명사의 중들도 피난을 가야 하지 않겠습니까? 저 왜인들도 우리 불도를 세워서 많이 숭상한다고는 하지만…."

"잘 모르고 하시는 말씀이십니다. 저 왜적들이 진정 불제자라면 조선의 중들은 그런 불제자이기를 그만두어야 하지요."

잔잔하지만 쟁쟁 울리는 서산의 음성에는 노기가 잔뜩 서려 있다.

"그래도 저들도 겐소라는 중을 전쟁터에 데리고 다니며 전사한 장병들의 영혼을 위로하는 시다림[1]도 하고, 필요할 때 조선과 소통하는 책사로 삼고 있지 않습니까?"

"겐소는 교활한 중이니 경계해야 합니다. 그보다도 무기를 왜적의 손에 넘기지 않는 것도 중요하지만, 적들이 먹고 쓸 것을 남기지 않는 일을 서둘러야 합니다. 군량미로 모아들인 10만여 석을 포함한 모든 물자를 없애는 일부터 하시지요. 우선 사창고의 쌀을 풀어 굶주린 백성들을 먹이시지요."

"그 쌀은 명나라 구원병이 오면 풀어먹일 군량미인데… 다시 성을 찾으면 우리 군사의 군량미도 되고요. 류성룡 대감이 알면 아무래도…."

"적을 이기려면 굶주린 백성들을 구제하여 살리고 적을 궁지에 빠뜨리는 일이 급선무지요."

"딴은 그러하오만…."

"저는 저잣거리로 나가 보겠습니다."

서산은 연관정에서 거리로 나온다.

---

1 시다림(尸陀林): 불교 승려가 상가에 가서 염불과 설법을 하고 의식을 진행하는 일.

성안의 거리는 아수라장이나 다름없다. 큰 거리, 좁은 골목 할 것 없이 쏟아져 나온 사람들이 피난 준비로 허둥대고 있다. 피난 보따리와 짐을 이고 진 노인과 어린애의 손목을 잡은 사람들이 열어 놓은 평양성 뒤쪽의 보통문을 향해 분주하게 움직이고 있다.

서산은 서로 찾고 외치고 울부짖고 한숨지으며 허둥대는 백성들을 지팡이를 짚고 측은하게 바라본다. 서산의 눈가에 이슬이 맺히는가 싶더니 긴 흰 눈썹으로 덮인 눈에서 굵은 눈물방울이 뚝뚝 떨어진다.

'나무 관세음보살! 저 불쌍한 백성들을 굽어살피소서!'

서산이 넋을 놓고 피난민들을 바라보고 있는데, 소금 짐을 지고 있는 젊은이와 노인의 말소리가 들린다.

"왜 소금 가마니까지 지구 나와? 먹을 것만 챙길 것이지!"

"그냥 둬서는 안 되지요. 왜놈들이 잘 쓰게 놔둬요?"

"그건 그러네! 그럼 연못까지 가서 버릴 것이 없어! 우물에다 쏟아버려! 우물도 메워야 하니까!"

"우물은 큰 돌로 메웠다가 다시 성을 찾으면 그때 들어내야지요!"

"것두 그렇구만!"

서산은 백성들도 자신과 생각이 같다는 것에 마음이 조금 환해진다. 서산이 대동문 거리를 지나 종로로 들어서려고 할 때다.

"스님!"

누군가 사람들 사이에서 서산을 소리쳐 부른다. 법근이다.

"아니, 법근이 아니냐?"

"큰스님을 뵈러 영명사로 가는 중입니다."

"잘 만났다. 네가 혹시 고충경 댁에 있지 않을까 해서 지금 칠성문 밖으로 나가려던 참이다."

"무슨 분부하실 일이 있으신가요?"

"으음, 이건 나 혼자만의 생각이 아니고 지금 이 성을 떠나가는 모든 사람의 뜻이라고 할 수 있다. 중들을 모두 동원해서 집마다 돌아다니며 성안에 있는 간장독을 다 부수고 소금을 없애라! 그리고 사창의 문을 부숴 사람들에게 쌀을 나누어 주어라!"

"사창고의 쌀을요? 그건 평시 같으면 약탈이라 큰 죄를 저지르는 일인데요!"

"그럼 고스란히 놔두었다가 왜적들이 먹고 기운을 내라고 해야 옳단 말이냐? 백성이 살아나야 나라도 있는 것이 아니냐?"

"예, 큰스님! 무슨 뜻이신지 알겠습니다!"

"시간이 없다! 서둘러라!"

법근이는 대답하고 돌아선다. 서산은 등에 긴 칼을 가로질러 메고 뛰어가는 법근이를 멀거니 바라본다.

피난민이 보통문으로 많이 빠져나갔는데도 평양성 안에는 아직도 사람이 많다. 피난 짐을 꾸리느라고 우왕좌왕하는 사람들도 있고 일단 나갔다가 빈 몸으로 물건을 더 가져가려고 되돌아오는 사람들도 있다. 또 부근 농촌에서 사창고 문이 열렸다는 소문을 듣고 사창고 앞으로 모여드는 사람들도 많다.

그런가 하면 한낮부터 성안에는 간장, 된장 냄새가 코를 찌른다. 마치 만여 호나 되는 집집에서 일제히 장을 졸이는 것 같다. 그 짜고 매운 냄새에 눈이 쓰라릴 정도다. 집집의 대문턱 밑으로 흘러나오는 장이 거리로 번지기 시작하여 흐르는 장이 사람의 신발을 적시게까지 한다. 폭양은 흘러나오는 장을 거리 바닥에다 허연 소금 거품을 만든다. 패거리를 지은 사람들이 정신없이 집마다 다니며 간장, 된장독들을 뒤엎어 쏟고 혹은 깨뜨려 버렸기 때문에 벌어지는 일이다. 중들이 하는 일을 보고 반신반의하는 사람들도 적지 않다.

조선 사람들은 장을 소중히 여기고 신성시한다. 장이 가득가득한 독과 항아리들이 늘비한 장독대는 그 집의 치장거리요, 자랑거리이기도 하다. '움막에 진간장이 있었다!'는 것은 뜻하지 않았던 데서 진귀한 것을 발견할 때 쓰는 말이기도 했다. 장맛이 변하면 집안에 무슨 변화가 생길 흉조요, 새 며느리를 맞아 장맛이 변하면 그것은 집안에 들이지 못할 사람이 들어왔다는 징조로도 생각했다.

그러나 왜적이 쓸 물자를 남겨서는 안 된다는 생각은 모두가 같았다. 낫을 들고 밭에서 곡식을 잘라내는 사람들도 있었다. 지금 한창 열리는 중인 오이와 참외 수박 넝쿨을 걷어내고, 배추, 무들을 뽑아 버렸다. 또 집의 돌담을 헐어다가 우물을 메우는 사람들도 있었다. 반드시 평양성내로 돌아오겠다는 결심과 함께, 그때 다시 파내기 쉽게 하려는 생각에서였다. 이러한 평양성 사람들의 행동은, 그 후 반년 이상이나 성을 강점하고 있던 왜적에게 큰 타격을 주었다.

사창고 앞에 몰려든 사람들 가운데 한 여인이 법근이에게 묻는다. 법근이는 사창고의 판장문에 채운 육중한 자물통을 도끼로 깨부수고, 사람들이 쌀을 가져가게 하고 있다.

"사창고 문을 터쳐 놓구 쌀을 다 풀어 멕이라고 한 건 서산 스님이 맞지요?"

"그렇습니다. 서산 스님께서 할 수만 있으면 이 군량미를 다 날라내서 성안에 들어온 왜놈들이 봇돌[2]을 핥게 했으면 좋겠다고 하셨습니다."

옆에서 듣고 있던 늙수그레한 남자가 말한다.

"그러고 보니 서산 스님이 손자병법도 아는 모양일세그려!"

"손자병법이라니요? 손자병법에 왜놈 봇돌 핥이는 법도 있습니까?"

"그런 건 없지만……'지장은 무식어적식'이라……남의 나라루 쳐들어간 군사는 우리나라의 군량을 가져가지 않고 쳐들어간 그곳의 곡식을 먹도록 해야 한다구 했으니, 우리 곡식을 왜적이 못 먹게 하는 것도 병법에 맞는 일 아닙니까!"

"자, 어서들 한 섬씩이라도 더 져 내가시오!"

사창고의 물건을 내가는 일은 밤까지 계속되었다. 밤이 깊어질수록 성 밖으로 피난을 가는 사람도 있었지만, 쌀을

---

2 봇돌: 아궁이의 양쪽에 세우는 돌.

가지러 성안으로 들어오는 사람들은 더욱 많아졌다. 법근이는 고충경과 함께 몇몇 중들과 을밀대와 장경문 쪽에서 왜군의 동정을 살폈다. 사창고의 물건을 내가는 일은 왜군이 성안으로 들어오는 다음 날 아침까지 계속되었다. 그러나 남은 양곡을 적에게 남기지 말아야 한다고 생각하면서도 불살라 버릴 비상수단은 취하지 못했다. 사창고에 불을 지르면 왕과 조정의 대신들이 노발대발할지도 모른다는 생각 때문이었을까. 왜냐하면 사리에 밝은 류성룡조차 명나라 구원병에게 공급할 군량 걱정을 할 때마다 '평양성을 도로 찾기만 하면 그 안에는 10만 석이나 있으니 걱정이 없으련만…'하고 안타까워했기 때문이다.

이날 밤 윤두수와 김명원은 성문을 열어 성안 사람들을 모두 나가게 하고 군기와 화포를 풍월루 연못에 가라앉혔다. 윤두수 등은 보통문으로 나가서 순안으로 가고, 김신원은 홀로 대동문을 나와 배를 타고 강서로 향하였는데 추격하는 왜병들은 없었다.

다음 날 왜군이 모란봉에 올라 오랫동안 주변을 살펴보고, 성안이 텅 비었다는 것을 알고서 바로 성으로 들어갔다. 김명원의 성급한 공격과 한밤중 기습작전의 차질로 평양성을 더 오래 지키지 못하고 왜적에게 내주었다.

7. 서산과 사명

"보통벌의 농사는 어떻게든 계속해야 한다."

서산이 힘주어 말하자, 마주 앉은 사명도 단비를 맞고 생기를 되찾은 들녘으로 시선을 보낸다. 대현도 법근의 옆에 앉아 들녘을 바라본다. 지금 서산과 사명은 잡약산 마을의 농막에 앉아 왜군과 싸울 전략을 숙의하고 있다. 보통강을 건너서면 창광산 대타령 같은 가까운 부락들이 있다. 이 잡약산 마을도 그중의 하나다.

"긴 가뭄 끝에 때맞춰 비가 내려서 다행입니다. 왜적과의 싸움에는 우리 역시 어려움도 있었지만요."

"조승훈이 패한 것도 비 영향이 컸지. 교만이 문제였지만."

명나라 황제는 선조의 다급한 파병 요청에, 요동 부총병 조승훈에게 3,000명의 군사를 주어 조선으로 보냈다. 당시 평양성에는 고니시 유키나가의 1번 대 병력 18,700명과 구로다 나가마사의 제3번 대 일부 병력 5,000명이 주둔하고 있었는데 구로다의 병력이 황해도로 철수한 후였다. 이를 본 척후장 순안군수 황원이 적의 주력이 빠져나가는 것으로 지휘부에 보고했다. 이 보고를 받고서 7월 17일 승군 600명을 포함한 조선군 3,000명과 명군 3,000명 등 모두 6,000명이 평양성을 공격했다. 이 전투가 바로 2차 평양성 전투다. 평양성의 문이 열려 있고 왜군이 보이지 않자 명군의 선봉장 사유는 병력을 모두 평양성으로 진격시켰다. 길 양편에 매복해 있던 왜군의 조총 사격으로 사유와 부장 천 총, 장국총 등이 전사하였다. 조선군과 명군은 우왕좌왕하다가 크게 패하였다. 총병 조승훈은 부상당한 후 남은 수십 기의 병력을 이끌고 요동으로 돌아갔다.

"교만과 오만은 반드시 화를 부르는 법이거늘….."

서산의 깊은 한숨에 사명이 안타깝게 말한다.

"조승훈이 너무 자신만만하여 화를 자초한 것이지요."

조승훈은 요동의 용맹한 장수였는데 여러 번 여진인과 싸워 공을 세웠다. 이번 싸움에도 자신만만하여 행군 도중 가산에 도착하였을 때 조선 사람에게 물었다.

"평양에 있는 왜군이 설마 도망간 것은 아니지요?'

"아직 퇴각하지 않았습니다."

조승훈은 술잔을 들고 하늘을 우러러 기원하며 말했다.

"왜군이 아직 남아 있다는 것은 하늘이 나로 하여금 반드시 큰 공을 세우게 하려 함이다!"

이날 삼경에 조승훈은 순안에서 진군하여 평양성을 공격하였다. 마침 큰비가 와서 성 위에는 지키는 군사가 없었다. 명나라 군사들은 칠성문을 따라 성안으로 들어갔다. 길이 좁고, 구불구불하여 말들이 다리를 곧게 펴고 달릴 수 없었다. 왜군들이 숨어서 조총을 마구 쏘아대니 유격대장 사유가 탄환을 맞고 즉사하였고, 군사들과 말도 많이 죽었다. 뒤에 쳐진 군사들은 진흙탕에 빠졌고, 빠져나오지 못한 군사들은 모두 왜군에게 살해되었다.

조승훈은 남은 군사들을 이끌고 돌아오는 길에 순안, 숙천을 거쳐 한밤중에 안주에 도착하였다. 그는 성 밖에 말을 세우고는 역관[1] 박의검을 불러 말하였다.

"내 군사들이 오늘 많은 왜군을 죽였는데 불행히도 유격대장 사유는 부상당해 죽었다. 날씨마저 불리하여 큰비가 내려 땅이 진흙탕이 되는 바람에 왜군을 섬멸할 수 없었다. 군사들을 더 보충하여 다시 진격해야 한다. 너희 재상에게 동요하지 말라고 이르고 부교[2]도 치우지 말라고 이르라."

---

1 역관(譯官): 통역을 맡아보는 관리.
2 부교(浮橋): 배, 뗏목을 잇대어 매고 그 위에 널빤지를 깔아 만든 다리.

말을 마친 조승훈은 청천강과 대정강을 건너 공강정에 주둔하였다. 그는 전쟁에서 패한 후 겁을 먹은 것이다. 왜 군이 추격해올까 두려워서 앞의 두 강으로 왜군을 막겠다 는 생각에 그렇게 서두른 것이다.

"왜군도 우리가 농사짓는 것을 방해하려고 하지는 않을 것이다. 지켜보고 있다가 추수할 때 밀려 나올 것이다."

"그때가 되기 전에 평양성에서 적을 몰아내야지요."

"쉽지 않아. 명나라 대군이 언제 올지 모르고. 장마도 쉽 게 끝날 것 같지 않고."

서산의 말처럼 장마는 거의 한 달 반 가까이 계속되고 있 다. 7월 중순을 넘어 밭곡식은 이미 김매기가 다 끝난 상태 다. 보통벌에는 밭보다 논이 훨씬 더 많다. 논의 김매기도 기다리던 비를 맞아 세 벌, 네 벌째에 들어섰다. 쏟아지는 비를 연막으로 이용해 가면서 마무리를 서두르고 있다. 묘 향산의 중들이 합세하였다. 그들은 거의가 농민 출신이므 로 김을 매는 속도가 빨랐다.

일할 때는 먼저 보통문과 칠성문 근처에 사람을 잠복시 켜서 적정을 살폈다. 왜군이 소부대로 습격해오는 경우에 는 맞아서 싸울 준비도 갖추었다. 묘향산에서 나온 중들 중 에는 병장기라고 할 수 있는 무기는 못 되더라도 큰 장도나

짧은 철퇴 같은 것을 지니고 온 사람이 많았고, 이곳 농민들 중에도 적과의 싸움에서 노획한 창, 칼 같은 것을 가지고 논판에 들어섰다. 그런 무기가 없는 사람은 낫과 도끼를 허리띠에 찔렀다.

그러나 어쩔 수 없는 경우가 아니면 적과의 충돌은 피하기로 했다. 적이 밀려 나오면 곧 가까운 산속으로 흩어져 들어가서 적이 모르는 골짜기나 숲속에 잠복해 있다가 기습하기로 했다. 그리고 적의 주목을 끌지 않기 위해서 많은 사람이 한꺼번에 논벌에 들어서지 않고 분산해서 일했다. 오늘같이 비가 많이 오는 날은 물안개가 자욱한 때를 타서 성 밑까지도 가서 일했다.

"왜적도 이제 기가 많이 꺾여서 함부로 성 밖으로 나와서 공격하려 들지는 않을 것이야."

"전세가 많이 달라졌지요. 관군도 진용을 재정비하고 우리의 힘만으로도 능히 평양성을 탈환할 수 있다는 자신감이 생긴 것 같습니다."

"그런데도 전하께서는 조신들 틈에서 초조해하시며 근심만 하고 계시니…."

선조는 서산과 사명을 의주 행재소로 불러, "이 난국을 네 가히 건질 수 있겠느냐?"고 서산에게 물었다. 서산은 결연하게 대답했다. "예. 늙은 중들은 불전에 향을 사르고 천우신조를 빌게 하고, 건장한 중들은 전장에 나가서 충성을 다하겠습니다."

왕은 서산의 말에 만족해했다. 왕은 서산을 '도총섭'으로 사명을 '부총섭'으로 임명했다. 각 도 방백들에게 승병을 홀시 말고 떳떳이 대우하라는 영도 내렸다. 왕은 사명에게 환속하기를 권하기도 했다.

서산의 문하에서 글 잘하고 덕행이 높은 선승으로 이름을 날렸던 사명은 당시 마흔아홉 살이었다. 팔척장신에 괴걸한 풍모를 가진 대장부였다. 광채가 어리는 눈빛과 준수한 코와 길고 윤이 흐르는 무성한 수염만으로도 대장부의 기백이 넘쳤다. 비록 속세를 등지고 중이 되기는 하였으나 대장부라는 자부심에서 수염만은 기르겠다는 것이 사명의 뜻이었다. 선조는 그러한 사명에게 "네가 머리를 기르고 세상에 나온다면 나라에 크게 쓰이리라."하고 환속을 권하기도 했다. 그러나 사명은 "중도 또한 이 나라의 백성이므로 중으로서 충성을 다하겠습니다."라고 사양하였다.

서산 역시 사명의 비범함에 시 두 수를 지어 사명에게 주기도 했다.

사문의 일척안3이여

그 광명이 온 누리를 비추도다

우뚝함은 왕이 칼을 손에 쥔 듯

허명(虛名)함은 거울이 누대에 걸린 듯

구름 밖으로 용을 잡고서 가고

공중에서 봉의 나래를 치며 오네

살활의 수법이 능수능란하니

천지도 하나의 티끌이로세

일척사문안(一隻沙門眼)

광명조입해(光明照入垓)

탁여왕병검(卓如王秉劍)

허명경당대(虛名鏡當臺)

운외나용거(雲外拏龍去)

공중타봉래(空中打鳳來)

통방능살활(通方能殺活)

---

3 일척안(一隻眼): 선림(禪林)의 용어로, 범부의 육안(肉眼)이 아니라 진실한 정견
(正見)을 갖춘 별도의 심안(心眼)이라는 말이다. 정문안(頂門眼) 또는 활안(活眼)
이라고도 한다.

천지역진애(天地亦塵埃)

오종(吾宗)이 땅에 떨어진 오늘

하늘이 종남4을 하나 내었네

예전엔 군왕의 기호를 안타깝게 여겼고

지금은 석자의 탐욕을 가련하게 여긴다네

풍뢰와 같은 비결을 발휘함은 물론이요

주옥과 같은 청담을 토해낸다오

만약 서래의 노래를 부른다면

어떤 사람이 초암에 와서 묵을고5

오종당락지(吾宗當落地)

천출일종남(天出一終南)

증민군왕기(曾愍郡王嗜)

---

4 종남(終南): 종남대덕(終南大德)의 준말로, 걸출한 승려를 비유하는 말. 종남산
(終南山)은 보통 남산(南山)으로 일컬어지는데, 이곳에서 당대(唐代)의 화엄종의
개조(開祖)인 두순(杜順), 즉 법순(法順)을 비롯하여 대대로 수많은 고승이 배출
되었다.

5 서산이 제자 유정의 깨달음의 경지를 인정해 주는 말이다. 서래(西來)는 조사서
래(祖師西來)의 준말이다. 이는 달마가 서쪽 인도에서 중국에 건너와 불법을 전
한 진의가 무엇인가를 묻는 선종의 화두이다.

금련석자탐(今憐釋子貪)

풍뢰생비결(風雷生祕訣)

주옥산청담(珠玉散淸談)

약창서래곡(若唱西來曲)

하인숙초암(何人宿草菴)

　이처럼 풍채만으로는 사명이 서산의 제자라고 보기 어려웠다. 서산은 노쇠한 체구에 깨끗이 센 눈썹 밑에서 형형하게 빛나는 눈빛만이 범접하기 어려운 위엄을 갖추고 있을 뿐이었다. 사명도 서산의 높은 도력과 비범한 인품을 깊이 알기 전에는 경솔하게 스승을 대한 적도 있었다.

　사명이 묘향산으로 들어가서 서산 문하의 제자가 되었을 때의 일이다. 둘이서 먼 길을 가게 되었다. 사명은 무거운 짐을 지고 제자의 예를 갖추어 서산의 뒤를 따라가고 있었다. 날씨는 무덥고 산길은 험했다. 서산의 식량 몫까지 무거운 짐을 지고 따라가자니 힘이 든 사명은, 큰스님이라고 짐을 나누어질 생각도 하지 않는 서산이 슬그머니 미운 생각이 들었다. 가다가 어느 영마루에서 쉬고 난 때였다. 사명이 다시 짐을 지려고 하자 뜻밖에 서산이 말했다.

　"너는 너 갈대로 가거라."

사명이 놀라서 물었다.

"왜 그러십니까?"

"네가 네 맘을 들여다보면 알 것이 아니냐!"

사명은 다시는 그런 마음을 갖지 않겠다고 용서를 빌었다.

사명은 그때의 일을 생각하며 서산을 존경의 눈으로 바라본다.

"전하께서는 큰스님의 의기에 큰 힘을 얻은 것 같습니다."

"아니다. 네 위풍당당함에 더 용기를 얻으셨다. 그러나 전하께서는 민심이 다소 안정되어 백성들이 집으로 돌아와 호미와 보습으로 병장기를 만들고, 관군들도 사기를 회복하여 왜적에게 막대한 피해를 입히고 있는 사실을 잘 모르고 계시는 것 같지 않던가? 평양에 있는 왜적들이 더는 나오지 않으니 무슨 까닭인가? 라고 물으시는 것만 봐도…."

"그렇습니다. 왜적이 겁을 내서 못 나오는 것 같다고 하니까, 그렇게는 생각하지 않는다, 왜적들은 필시 간특한 계책이 있어서 선선한 가을 날씨를 기다리는 게 아니겠느냐고 반문하셨으니까요."

"아무튼, 고니시 유키나가가 겁을 먹고 있는 게 분명해.

조선 백성들이 왜족과는 다르다는 걸 알고 얼이 빠졌을 테니까."

서산의 말은 사실이었다. 『징비록』의 기록이 이를 증명한다.

……왜(일본)는 가장 간악한 것들이다. 군사를 조종함에 있어 그 어느 한 가지도 궤휼6 아닌 것이 없다. 그러나 임진년 간의 일로 본다면 한양을 칠 때까지는 그 궤휼이 자못 교묘했으나, 평양에 이르러서는 극히 치졸했다고 할 수 있다.

류성룡은 또 일본군이 한양성을 강점할 때까지의 기세와 평양성 점령 이후의 무기력한 정황을 대비하여 다음과 같이 썼다.

이때까지 이겨온 것만을 믿어, 뒤의 고려함이 없이, 여러 곳에 흩어져서 미쳐 날뛰고 방자하기를 일삼았을 뿐,

---

6 궤휼(詭譎): 교묘하고 간사스러움. 또는 교묘한 속임수. 궤휼

군사란 흩으려 놓으면 그 세력이 약해지는 법인데, 일본군은 천여 리에 널려 있으면서 오래 동안 헛되이 날을 보냈다.

그러면서 평양성을 되찾기 직전의 왜군의 정형을 '처음에는 바위라도 꿰뚫을 듯했던 화살이 마침내는 엷은 비단 한 겹을 못 뚫게 되는 것과 같다'라고 묘사했다.

일본군의 기세는 이미 찌부러졌고 또 사면에서 일어나서 요격하는 우리 백성들 때문에 적들은, 머리가 제 꼬리를 돌볼 수 없고 꼬리가 제 머리를 감쌀 수 없는 형편이라, 마침내는 달아날 수밖에! 이것이 곧 평양에서 적들이 치졸했다고 하는 바이다. 이 같은 적의 실책이 우리에게는 이로운 것이었으니 이에 우리는 뱀의 허리를 토막 치듯이 천여 리에 널려 있는 적의 병참선을 끊기는 그리 어렵지 않은 일이었다.

이와 같은 기록은 평양성 내의 일본군뿐만 아니라, 일본 침략군 전체가 망해가는 정형을 말한 것이다. 또한 조선 백성들의 유격 항전이 얼마나 치열했던가를 말해준다.

"사명 스님 말씀이 맞습니다. 소서비에게 잡혀 있는 계월향과 내통하고 있는 노 스님의 말씀으로는, 평양성 내의 왜적은 보급품의 부족과 병마로 사기가 크게 떨어졌다고 합니다."

법근의 말에 서산이 묻는다.

"그걸 어찌 아는가?"

"소서비에게 잡혀 있는 계월향과 내통하고 있는 영명사 노스님의 말씀입니다. 고니시 유키나가는 영명사에 남아 있는 노스님들을 불러, 죽은 왜병들의 영혼을 위로하는 시다림7을 하게 하는데, 그 가운데 노장 스님 한 분이 계월향과…."

"계월향이라고 했는가?"

"예. 큰스님."

"계월향이 소서비에게 잡혀 있어?"

"예. 소서비가 애첩으로 삼고 있는 모양입니다."

"으음, 그으래…."

서산은 흰 눈썹을 찡긋하며 피난민들과 함께 평양성 밖

---

7 시다림(尸茶林): 죽은 사람에게 마지막으로 하는 설법.

으로 나오던 날의 일을 생각한다. 애련당을 좀 지나올 때였다. 한 여인이 등 뒤에서 서산을 부르며 달려와 앞에 섰다. 동백기름으로 윤이 흐르는 큰 머리봉 위에 붉은 댕기를 맨 젊은 여인은 화려한 옷차림새가 예사롭지 않았다. 용모도 아름다웠다. 맑고 그윽한 향기가 풍기는 듯한 기품이 느껴지기도 했다.

"뉘시온지요?"

"저, 저요? 저를 모르시겠어요? 저는 이전에 간혹 뵈었는데…."

"……?"

"지난봄에도 감사 영감을 모시구 향산 갔을 때 스님을 뵈었는데…."

서산이 기억을 더듬으며 기연가미연가 하는데 여인이 얼굴을 붉히며 "전 본부 부기(관가 기생) 계월향이야요."하고 본색을 밝혔다.

"아, 그러 하오시니까."

계월향이는 자기를 묘향산으로 데려다 줄 수 없느냐고 물었다. 묘향산의 어느 절이나 암자로 피란을 갔으면 하는데 중들을 시켜서 약간의 세간까지도 좀 날라주면 안 되겠느냐고 물었다.

"제가 향산에 가 있으면 설마 절에 폐만 끼치기야 하겠어요."

"폐까지야…그런데 저는 바로 산으로 갈 것 같지가 않습니다. 여기 남은 중들도 그렇고. 지푸라기라도 잡을 수 있는 힘이 있는 사람들은 끝까지 남아서 싸워야지요! 왜적에게 강토를 다 빼앗기면 어디로 피란을 갈 것이며, 구차하게 목숨을 연명한들 그게 산목숨이겠습니까."

"아, 그렇군요…관기 주제에 청절하지 못한 육신의 안위만을 생각한 제 자신이 부끄럽네요."

"도움이 못 돼서 미안합니다."

"아니옵니다, 스님! 언제 또 뵐지 모르오나 부디 강녕하셔서 좋은 날에 뵈어요."

계월향은 무슨 결심을 했는지, 입꼬리에 의미심장한 미소를 흘리며 서산에게 목례하고 발걸음을 되돌렸다.

서산은 그때 총총히 군중 사이로 사라지던 계월향의 아리따운 뒷모습을 떠올리며 다시 묻는다.

"계월향이 소서비의 애첩 노릇을 하며 정탐하고 있단 말인가?"

"예. 그렇게 알고 있습니다."

"아, 그랬구먼. 자태만 아름다운 게 아니라 충절도 있는 당찬 여인이었구먼!"

　서산은 감동어린 눈으로 보통벌 너머 평양성을 멀거
니 바라본다.

8. 계월향

"이 평양성은 색향으로 유명했었다지?"

장경문 앞을 지나 성첩을 따라서 을밀대에 오른 고니시 유키나가는 평양성을 굽어보며 겐소에게 묻는다.

멀리서 바라보는 평양성은 여전히 아름답다. 서북쪽으로 10리에 걸쳐 성벽을 에워싸고 연이어지는 낙락장송의 울창한 송림. 동남쪽의 청류벽 줄기와 그 깎아지른 절벽을 스쳐 유유히 흐르는 대동강. 그 안에 들어앉은 집 절반 녹음 절반으로 휘늘어진 버드나무 사이사이로 드러나는 빼어난 추녀, 붉은 기둥들의 누대와 전각들. 오랜 세월을 두고 운치를 사랑할 줄 아는 평양성 사람들이 이룩한 아름답고 평화로운 성시다.

"역시 색향이 될 만한 곳이야!"

고니시 유키나가의 감탄에 중 겐소가 말을 받는다.

"네. 그런 말을 들은 적이 있습니다. 이곳 기생이었던 계월향이만 보아도 그럴 것 같습니다. 참으로 절색의 계집이옵니다."

겐소는 잠시 말을 끊고 고니시 유키나가의 눈치를 살핀
다.

"그 자색도 자색이려니와 그 문재와 필재는 참으로 놀랍
습니다!"

"뭘 그리 감탄하는가?"

"아니올시다. 실로 이만저만한 재간이 아닙지요. 한문도
잘하려니와 그 필재! 사군자 중에서도 난은 소승의 눈에는
놀랄 만한 경지이옵니다."

"그으래? 그리고 보니 귀승이 그 고마인 기생과 풍류 속
에 놀아났다는 얘기가 아닌가?"

"그렇지도 못합니다. 그저 필담하다 보니 그 글재주를 엿
볼 수 있었고, 또한 그림 역시 소서비가 그녀의 짐짝 속에
서 뒤져낸 이전 것을 보았을 뿐입니다. 하도 훌륭하기에 몇
번 청했지만 영 붓을 들려고 하지를 않습니다. 도노께서 한
번 부르셔서 부채에 난을 한 폭 받아보십시오. 부채에서 향
이 풍길 만한 솜씨옵니다."

"나는 그런 풍류는 모르니까."

"아니올시다. 문재와 필재도 그렇지만 아리따운 자태에
절색이라…."

"호오 그래? 그런 절색의 계집을 어떻게 소서비가 취하

게 되었는가?"

"그렇게 고분고분한 계집이 아닙니다. 계월향은 요즘 더부쩍 말랐습니다."

"어째서?"

"그녀 역시 이 평양성에서 늦게 피난을 나가다가 우리 군사들한테 붙들려서 끌려왔는데, 와서는 근 열흘이나 식음을 전폐했으니까요."

"식음을 전폐하다니, 음식을 입에 대려고도 하지 않았단 말인가?"

"네."

"왜? 굶어 죽으려구?"

"글쎄올시다."

"의리라는 것을 내세워 지절을 지킬 사랑하는 남자라도 있었단 말인가?"

"관기 주제에 무슨 정절일까만……있다면 유령 같은 충절심의 정랑(사랑하는 남자)이 있다고나 할지….."

"고마인은 유령 정랑도 두는가?"

늙은 중 겐소는 고니시 유키나가의 노염이나 사지 않을까 싶어 그의 눈치를 살피며 조심스레 대답한다.

"도노께서도 말씀하셔서 드리는 말씀인데…… 수천 리나

떨어져 있는 우리까지도 저주하지 않을 수 없는, 저 남해의 수군 장수 이순신…… 충절의 여인들에게는 유령의 정랑이라면 정랑이라고 할지……여기까지 미친 이순신의 그림자에 우리 일본군이 두려워하고 있다는 것을 안다면, 계월향의 마음이 곧 남해로 달려갈 것도 같사와….”

“허어! 그렇게 건방진 계집이란 말인가? 관기 주제에! 얼마나 건방진 계집인가 한번 불러 구경해야겠소!”

고니시 유키나가는 가소롭다는 웃음을 지으며 영명사를 내려다보며 겐소에게 묻는다.

“저 절에는 아직도 남아 있는 고마인 중들이 있는가?”

“예. 남아 있는 중이 10여 명 됩니다.”

“왜 그자들만이 아직도 이 평양성 근처에 남아 있는가?”

“거의가 다 나다니며 동냥도 하기 어려운 늙은것들이온데 도노께서 특별한 처분으로 남겨 주신 절의 식량이 아직도 좀 있으니까 연명할 때까지는 그냥 있을 모양이겠지요.”

“그래? 그럼 앞으로도 연명할 만치 식량을 대 주게.”

“네에?”

겐소는 의아한 눈으로 겐소를 바라본다.

“내 말은, 평양성 가까이에 있는 이름이 난 큰 절의 중들이니까 이곳 백성 중에는 그들의 말을 따르는 자들도 있을 것이니까….”

고니시 유키나가는 잠시 말끝을 흐렸다가 잇는다.

“이런 말도 있지 않은가…… 비루먹은 말을 하나 건사했더니 천리마가 찾아왔다는……앞으로는 이곳 백성들을 되도록 많이 끌어들여야 할 것이고, 그러자면 저 중들이 민심을 수습하는 데 도움이 될지도 모르니까 말이야! 무슨 말인지 알겠지?”

“네, 네. 알고말고요! 지난번에 동대원에서 ‘시다림’을 할 때 필담을 했더니, 비록 나라는 다르지만 피차 불제자이기는 마찬가지라, 이같이 부처님의 인연으로 만나게 된 거 아니겠느냐고 하는 자도 있었습니다.”

“아첨이겠지!”

고니시 유키나가는 ‘내 예리한 판단이 맞지?’ 하는 눈으로 겐소를 바라본다.

“하. 하오나 그렇게만 생각할….”

겐소가 조금 씁쓸한 표정을 짓자 고니시 유키나가는 호탕하게 웃는다.

“하하핫! 아니, 내 말은…… 아첨하는 자일수록 좋다는 말이야! 우리에게 진심으로 복종하는 고마인도 없겠지만,

고집불통의 우직한 자보다는 아첨도 할 줄 아는 영리한 자일수록 이용하기가 쉬우니까 말이야! 그런 자들에게는 양식을 주어도 좋다는 뜻이야! 주어, 주라구!"

고니시 유키나가는 칠성분투에 이르자 성 밑의 농가를 굽어보며 묻는다.

"이 농가들도 다 비어 있는가?"

"예. 다 떠나고 한 사람도 남아 있지 않습니다."

"그렇다면 저렇게 여전히 농사를 짓는 저 고마인 농군들은 다 어디에 있나?"

칠성문에서 바라보이는 보통벌에는 논밭 곡식들이 무성하게 자라고 있다. 들녘에는 웃자란 벼 포기들로 푸른 물결을 이루고 있다. 그런 초록 일색의 논밭에서 해오라기인 양 흰옷을 입은 사람들이 농기구를 들고 곡식을 손보고 있는 것이 보인다.

"저 고마인 백성들 말씀이신가요?"

고니시 유키나가의 옆에서 허리를 굽히고 있던 문지기 장교가 말한다.

"저자들은 날이 밝으면 어디서 나오는지 나와서 어두울 때까지 일들을 하고 있습니다. 그리고는 어디로 가는지 알 수 없게 사라집니다."

"그으래?"

"하는 짓이 밉살스럽기도 해서 우리 군사들이 습격하러 나가면, 그 낌새를 알아채고 산지사방으로 다 흩어져서 산속으로 물이 잦아들 듯이 사라집니다."

문지기 장교의 말은 새로울 것도 없다. 고니시 유키나가도 어느 산기슭 마을로 약탈하러 나갔던 30여 명의 군졸이 온 데 간 데 모르게 없어졌고, 산속으로 숨은 고마인들을 추격했던 군사들 역시 도리어 고마인들에게 목숨을 잃었다는 사실을 이미 보고받은 바 있다. 고마인들만이 아는 그 산길과 골짜기에서 단 한 명의 고마인을 찾아내려면 열 명의 군졸로도 모자랐고, 그 하나를 죽이기 위해서는 몇 배나 되는 군사들이 먼저 죽임을 당해야 하는 것이 엄연한 현실이다. 한때는 병력을 총동원하여 평양성 부근의 산들을 모조리 불사르고 소탕해버리자는 생각도 했었다. 그러나 지금 바라보는 저 산 뒤에는 또 산, 겹겹이 이어지는 산속을 뒤져서 고마인을 찾아내어 모두 죽이려다가는 자신들이 더 많은 희생을 치러야 한다는 것을 그는 알고 있었다.

"앞으로는 저 고마인들이 농사짓는 일을 방해하지 않아도 돼!"

"내버려 두라는 말씀이십니까?"

이번에는 겐소 옆에 서 있던 소 요시모도 장수가 물으면서 불만스런 어조로 말한다.

"그렇다. 저자들은 한겨울의 개구리나 뱀같이 땅 구멍 속에 숨어 있으면서도 굶어 죽을 수 없으니까 기어 나와 죽자 사자 농사를 짓고 있는 것이다. 그러나 저자들이 지은 곡식은 모두 우리가 차지하고 저자들은 기껏해야 짚이나 차지할까…… 패자들은 언제나 땀의 결실을 정복자에게 바쳐야 하는 법이니까 말이야! 하, 하핫!"

고니시 유키나가는 통쾌한 듯 웃고 나서 겐소를 향해 한 마디 툭 던진다.

"자, 그만 내려가자. 내일은 그 잘났다는 계월향이 향내나 좀 맡아볼까?"

*

"뭐라고? 이 평양성에는 난이 살지 않는다고?"

고니시 유키나가는 겐소가 붓으로 쓴 필담을 내려다보며 묻는다. 중 겐소는 대답을 못 하고 얼굴을 붉힌다.

고니시 유키나가는 성첩을 둘러보고 내려온 바로 이튿날 계월향이를 연관정으로 불렀다. 계월향은 고니시 유키나가가 이하 그의 장령들이 술자리를 벌이고 있는 자리로 끌려 나갔다. 계월향은 소복단장이나 다름없는 소탈한 옷차림에 해쓱하게 여읜 자태였지만 아름다웠고 기품이 느껴졌다. 고니시 유키나가는 미리 준비한 종이와 붓과 먹을 내놓고 겐소를 시켜 필담으로 우선 난초를 그리라고 했다. 계월향은 붓을 들어 겐소에게 '송나라 사초를 아는가?'라고 썼다. 겐소는 고개를 갸웃거리다가 얼굴을 붉히며 모른다는 뜻으로 고개를 흔들었다.

사초는 난초 그림을 잘 그리는 송나라 말년의 선비였다. 사초는 원나라에 송나라가 망하자 붓을 던지고 난을 그리지 않았다. 더러 옛 친구가 굳이 청하는 때면 붓을 들기는 하나 난 한 포기만을 달랑 그려 놓을 뿐이었다. "왜 땅은 안 그리는가?"라고 물으면 "우리에게는 난이 뿌리를 박을 땅이 없어진 지 이미 오래지 않은가?"하고 되물었다. 그 사실을 모르는 겐소는 고니시 유키나가에게 정확한 뜻을 전할 수가 없어 얼굴을 붉힌 것이다.

"무슨 뜻이냐고 묻지 않았느냐?"

"하아……마, 마음 준비가 되, 되지 않아서……기, 기가 흐려져서 난을 잘 그릴 수가 없다는 뜻인가 보옵니다. 예술 작품은 혼과 기가 실려야 명품이 나오는 것이온데…."

"그, 으래… 그럼 춤이라도 추라고 그래!"

계월향은 마음속으로 '네 놈들의 노리개가 될 수는 없지. 내 반드시 기회가 오면 너를 죽여 원한을 갚으리라'라고 다짐하면서 몸이 불편해서 춤을 출 수 없다고 거절한다. 고니시 유키나가가 그래도 자꾸 강요하자 '그같이 강요하면 칼춤을 출 테니 검을 달라'고 쓴다. 겐소가 놀랜 눈으로 그 글자를 따라 보다가 제 붓으로 그 글줄을 지워가며 고니시 유키나가에게 귓속말로 말한다.

"춤도……아직…… 많이많이 몸이 좋지 않아서…… 제대로 된 춤을 보여 드릴 수 없다고 합니다. 다음에 명하시는 것이….""

고니시 유키나가는 조금 언짢은 낮빛을 하다가 계월향이를 돌려보냈다.

9. 전란 중에도 사랑의 꽃은 피어나고

"으, 흠…… 저건 법근이가 부는 풀피리 소리가 아니냐?"

서산이 뒷산 숲속에서 들려오는 풀피리 소리에 귀를 기울이다가 대현을 바라본다. 쉰 풀잎이나 나뭇잎을 따서 만들어 부는 것이지만 풀잎 소리는 피리 소리 이상으로 맑고 애절하다.

"법근 승 말고는 저렇게 초금(풀피리)을 불 재간을 가진 사람은 없지요."

사명이 대현보다 먼저 말을 받는다. 가락은 차차 애절함을 넘어 구슬퍼 간다.

"오늘따라 초금 소리가 더 애절하고 구슬프게 들리는구나."

"달은 휘영청 밝고 평양성은 언제 되찾을지 모르고… 풀피리라도 불면서 울적한 심사를 달래고 있는 거겠지요."

"그야……이 병란 중에 누군들 그런 심사가 아닌 사람이 어디 있겠느냐."

사실 서산도 초저녁에 잡다한 생각에 꺼들거리다가 까무

룩 잠이 들었다. 깊은 잠이 아니라 얼마 지나지 않아서 깼다. 한지를 바른 봉창으로 달빛이 비쳐 들고 있었다. 바람이 부는가. 창호지에 나뭇잎의 그림자가 어렸다. 처서도 지나 보름이 가까워지면서 달빛이 더 밝아졌다. 아무리 늦은 벼라도 그 전에 이삭이 패기만 하면 먹는다는 백로가 지나자 보통벌도 빛이 달라졌다. 이삭이 팬 벼꽃으로 푸른 물결을 이루던 들녘은 조금씩 누런 색채를 띠기 시작했다. 추수를 해야 할 때가 얼마 남지 않았고, 곡식을 거두어들이려면 싸움 없이는 안 될 것이라는 데 생각이 미치자 또 마음이 산란해졌다. 창에 비쳐 흔들리는 나뭇가지가 마음을 더욱 심란하게 했다.

서산은 장삼을 입고 지팡이를 들고 밖으로 나왔다. 달빛은 교교했고, 이슬이 맺힌 풀숲에서 들려오는 벌레 소리가 낭자했다. 마을의 초협한 길을 지나 보통벌이 한눈에 들어오는 공터 쪽으로 걸음을 옮겼다. 달그림자가 진 버드나무 밑으로 사람의 형체가 어렴풋이 보였다. 다가가서 보니 사명과 대현이 보통벌 쪽을 향해 나란히 앉아 있었다. 사명이 인기척을 느끼고 뒤를 돌아보았다.

"큰스님, 밤도 깊었는데 어인 일로⋯."

사명이 일어서자 대현도 따라 일어섰다.

"깊이 잠들어야 할 사람은 사명 아닌가… 이만저만 피곤하지가 않을 텐데."

"눈을 좀 붙이기는 했는데… 왜병들이 보통벌로 몰려나와 곡식을 약탈해가는 꿈을 꾸다가 놀라 일어나 밖으로 나왔습니다. 나와 보니 대현이가 버드나무 밑에 앉아 있었습니다."

"허허… 대현이도 추수할 일이 걱정이 되었던가…그래도 사명은 많이 피곤할 텐데…."

사명은 연일 근처의 절과 암자를 돌아다니며 승병들의 훈련을 독려하고 지도하느라고 잠시도 쉴 틈이 없다. 그런가 하면 병장기를 만들고 있는 동강암 대장간 일도 챙겨야 한다.

"큰스님께서 더 힘드시지요. 저는 그래도 아직 젊어서 그렇게 힘든 줄을 모릅니다."

"허허…사명도 적은 나이는 아니지. 하늘이 내린 타고난 장골이기는 하지만…."

사실 사명도 젊다고 할 수 없는 나이이다. 서산은 쉰이 다 된 제자 사명을 흐뭇한 눈빛으로 바라본다. 소담스러우리만큼 탐스러운 수염을 기르고 있는 사명의 얼굴은, 삭발하지 않고 승복을 걸치지 않았다면, 여염마을의 기골이 장대한 헌헌대장부다. 행동하는 것도 여염의 사람과 다르지 않다. 술도 말술이요 직심도 거침없이 드러낸다. 그러나 불도(佛道)의 근본에서 벗어나는 일은 결코 없다.

서산은 문득 어느 날 편석이 사명의 선승답지 않은 거동에 마뜩잖은 낯빛을 할 때 한 말을 떠올린다.

"조사선(祖師禪)을 통했건 간화선(看話禪)을 통했건 깨달음을 얻은 도인(道人)은 세 부류가 있다. 출세도인(出世道人), 은거도인(隱居道人), 역행도인(逆行道人)··· 출세도인은 세상에 나아가 법(法)을 직접 설하는 도인이고, 은거도인은 깊은 산중에서 소승(小乘)의 진리를 수행하는 것을 말하기도 하지만, 중생 속에서 똑같이 생활하며 중생과 구별 짓지 않는 삶을 사는 도인을 말함이다. 그러나 중생과 같이 말하고 행동하는데도 그 언동거지가 중생과는 달라 은연중에 중생에게 감화로 법(法)을 전하는 도인을 은거도인이라고 한다. 역행도인은 도(道)와는 역행하는 돌출적인 행동을 하면서도 그 근본이 법(法)에서 벗어나지 않지··· 흔들리지 않는 것만이 도가 아니라, 중심을 잃지 않고 아름답게 흔들릴 줄 아는 것이 더 멋스럽지 않은가."

사명이 낮에 동강암 대장간에서 손수 도본을 내서 만든 투구를 들고 왔다. 어떤 투구를 본떠서 만들었는지 모르나

투구는 투박한 무쇠 바가지 같은 형상이었다. 서산이 늙은 몸으로 쓰기에는 무거우니, 사명이나 쓰라고 하였더니, 자기 것은 있지 않으냐고 미소를 지었다.[1] 사실 그의 방에는 투구와 함께 긴 검과 동다리[2] 군복이 걸려 있을 것이었다.

서산은 사명의 옆자리에 앉으며 말한다.

"벼가 좀 덜 여물었어도 추수를 서둘러야 할 것 같다. 왜군도 들판을 바라보며 추수할 때를 계산하고 있을 것이고."

"평양성의 왜군도 의병과 관군의 기습으로 보급로가 끊겨 군량미가 바닥이 나고 있다고 합니다. 이순신의 활약으로 왜군의 보급선도 수송이 어려운 지경이고요,"

"이순신, 하늘이 낸 장수다. 이 장군이 없었더라면 이나마 버텨내기도 힘들었을 것이다."

"그런데도 조정 대신 중에 이 장군의 공을 깎아내리는 상소를 올렸다고 합니다."

"그게 무슨 말인가?"

"이번 옥포 해전과 한산도 해전의 공으로 이 장군의 관직

---

1 이 투구는 지금도 묘향산 보현사에 보존되어 있다.
2 동다리: 조선 시대 무관이 입던, 전복 안에 입는 두루마기 형태의 옷. 뒤에 트임이 있고, 소매통이 좁다.

을 높이려고 하자 이를 시기하고 반대하는 조정 대신들이, 그렇게 관직을 높이면 이순신이 교만해져서 싸움을 게을리 할 것이니 한 등급 낮추라고, 상소문을 올렸다는 풍문입니다. 이순신을 천거한 류성룡 대감이 이순신의 공을 높이 평가하자, 류성룡 대감의 득세를 견제하려는 소인배들의 소행이지요."

"이번 이 장군의 승리에 제일 뿌듯했을 사람이 류성룡 대감인 것만은 분명하지."

류성룡은 『징비록』의 서술에서 조승훈의 평양성 전투 패배 기사 뒤에 이순신이 이끄는 수군의 승전 사실을 기술한다. 실제로 시간의 순서대로 기술하자면 순서가 바뀌어야 한다. 옥포 해전은 선조 25년(1592년) 5월 7일에, 한산도 해전은 7월 9일에 있었고, 1차 평양성 전투는 7월 17일에 있었다. 류성룡은 사건의 실제 발생 순서와는 달리 명나라 군사의 패전 기사 뒤에 수군의 승전을 배치함으로써, 이순신이 이끄는 조선 수군의 활약이야말로 나라를 구하는 큰 승리였다고 그 중요성을 강조한 것이다.

"그런데 이 난세를 당하고도 당파 싸움에만 눈이 어두워 이 장군을 헐뜯는 조정 대신이 있으니…."

서산은 한숨이듯 깊은숨을 내쉬고, 달빛이 고루 퍼져 있는 보통벌로 시선을 옮긴다. 시리도록 파르스름한 달빛이 번진 들녘을 바라본다. 보통벌 뒤에 펼쳐진 평양성과 고즈넉이 잠들어 있는 산과 들이 한 폭의 평화로운 그림 같다. 달빛으로 덧칠 당한 산야는 전란의 상처를 가린 채 무심히 평화롭기만 하다.

법근이의 피리 소리는 더 애조를 띠고 달빛 속으로 잦아들고 있다. 서산이 사명에게 묻는다.

"아무래도 법근이한테 무슨 일이 있는 게 아니냐?"

"….."

"저렇게 끝도 없이 애절하게 초금을 불어대는 데는 필시….."

애조를 띤 풀피리 소리는 끊이는가 하면 바람을 타고 되살아나는 불씨처럼 그칠 줄을 모른다. 음조가 흐느낌에 가깝다. '법근이가 저토록 마음을 빼앗기고 있는 것인가.' 사명은 낮에 있었던 일을 생각한다.

저녁이 가까운 무렵이었다. 사명이 방에서 승병들에게 알릴 게첩[3]을 쓰고 있는데 술이 어지간히 오른 주복이가

---

3 게첩(揭帖): 기둥이나 바람벽에 써 붙이는 글귀. 휘장.

찾아왔다. 주복이가 머뭇거리며 사명에게 알려준 일은 뜻밖이었다.

"큰스님, 아까 수련장에서 심기를 어지럽혀드려 송구합니다. 빛 빈 빙실이나가 아무래도 법근이의 산란한 심성을 말씀드려야 할 거 같아서 뵈러 왔습니다. 실은 법근이가…."

점심 무렵에 사명은 젊은이들이 패를 나누어 권법과 짝지4쓰는 법을 배우고 있는 잔디밭 기슭의 언덕 위로 올라갔다. 중과 속인이 뒤섞여 모두들 짚으로 단단하게 얽어 짠 투구를 쓰고 훈련에 열중하고 있었다. 권법을 배우는 패는 짤막하게 깎은 참나무 방망이를 하나씩 들었다. 검 대신에 짝지를 가지고 연습하는 사람들의 짝지도 그리 길지 않다. 두 팔을 다 벌리지 않아도 양 끝에 닿을 수 있는 길이다. 훈련은 그 짝지의 양 끝을 두 손으로 잡고 발로 뛰어넘는 연습부터 시작한다. 몸을 날쌔게 하기 위한 육탄 단병접전 훈련이다. 적의 가슴으로 뛰어들 듯이 파고드는 데는 긴 칼이나 창이 필요하지 않다. 긴 칼, 긴 창을 가진 적들로 하여

---

4 짝지: 짤막하게 깎은 참나무 방망이.

금 오히려 긴 칼과 창이 주체스럽게 만드는 전법이다. 후일
에 명나라 총사령관 이여송이 크게 놀란 것도 이 전법이다.
평양성을 탈환하고 나서 그가 물었다. "우리 명나라에서도
아직 널리 알려지지 않은 척계광의 육화진법을 당신네 나
라에서는 언제 그렇게 익히 배웠는가?"라고.

육화진법은 눈의 모양을 보고 창안한 전법이다. 눈을 '육
화'라고도 한다. 그 당시 명나라에서 창안한 '육화진법'은,
눈의 결정체가 여러 모양으로 아로새겨진 것과 같이, 적진
속으로 파고들어 가서 짧은 병기로 싸우는 백병전법이다.
그때 조선군은 '육화진법'이라는 말조차 처음 듣는 것이었
다. 그러나 맨주먹으로라도 싸워야 했던 조선 사람들은 나
라를 지키기 위해, 그 병법이 무엇인지도 모르면서, '육화
진법'의 모범이 되었던 것이다.

법근이는 짝지 패를 훈련하고 있었다. 짝지와 방망이를
가지고 서로 치고 막는 훈련인데, 주복이가 웬일인지 씩씩
대며 뿌리가 달린 긴 오리나무를 휘두르면서 법근이를 몰
아붙이고 있었다. 짧은 방망이로 대응하자니 수세에 물릴
수밖에 없다. 마침내 방망이를 놓치고 몇 번 얻어맞은 법근
이가 잽싸게 주복이 안쪽으로 뛰어들었다. 오리나무 중간
을 휘어잡는가 싶더니 등에 멘 검을 빼 들었다. 검의 날을

뒤집어 주복이의 어깻죽지를 겨누고 내려치려는 찰나에 사명이 소리를 질렀다.

"법근아! 너 마귀가 씌웠느냐! 검을 거두거라!"

사명의 벽력같은 호통에 법근이가 검을 지키는 재로 사명을 바라보았다.

"너 진정 내려칠 작정이냐?"

"그냥 장난삼아…."

"장난삼아? 네 눈에 살기가 들어가 있어! 주복이도 평상심이 아니고! 뭔 일로 오리나무를 들고 설쳐대는 거냐? 제대로 훈련들을 안 하고!"

그때 잔디밭 나무 그늘에 앉아서 법근이의 매운 짝지에 얻어맞고 어깻죽지와 팔목을 주무르고 있던 젊은이들 가운데 한 사람이 말했다.

"요즘 법근 대사의 짝지 맛이 사정없이 매워졌습니다. 주복이도 매운 짝지를 얻어맞고 불끈해서 옆에 뽑혀 있는 오리나무를 집어든 것이니 큰스님, 너무 노여워하지 마십시오."

사명은 그 말을 듣고 보니 요즈음 법근이의 행동거지가 예사롭지 못한 것 같았다. 가끔 풀린 눈동자에 언뜻언뜻 수심이 어려 보였다. 사명은 주복이의 말을 듣고 그 수심이 어디에서 연유한 것인가를 알았다. 법근이가 연모의 불길에 휩싸여 있다는 것이다. 올라가려 해도 올라갈 수 없는 나무이고, 올라가서도 안 되는 나무라고 아무리 충고해도 망념을 끊지 못하는 것 같다고 했다. 어느 여인인가는 말하지 않았지만, 짐작은 되었다.

사명은 또 끊기었다가 이어지는 풀피리 소리를 들으며 서산의 물음에 머뭇거리다가 입을 연다.

"실은…… 법근이가 시험에 든 것 같습니다."

"시험이라니?"

"주복이의 말로는…… 어느 처자에게 마음을 빼앗기고 헤어나지 못하고 있다고 합니다. 워낙 세속의 성정이 강한 법근이다 보니…… 사랑하는 사람도 만들지 말고 미워하는 사람도 만들지 마라. 사랑하는 사람을 만들면 보고 싶어서 괴롭고, 미워하는 사람은 만나서 괴롭다는 법구경의 말씀을 법근이도 새겨두고 있겠지만, 알음알이가 머리에서 가슴으로 내려오기까지는 시간이 걸리는 것이라서….'

"허어…… 그래?"

서산은 의외라는 듯이 흰 눈썹을 찡긋한다.

"몹시 사랑하면 반드시 괴로움이 있고, 많이 가지면 반드시 잃는 것이 많은 법. 그러나 주는 사랑에는 괴로움이 없고, 많이 가져도 베푸는 이는 잃는 일이 없으므로, 주는 사랑은 많이 할수록 좋고, 베푸는 이가 가지는 것 또한 많을수록 좋은 것 아닌가? 소유욕의 거품이 걷히고 부처님의 자비로 잘 익어 선근으로 회향하기를 바랄밖에…. 오욕칠정의 성정은 일어나면 그냥 흘러가도록 내버려 두어야지 붙잡아 북돋우면 괴로움이 더하는 것 아니냐.”

서산은 빙그레 미소를 짓고 달빛이 질펀한 보통벌로 눈을 돌린다.

대현은 저도 모르게 얼굴을 붉힌다. 서산이 꼭 저를 두고 하는 말인 것 같아서다. 사실은 주복이가 법근이에게 못 올라갈 나무는 쳐다보지도 말아야 한다고 하면서, 보현에 대한 엉뚱한 생각은 빨리 접으라고 말할 때, 대현은 괜히 얼굴이 달아올랐다. 사명이 돌아가고 훈련이 끝난 다음 법근이와 주복이가 조촐한 술상을 마주하고 앉은 자리에서였다. 주복이가 집에서 내온 술이었다. 식량이 궁한 난리 통에도 어디서 구해오는지 잡약산 밑 동네에 술은 나돌았다.

주복이가 법근이에게 잔을 내밀며 말했다.

“내 말이 그렇게도 야속했었냐? 자, 내 잔 받고 서운한 맘 풀어라.”

“뭔 소리냐, 그게?”

"지난번 영명사에서 고충경이의 마누라 재(齋)를 올리고 나서 보현이를 단념하라고 한 말."

"……."

"보현이는 네 사람이 될 수 없다."

"화… 환속을 해두?"

법근이 조금 감정이 흔들리는 떨리는 목소리로 나직이 물었다.

"보현이가 시집을 간다면 마음에 두고 있는 사람이 있다고 하지 않았느냐? 두문동 72현 조상을 둔 성 씨네 총각과…. 앞뒤 집에서 자라면서 정이 들고, 집안끼리도 그렇게 생각하고 있는 것 같다고. 환속까지 생각했다니 네 그 심정은 이해할만하다."

법근이 생각을 고쳐먹은 듯 허탈하게 웃으면서 말했다.

"꼭 그래서만은 아니다. 내가 백 년 중질을 한다고 해도 서산 스님이나 사명 스님 같은 도승이 되기는 틀렸다는 걸 알고, 또 이 난리를 겪으면서 크게 느낀 것도 있고 해서 해 본 말이다. 내가 졸장부다! 마음에 정해진 남자가 있는 처자를 중놈이 탐심을 내다니! 그렇다고 너무 탓하지는 말아라. 달은 하나지만, 그 하나인 아름다운 달을 보고 많은 사람이 제 것처럼 찬탄하는 게 죄가 안 되듯이, 내 본심도 그 이상은 아니었다."

"말은 그래도 평정심을 되찾는 데는 시간이 흘러야겠지. 그것 또한 수행의 과정이 아니겠느냐. 서산 스님께서 욕심과 부질없는 생각이 곧 부처의 씨앗이라고 하지 않았느냐. 죄 많은 손이 없으면 경배를 드릴 손도 없는 것이라고. 진흙물 속에서 연꽃이 피어나듯이! 자, 술이나 들자."

법근은 주복이가 가득 따라주는 술잔을 받으며 또 허탈하게 웃었다.

대현은 두 사람이 주고받는 말이 꼭 자기가 하고 싶은 변명을 대신 해주고 있는 것 같았다. 실은 대현도 중이라는 신분을 잊고 아름다운 보현의 자태에 마음에 파문을 일으키는 때도 있다. 언젠가는 꿈속에서 보현을 껴안고 있다가 화들짝 깨어나, 죄의식을 주체하지 못하고 108배를 하며 참회한 적도 있었다.

법근이의 풀피리 소리가 더욱 애잔하게 달빛에 섞이고 있는데, 서산이 사명에게 당부한다.

"때를 놓치기 전에 추수를 서둘러야 한다. 평양성 내 왜군 사정이 그처럼 어려워졌다면 물불을 안 가리고 덤벼들 것이다!"

10. 또 하나의 시련

"뭐라구? 소서비가 보현이를 고니시 유키나가에게 육욕의 제물로 바칠 거라구!"

"그렇다네. 계월향이와 내통하고 있는 영명사 노장 스님 말씀이…."

법근이가 충혈된 눈으로 좌중을 둘러보며 하는 말에 서산이 지그시 눈을 감고 한숨을 내쉰다.

"으음, 순탄하게 끝나지 않으리라고 예상은 했다만……상처가 깊구나!"

사명의 눈에도 수심이 깊어진다. 보현의 오라버니 고충경은 물론이고, 적정을 살피면서 평양성 수복 작전을 협의하러 온 김응서 참사도 침통한 표정이다.

사실 보통벌의 추수가 순조롭지 않을 것이라는 건 누구나 예상하고 있었다. 그래서 나름대로 철저하게 대비를 한후 야음을 틈타 보통벌의 추수를 감행했다.

적정을 살피면서 한로(寒露)부터 추수 준비를 시작했다. 먼저 논의 물고를 터뜨리고 논바닥을 말리는 일부터 했다.

논물은 그대로 보통강으로 흘려보내지 않고 논 사이의 봇둑을 높여 가면서 논에서 뺀 물을 가두어 두었다. 적이 몰려나올 때 작전에 쓰기 위해서다.

적들이 보통벌로 몰려나온다면 보통문과 칠성문으로 나올 것이었다. 지형으로 보면 보통문은 평지에 서 있고 칠성문은 그리 높지 않으나 을밀대에서 뻗어 나온 산줄기 위에 서 있다. 칠성문 안은 수목이 울창한 무인지경이다. 반면에 보통문 안에는 인가들이 많았고 따라서 출입이 빈번하여 왜군의 경계도 칠성문보다 더 삼엄하다.

보통문 밖에 가로 걸쳐 있는 보통강에는 반월형의 큰 나무다리가 있다. 왜적은 그 나무다리를 건너올 것이고, 유사시에는 다리를 끊어야 한다. 가을철에 들어서부터 가물었기 때문에 강물도 불도록 해야 한다.

문제는 칠성문이었다. 그 앞에도 강이 있기는 하다. 그러나 칠성문에서 좀 멀리 떨어져 있는 그 강은 상류여서 더욱 물이 얕아졌다. 다리가 없더라도 아무 데서나 건널 수 있다. 그래서 큰길에 마름쇠를 펴고 적이 강을 건널 때는 그 앞에다 불을 지르도록 했다. 다리를 끊기 위해서는 돈정신이가 자그마한 질화를 들고 나가 다리 밑에서 불을 지르는 작전을 세웠다. 또한 적의 동정을 보아 가며 신호를 하기 위해서 횃불을 가진 사람들을 성벽 밑으로 돌아가며 잠복시켰다.

음력 구월에 들고부터 날씨는 음랭해지기 시작했다. 잡약산 일대의 수림들은 잎이 날로 성글어지고 가지들이 앙상하게 드러나기 시작했다. 제때에 추수를 하자면 상강[1] 5, 6일 전부터 시작하는 것이지만 공교롭게도 상강이 보름날이었다. 적의 눈을 피하자면 늦더라도 보름을 지나 그믐초생을 기다리는 수밖에 없었다.

추수하는 날, 점심때가 지나자 서재골로 2천 5백여 명의 승군과 5백여 명의 농군들이 모여들기 시작했다. 그들은 각기 밥과 된장들을 싸가지고 숟가락까지 챙겨가지고 왔다. 서재골 안을 중심으로 주변의 산기슭에 큰 솥들을 50여 개 걸었다. 절의 큰 솥과 부근 농가에서 빌려온 소여물 가마들이다. 본래 있던 집과 임시로 지은 움막들이 있지만 3천여 명이나 되는 사람들이 들어앉을 수도 없고, 그 많은 사람이 요기할 수 있는 음식을 끓여낼 솥도 없어서 궁여지책으로 방도를 취한 것이다.

---

1 상강(霜降): 이십사절기의 하나. 한로(寒露)와 입동(立冬) 사이에 들며, 아침과 저녁의 기온이 내려가고, 서리가 내리기 시작할 무렵이다. 10월 23일경이다.

사방 10리 보통벌 추수를 3천 명이 넘는 인원이 밤새워서 한다고 해도 일을 다 끝내기는 어려웠다. 일의 능률을 높이기 위해서는 무엇보다 일의 안배를 잘해야 했다. 벼를 베는 대로 묶어서 날라야 하므로, 베는 품보다 나르는 품이 더 들 것이 뻔했다. 그래서 인원 안배를 나르는 쪽에 더했다. 베는 일은 젊은 사람들이, 묶어 나르는 일은 나이 든 사람들에게 맡겼다. 아주 나이가 많은 노인들은 후방에서 날라 온 벼들을 받아 쌓는 일을 했다.

젊은 중들과 성벽의 지리를 잘 아는 젊은 농군들에게는 그동안 모아 놓은 닭과 비둘기들을 칡으로 엮어서 만든 작은 망태에다 넣고 성벽 밑으로 가게 했다. 닭과 비둘기의 발목에는 유황 가루를 입힌 화승줄을 매달아 놓았다. 적들이 성문을 통해 몰려나오면 경비가 소홀한 성벽 틈으로 올라가 초가가 많은 민가 쪽으로 날려 보내 불을 질러 적들을 혼란에 빠뜨릴 계책이었다. 비둘기들이 멀리 날지 못하도록 날개를 조금씩 자르고, 닭도 울지 않는 암탉만을 모았다. 작전의 지시는 잡약산 봉우리에서 서산이 올리는 봉화에 따라 십여 곳에 배치한 북소리로 전달하기로 했다.

초경2쯤 해서 일이 시작되었다. 늦가을 야밤의 하늬바람은 제법 깔 매웠다. 냉랭하게 푸른 하늘에는 별마저 드물어서 같은 논에서 베어나가는 사람끼리도 두세 사람 건너의 다음 사람이 보이지 않았다. 벼를 베는 사람들 뒤에는 묶는 사람들이 따랐다. 베는 사람 두셋에 한 사람이 뒤따라가며 베어 놓은 벼를 갈지자로 왔다 갔다 하면서 묶어 나갔다. 또 그들 뒤에는 묶어 놓은 볏단을 운반하는 사람들이 따랐다.

벼를 베는 일은 재바르고 순조롭게 진행되었다. 하지만 베어낸 벼를 안심할 수 있는 보통벌 뒷산으로 넘겨 놓는 일이 쉽지 않았다.

보통벌 뒷산은 칠성문 밖 근처에서는 북쪽 장산 고개와 서쪽 강복산 고개에서 가까웠다. 보통문 밖에서는 순안 길로 해서 강복산 고개를 넘는 큰길도 있지만, 서장대 앞까지만 운반해 가면, 나룻배로 보통강 줄기를 거슬러 잡약산 뒤까지 올라갈 수 있다. 물이 많지 않아도 나룻배에 줄을 매어 좌우에서 끌고 삿대질을 하면 된다. 준비한 작은 뗏목을 이용해도 소바리짐보다 많이 실을 수 있다. 그래서 소는 칠성문 밖 근처로 많이 보냈다. 소바리는 대개 늙은이들이 맡

---

2 초경(初更): 하룻밤을 오경(五更)으로 나눈 첫째 부분. 저녁 7시에서 9시 사이이다.

앉다. 짐을 실어 주기만 하면 한 사람이 두세 필씩 끌고 갔다. 그러면서도 빈 몸으로 다니지 않고 몇 단씩이나마 벼를 지고 떠났다. 일이 더 순조롭게 진행될 수 있었던 것은 김응서 첨사의 응원군 덕분이었다. 김응서 첨사가 석장군 고개 넘어 쪽에 주둔해 있던 군사 천 명을 한밤중에 보내왔다.

밤이 깊어 갈수록 추위는 더 뼛속으로 스며들었다. 북풍도 차츰 더 매워졌다. 그러나 밤이 좀 더 길어지고 벼를 다 벨 때까지 새벽이 늦게 왔으면 했다. 적군들이 잠에서 깨어나지 않기를 바랐다. 일손들은 더 빨라졌고 가끔 주고받는 말도 더 적어졌다.

그런데 어디선가 둥둥둥 북을 울리는 소리가 바람결에 들려왔다. 사람들이 일손을 멈추고 소리가 나는 쪽으로 귀를 기울였다. 잡약산 머리에는 이미 봉화가 올라 있었다. 위험을 알리는 횃불은 보통문 근처의 성벽 밑에서 먼저 올랐다. 칠성문 밖의 논벌에서는 안 보였지만 잡약산 상봉에서 벌판 전체를 지켜보고 있던 서산이 봉화를 올린 것이다. 그러자 보통문 밖 나무다리 밑에서 불이 일었다. 대기하고 있던 돈정신이가 불을 지른 것이다. 강복산, 장산 기슭에서 또 북이 다급하게 울렸다.

고니시 유키나가가 깊은 잠에서 깨어나 말을 타고 보통
문으로 달려왔을 때는 이미 나무다리는 완전히 타버렸다.
다리 양 끝에 남아 있는 널판들이 타는 불빛에 강물이 넘실
대는 것이 보일 뿐이었다. 고니시 유키나가는 칠성문으로
급하게 군사를 몰았다. 드높은 문루에 올라 보통벌을 내려
다본 고니시 유키나가는 아연실색했다. 어둠 속에서 희끄
무레 보이던 논벌의 나락은 거의 다 사라지고 논바닥이 시
커먼 배를 드러내놓고 있었다.

"이런, 괘씸한… 어서 나가서 고마인들을 모조리 죽여라!
잡아들여라!"

마침내 성문이 열리고 왜군이 출동하기 시작했다. 분노
한 고니시 유키나가의 명령에 따라 출동한 왜병들은, 앞이
제대로 안 보이는 허허벌판에서, 모조리 잡아 죽여야 할 고
마인들이 어디로 숨어들었는지, 매복하고 기다리는 조선군
은 없는지 살피고 생각할 겨를도 없이 내몰렸다. 적정을 제
대로 파악하지 못하고 싸우면 제아무리 많은 군사라도 패
하기 마련이다. 병서에서는 '대장 된 자의 분노와 충동과
양심만으로 승산의 여부를 따지지 않고 군사를 사지로 내
모는 것'을 분병(憤兵)이라고 한다. 결과는 필패다.

보통강으로 가는 큰길로 접어들어 말을 달리던 선두의

장졸들이 비명을 지르며 말과 함께 쓰러졌다. 마름쇠를 밟은 것이다. 새발심지처럼 날카로운 마름쇠가 큰길에 넓게 깔려 있었다. 길을 버리고 좌우로 흩어져서 강을 건너라는 명령이 내려졌다. 강가로 다가가자 여기저기서 불이 일어났고, 왜군은 타오르는 불길의 화광 속에 들어서게 되었다. 그러자 건너편에서 조총 소리와 함께 철환과 화살이 빗발치듯 날아왔다. 맞은편 강변 갈대밭에 조선 궁수들을 매복시켜 놓고 있었던 것이다. 삽시간에 왜군 수십 명이 쓰러졌다. 마름쇠에 쓰러졌던 왜병들도 조총과 화살 세례를 받고 죽거나 뿔뿔이 흩어져서 어둠 속으로 도망쳤다.

여러 곳에서 작은 접전도 벌어졌다. 칼과 창과 철퇴, 아니면 낫을 들고 논둑이나 봇둑에 붙어 앉았다가 다가오는 적을 기습적으로 찍고 찌른 후에 뒤로 물러나곤 했다. 그때마다 적의 수는 줄고, 도망치는 적들도 많았다. 지형을 모르는 어두운 벌판에서 기습받은 적들은 서로서로 고함을 지르며 외쳐 부르기도 했다.

서산의 또 다른 작전도 큰 성과를 거두었다. 잡약산 마루에서 서산이 올린 봉화의 신호에 따라 장경문과 함구문 근처에서 잠복하고 있던 사람들이 성벽을 타고 올라가 성안으로 닭과 비둘기들을 날려 보냈다. 닭과 비둘기들은 잘 곳을 찾느라고 이집 저집, 초가지붕과 골목들을 돌아다녔다. 수십 마리의 닭과 비둘기들이 끌고 다니는 화승 끝에서는 빨간 불씨가 타고 파란 불길이 일었다. 화승에 섞인 유황 가루가 화염을 일으킬 때마다 놀란 닭과 비둘기들은 고샅으로 날아다녔다. 불길은 때마침 부는 거센 바람을 타고 순식간에 번져갔다. 평양성 안은 화광이 충천했다.

고니시 유키나가는 평양성 안이 화염에 휩싸이자, 앞뒤 생각 없이 분병한 것을 자탄하며 퇴각 명령을 내렸다. 더 다급해진 것은 성안의 불을 끄는 일이었다. 성안이 다 타고 나면 조선의 혹독한 겨울을 어디서 날 것인가. 고니시 유키나가는 징을 울려 군사를 거두라는 명령을 내리기 무섭게 말머리를 돌려 퇴진해야 했다. 조선군은 퇴각하는 적군을 뒤쫓으며 타격을 주었다.

전투는 승리로 끝났지만, 희생자도 적지 않았다. 늙은 봉군 오장을 비롯해서 싸우다가 장렬하게 희생된 사람들 말고도 어둠 속에서 어디서 어떻게 쓰러져 죽었는지 알 수 없는 사람들도 많았다. 고충경이처럼 부상당한 사람들도 적지 않았다. 그런가 하면 종적을 모르게 실종된 사람도 여럿 있었다. 그 중 한 사람이 보현이었다.

보현 역시 잡약산 마을 여인들과 함께 일손을 거들려고

보통벌로 나갔다. 논판에서 볏단을 끌어내는 일을 했다. 논배미를 따라 성 가까이까지 갔을 때 거기서도 다른 패들의 여인들이 일을 돕고 있었다. 남자들이 핀잔했다. 위험한데 여인네들이 왜 여기까지 따라왔냐고. 한 논판에 여인들이 몰려서 일손이 더디다는 책망도 들었다. 여인들은 여러 패로 나뉘어 흩어졌다. 그때부터 보현이 어느 패에 끼어 갔는지 아는 사람이 없었다. 보현은 왜군이 휩쓸어오자 갈대밭의 화염 속에서 우왕좌왕하다가 왜군에게 붙잡혔다는 것이다.

보현은 지금 소서비가 기거하는 계월향의 집에서 부상을 입은 데다 식음을 전폐하다시피 하여 탈진한 상태로 갇혀 있는데, 보현의 미색에 감탄한 소서비가 고니시 유키나가의 환심을 사려고 육욕의 제물로 바치려고 한다는 거였다.

"욕을 당하기 전에 차라리…."

고충경이 침통한 얼굴로 말끝을 다 잇지 못한다. 생각하면 할수록 누이동생이 가련하고 불쌍하다. 부모 없이 자라 오라버니를 어버이로 생각하며 어린 조카들을 돌보아온 착한 누이동생이 참담한 지경에 놓인 것이 한스럽다. 아프다. 왜장에게 정조를 유린당하고 목숨을 부지한들 그게 어디 산목숨인가. 문득 어느 민가에서 일어났던 참혹한 일이 떠오른다.

왜병들이 여인들을 능욕하려고 집마다 뒤지고 다니는데, 마침 고샅에 나왔다가 왜병의 눈에 띈 젊은 여인이 황급히 집으로 도망쳐 들어와 헛간의 나뭇가리 속에 숨었다. 왜병들은 여인을 바로 찾아내지 못하자 방 안에서 잠들어 있던 어린 아들을 마당으로 끌고 나왔다. 아이의 목을 시퍼런 작두날 위에 올려놓고 빨리 나오지 않으면 자르겠다고 소리쳤다. 여인이 그 광경을 지켜보면서도 끝내 나가지 않자, 왜병들은 서슴없이 아이의 목을 자르고 사립문 밖으로 나갔다. 여인은 아이의 옆에서 바로 자결하였다. 양반 가문에서 조신하게 자라온 보현도 할 수만 있다면 왜장에게 정조를 유린당하기보다는 자결을 원할 것이고, 고충경도 그편이 낫다고 생각하는 것이다.

법근이가 얼른 고충경의 말끝을 채잡는다.

"차라리라니! 어떻게든 구해낼 방도를 생각해야지!"

"무슨 수로? 고니시 유키나가의 친족이며 부장(副將)인 소서비한테 잡혀 있는데! 나부터 철환을 맞은 왼쪽 다리가 거동이 불편한 처지고…설사 다 당하고 구해낸다고 해도 그건 사후 약방문일 뿐이고."

사명이 서산을 바라보며 무겁게 입을 연다.

"고니시 유키나가에게 조선인 포로들을 풀어달라면서, 보현 낭자의 선처를 청해보는 것이 어떨까요?"

"……."

서산이 생각에 잠긴 채 대답이 없자 사명이 조심스럽게 말을 잇는다.

"적장이기는 하지만, 고니시 유키나가는 가토 기요마사(加藤淸正)보다는 심성이 악하지 않다고 합니다. 야소교[3] 세례를 받은 신자로 왜국에서는 야소교 포교와 야소교 신자들에게 많은 선행을 베풀었다고 하는 풍문을 들었습니다. 부처님의 자비나 예수의 사랑은 그 근본이 다르지 않을 것이므로, 그가 진정한 야소교 신자라면 참이 통할 듯도 하여…."

사명의 말은 사실이다. 고니시 유키나가가 다카야마 우콘의 소개로 세례를 받고 기독교인이 된 것은 선조 17년(1584년)이고, 세례명은 아우구스티노다. 그는 세례를 받고 기독교인이 된 후로 자신의 영지가 된 쇼도시마(小豆島)에 포르투갈 출신의 로마 가톨릭교회 신부인 세스페데스를 초

---

3 야소교(耶蘇敎): 예수교의 취음(본디 한자어가 아닌 낱말에 그 음만 비슷하게 나는 한자로 적는 일).

빙해 기독교를 포교하고 섬의 전토 개발에 힘썼다. 그런가 하면 도요토미 히데요시의 조선 침략 야욕을 감지한 유키나가는 전쟁을 막고자 시도하다가 실패한 일도 있었다.

"아, 그래? 생멸을 깨달은 진정한 야소교인라면야⋯."

서산이 형형한 눈빛으로 말을 이어간다.

"깨달음이 무엇이냐? 일물4 이 무엇이냐? 일원상이 아닌가. 고불5이라는 견해가 생기기 전에는 언어 문자를 초월한 일물이 하나의 원상으로 있었던 것. 부처의 이름으로든 예수의 이름이로든, 깨달음의 근원은 하나인 것, 고니시가 깨달음의 근원인 환6과 환상7을 마음의 눈을 떠서 제대로 깨달았다면야⋯ 그렇다면 고니시를 누가, 어떤 방법으로 만나면 좋겠는가?"

"심유경이 고니시 유키나가와 강화 중이기도 하니, 심유경에게 부탁해 보는 것이 어떨는지요."

"심유경에게? 쉽지 않으려니와 어쩐지⋯ 처신이 허황되

---

4 일물(一物): 진여의 지혜, 불심, 부처의 지혜로운 삶을 살아가는 근원

5 고불(古佛): 옛날에 칠불(七佛)이나 연등불(燃燈佛) 따위의 과거세의 부처. '연각'을 달리 이르는 말. '고승'이나 '조사'를 높여 부르는 말

6 환(幻) : 허깨비, 미혹함

7 환상(幻相) : 실체가 없는 허망한 형상

고 진중하지 못한 데가 있는 것 같아서….”

　서산이 심유경을 미더워하지 않는 저변에는 그만한 까닭이 있다. 심유경은 원래 절강성(浙江省) 가흥(嘉興) 출신이다. 용모부터 보잘것없는 무뢰한으로 북경을 떠놀다가 의협심이 강한 기녀 진담여(陳澹如)와 밀통했다. 진담여에게는 왜인에게 붙잡혀 왜국에서 몇 해를 살다가 도망쳐 나온 정사(鄭四)라는 하인이 있었다. 심유경은 정사에게서 일본 사정을 얻어듣고 자신이 누구보다 일본을 잘 안다는 듯이 떠들고 다녔다. 마침 조선 관련 일을 관장하고 있던 병부상서 석성(石星)이 일본 사정을 잘 아는 자를 찾고 있었는데, 그의 첩인 문표무(文表茂)가 어느 날 진담여를 만나러 갔다가 심유경의 강개8함을 보고 석성에게 추천했다. 석성이 심유경을 만나 본 뒤에 ‘큰사람을 얻었다’고 기뻐하며 임시로 유격장군(遊擊將軍)이라는 호칭을 주어 조승훈을 딸려 조선에 보냈다. 8월 17일 심유경은 선조를 만난 자리에서 명나라가 70만 명을 파병할 준비를 한다고 거짓 보고하였다.

　고니시 유키나가가 심유경의 회담 제의에 응한 것은, 8월

8 강개(慷慨): 의롭지 못한 것을 보고 의기가 복받치어 침통하고 슬픔.

초 한양성에서 열린 왜군 주요 지휘관 회의에 참석한 이후에, 도요토미 히데요시의 조선 점령 계획이 성공하지 못하리라는 것을 깨닫기 시작했기 때문이다. 이날 회담에서 고니시 유키나가는 명나라에 대한 봉공(奉公)과 대동강 이남의 조선 영역을 일본에 할양(割讓)할 것을 요구했다. 심유경은 고니시 유키나가에게 명나라 황제의 허가를 얻기 위해 50일이 필요하다고 했다.

양측 모두의 이해관계와 맞아떨어졌기 때문에 체결은 성사되었다. 명나라 측에서는 군대를 파병할 준비시간이 필요했고, 일본 측에서는 지속적인 전투를 위한 병사의 보충(이 당시 고니시 유키나가의 1번 대는 1만 8,700명의 병력 가운데 1만 명 이상이 사상한 상태였다)과 후방 보급을 받기 위한 시간이 필요했다. 이 정전협정을 반대하는 조선에는 심유경이 명나라에서 70만 대군을 파병할 준비를 하고 있다고 거짓 보고함으로써, 동의를 구했다. 조선 사람은 아무도 그 내막을 알 수 없었다.

"시간이 급한데 묘책이 아닌 것 같습니다."

"제가⋯."

김응서가 잠시 생각하는 표정이었다가 말을 꺼낸다.

"계월향이를 영명사로 나오게 해서 만나보고, 계책을 생각해보겠습니다. 계월향이한테 서찰을 보낼 테니, 법근 승이 내통하는 영명사 승한테 전하세요."

"제가요?"

"왜? 어려운가요?"

"아, 아닙니다. 그보다 계월향이가 따를까요?"

"따를 겁니다. 옛정이 변하지 않고 절의가 변하지 않았다면… 보통의 관기하고는 다릅니다."

서산도 사명도 김응서의 말이 빈말이 아니라는 것을 안다. 계월향은 김응서의 애첩이었고, 그의 용맹도 익히 알고 있는 터다.

김응서의 초명[9]은 김경서다. 무과에 급제하여 선조 21년(1588년)에 감찰(監察)이 되었으나, 신분이 미천한 탓으로 곧 파직되었다. 사간원에서 '감찰 김응서는 가문(家門)이 한미하여 남들로부터 무시당하고 있으니 교체해야 한다'고 건의하였는데 그 건의가 받아들여졌기 때문이다. 2년 후에도 김응서는 감찰로 복귀하였다가 똑같은 이유로 그 직에서 물러날 수밖에 없었다. 문신 중심의

---

9 초명(初名): 처음에 붙인 이름. 아이 때의 이름을 이른다.

조선 사회에서 무신(武臣) 김응서는 주변인에 지나지 않았다. 김응서의 운명을 바꿔놓은 것은 임진왜란이었다. 수탄장(守灘將)이라는 중견 장교였던 김응서는 선조가 의주로 몽진할 때, 평양성 방어작전에 투입되었다가 퇴각하는 바람에, 징계받아 잠시 군직에서 물러나야 했다. 그러나 비변사는 김응서의 용맹성을 높이 평가하여 곧바로 복직시켰다. 김응서는 이후 10여 개의 적의 수급(首級)을 베는 등 큰 공을 세워 병마절도사 바로 아래 직급인 우방어사로 승진했다. 김응서의 용맹은 그만큼 탁월했다.

"그럼 이 일은 김 장군의 의향에 따르기로 하지요. 강가에서 물고기를 보고 탐내는 것보다 돌아가서 그물을 짜는 것이 현명한 법. 촌각을 다투는 일이니 빨리 서두르는 것이 좋겠습니다."

그때 밖에서 인기척이 나는가 싶더니, 대현의 목소리가 들린다.

"큰스님, 공양 때가 되었습니다. 오늘 저녁 공양은 김응서 장군께서 오셨다고 전 처사께서 곡차 상을 봐오셨습니다. 큰스님 처소로 드릴까 합니다. 지금 바로 올릴까요?"

서산이 이제 더 긴히 논의할 것이 없지 않느냐고 묻는 눈빛으로 사명과 김응서를 바라본다. 그러면서 서산은 대현의 말대로, 오늘은 임시 마련한 공양간에서 다른 중들과 같이 식사하는 것보다, 따로 하는 것이 낫겠다는 생각한다. 전주복이 김응서를 생각해서 술상을 곁들였다고 하지 않는가.

"그래라. 이리로 들여라."

11. 거사

　김응서는 또 애련당골 초입을 초조하게 바라본다. 장경
문 쪽으로 이어지는 애련당 골목은 냉기를 품은 어둠으로
가득 차 있다. 금세 싸락눈이라도 뿌릴 듯한 하늘은 별 하
나 보이지 않는다. 고요하다. 삼경이 가까운 시각이다. 네
사람의 자객은, 칠성문에서 을밀대까지 이어진 동북쪽 송
림속의 성벽을 넘어 만수대를 거쳐 온다고 했다. 순라군의
눈을 피해가며 장경문 안까지 숨어 들어오자면 아무리 경
비가 허술하다고 해도 쉬운 일이 아니다. 그렇다고 하더라
도 예상했던 시각보다 지체되고 있다. 일이 여의찮게 틀어
지고 있는 것이나 아닌지 불안하다. 하기야 잠입하다가 발
각되었다면 성내가 벌써 발칵 뒤집혔을 것이다.

　빈집의 담 모퉁이에 바짝 붙어 선 김응서는 다시 계월향
이가 기거하는 집 쪽으로 시선을 돌린다. 애련당 누각에서
멀지 않은 계월향이의 거처는 애련당골 대부분 집처럼 기
와집에 솟을대문이다. 초가집이 섞여 있는 애련당 근처의
골목은 인적이 없다. 폐가처럼 버려진 빈집에서 먹이를 찾

는 쥐와 고양이의 울음소리가 이따금 정적을 가를 뿐이다.
왜병들이 숙소로 쓰는 민가도 계월향이네 집에서는 떨어져
있는 것 같다. 경비도 허술하다. 왜병들이 순라를 돌며 감
시를 하나, 소서비가 찾아와 머무는 날 밤은 계월향이네 집
대문 밖에 보초를 세운다고 한다. 오늘 데리고 온 초병은
한 명인 것 같다. 초병은 무료한지 들고 섰던 칼을 당겨 잡
고 대문간 앞 댓돌에 걸터앉는다. 불빛이 흘러나오는 집안
에서는 가끔 소서비의 주정과 희롱하는 소리가 담장 밖으
로 넘어온다. 소서비가 술에 취해 곯아떨어지려면 아직 더
기다려야 할 모양이다. 놈은 필시 계월향이와 분탕질을 치
고서야 잠들 것이 분명하다. 새삼 계월향이의 신세가 처량
한 생각이 든다.

　영명사에서 만난 계월향은 역시 고왔다. 초승달을 연상
케 하는 가는 눈썹, 오뚝한 코, 꽃잎을 겹쳐놓은 듯한 작은
입술과 가녀린 목덜미, 가냘픈 몸매는 앳되고 청순한 모습
그대로였다. 김응서가 무관이던 시절부터 연분을 나눈 계
월향이는 그에게 향한 일편단심은 변함이 없다고 하면서,
관기이지만 왜장에게 몸을 더럽히고 나서 자결할 생각도
안 한 건 아니지만, 어떻게든 소서비를 죽여서 나라의 한을
풀어야겠다는 일념으로 아픔을 견디고 있다고 했다. 영명

사로 나올 수 있었던 것은, 내통하는 영명사 노승한테서 김응서의 서찰을 전해 받고, 김응서를 만나기 위해 소서비에게 온갖 교태와 수단을 다 부렸다고 했다. 난리 통에 헤어진 친 오라버니가 아버지의 기제사를 모시러 영명사에 왔다가 동생이 소서비의 진중에 있는 것을 알고 기별을 해왔다고 속이면서, 만나게 해달라고 애원을 거듭한 끝에 소서비의 허락을 받아냈다고 했다. 소서비는 마뜩해 하지 않으면서도, 왜병 다섯을 붙여 보내며, 계월향이의 청을 들어주었다는 것이다.[1]

보현은 아직 무사하다고 했다. 처음에는 보현이, 두문동 72현 중의 한 사람이 선대 조인, 고충경 집안의 규수인지 몰랐다고 했다. 보현이 식음을 전폐하고 고니시 유키나가의 제물이 되기 전에 숨을 끊으려고 하는 것을, 김응서에게서 온 서찰을 보여주며, 희망을 잃지 말고 어떻게든 소서비의 손아귀에서 벗어날 궁리를 해보자고 설득했다는 것이다. 그런데 연관정에서 장령들의 술판이 벌어진 날, 소서비

---

1 『평양지(平壤志)』를 비롯하여 여러 정사와 야사의 『임진록(壬辰錄)』에는 계월향과 김응서의 만남과 소서비의 죽음에 대해서 각기 다른 설들이 있으나, 사건의 필연성을 고려하여 다시 구성하였다.

가 수하 졸개들을 보내 몸이 성치 않은 보현을 강제로 끌고 갔다고 했다. 계월향도 같이 따라갔는데, 고니시 유키나가 보현의 미모에 감탄하더니 겐소를 시켜 "순순히 몸을 허락하겠느냐?" 라고 보현에게 물었고, 거절하자 소서비가 칼을 빼 들고 소리를 지르며 칼끝을 보현의 목에 댔다고 했다. 그 순간, 보현이 양손으로 칼날을 잡아, 자신의 목을 찌르려고 하자 소서비가 보현의 손목의 급소를 눌러 칼을 놓쳤다고 했다. 보현은 피가 흐르는 손가락으로 마루에 '가살불가욕[2]라고 썼고, 계월향도 '정혼을 한 양가의 규수를 겁탈하고 죽이는 것이 부처님의 뜻이 아닐 것이고, 불의한 일이기는 하나 설득해 볼 것이니 우선 상처부터 치료하자'라고 글로 써서 보여줬다고 했다. 고니시 유키나가는 겐소의 말을 듣고 뭐라고 한참 지껄여댔다고도 했다. 겐소가 필담으로 대강 전한 유키나가의 말은 "계월향의 뜻대로 하는 것이 좋겠다. 우리가 불법의 신통력을 믿어 「나무묘법연화경(南無妙法蓮華經)」의 휘장을 앞세우고, 수군은 선실에 불단을 차려 놓기까지 하는 것은, '오는 세상에 너희는 마땅히 성

---

2 가살불가욕(可殺不可辱): 죽일 수는 있으되 욕되게는 할 수 없을 것이다

불하리라. 그때 너희 국토에 청정하고 착한 보살이 가득하여 너희 선남선녀들은 여래의 옷을 입고 여래의 자리에 앉으리라. 아난아, 너는 마땅히 알라. 여래가 중생을 버리지 않느니라.'라는 말씀을 믿는 것이고, 나 또한 대장 깃발에 '붉은 비단 장막에 흰색의 열십자 무늬를 수놓은 것'은 천주님의 뜻을 받들고 구원받기를 원하는 뜻이거늘, 아무리 전쟁 중이라도 할 수만 있다면 의롭지 못한 살생은 피하는 것이 좋지 않겠느냐. 그리고 관백, 태합전하께서도 송상현의 처가 아름다워 전리품으로 보내온 것을, 송상현의 죽음을 애통해하면서 통곡을 그치지 않고 죽기를 원하자, 다시 조선으로 돌려보낸 뜻도 생각했으면 좋겠다."라는 내용이었다.

고니시 유키나가의 뜻에 따라서 보현은 지금 계월향의 돌봄을 받고 있으나, 거사를 하려면 한시가 급한 상황이라고 했다. 그러면서, 영명사에 수행했던 졸개들이 김응서가 계월향의 친 오라버니라고 알고 있으니, 어떤 방법으로든 거사 날에 김응서를 평양성 안으로 들어오게 하겠다고 했고, 오늘이 바로 그날 밤이다.

*

"여기도 불에 많이 탔네."

애련당골로 들어서자 무너진 돌담에 몸을 은신하면서 돈정신이 작은 소리로 말한다. 대현은 불에 그슬린 몇 채 남지 않은 맞은편 기와집 골목을 바라본다. 지난번 추수 때 닭과 비둘기의 발목에 화승줄을 매달아 일으킨 불로 장경문 근처는 빈 터전만 남다시피 했고, 이곳도 크게 다를 것이 없다.

"빨리 저쪽 골목으로 숨어들자구. 오는 길은 성루를 지키는 보초병밖에 없었지만, 여긴 그렇지 않을 거야. 자, 한 사람씩 거리를 두고 따라붙어요."

법근이가 말이 끝나기 무섭게 무너진 돌담을 넘는다. 애련당 골목을 향해 내닫는다. 돈정신, 전주복이 잽싸게 뒤따르고 대현도 주위를 살피며 쫓아간다. 법근이는 빈집의 담장이나 처마 밑으로 붙어 가면서 손짓으로 이동 신호를 보낸다. 대현은 맨 뒤에서 앞 사람의 형체를 알아볼 수 있을 만큼의 거리를 두고 조심조심 걸음을 옮긴다. 긴장하여 따라가면서도 대현은 보현의 안위가 걱정된다. 아직도 안전한지, 고니시 유키나가가 마음을 바꾸어 욕을 보이지나 않았는지, 고충경이 김응서를 통해 보내준 은장도로 보현이 자진(自盡)이나 하지 않았는지, 온갖 망념을 떨쳐버릴 수가 없다. 고충경은 김응서가 영명사로 계월향을 만나러 갈 때, 왜장에게 욕을 당할 상황이 되면 자진하라고, 보현에게 은장도를 보냈다. 고충경은 다리의 상처가 아물지 않아 구출 작전에는 참여하지 못했다.

대현이 생각하기에 김응서 장군은 보현을 구출하는 것보다 적장 소서비를 제거하는 것에 더 무게를 두는 것 같다. 그러나 대현으로서는 소서비의 목을 베는 것보다 보현을 구출하는 것이 더 시급하다. 대현이 만류를 무릅쓰고 한사코 이번 거사에 참여한 것은 어떤 일이 있어도 보현은 자신이 구해내야 한다는 생각 때문이었다. 그 생각과 함께 자꾸 죽은 누이의 불쌍한 모습이 어른거렸다. 여덟 살밖에 되지 않은 누이는 구걸을 하면서도 대현을 살뜰히 챙겼다. 누이는 마지막 숨을 모두면서도, 제대로 먹지 못해 병들어 부황이 든 누렇게 뜬 얼굴로, 너만은 죽지 말고 꼭 살아서 행복해야 한다는 말을 남겼다. 누이가 살아 있다면 보현과 같은 또래다.

앞서가던 법근이가 걸음을 멈춘다. 뒤따라 붙는 사람들에게 나직이 말한다.

"아, 저기… 처마 밑에… 김응서 장군이…."

*

'이러다 일을 그르치는 것이 아닌가!'

계월향은 또 소서비의 잔에 술을 가득 부이준다. 젓가락으로 집어서 들고 있던 안주를 소서비 앞으로 내민다. 소서비가 술을 단숨에 입안에 털어 넣고 안주를 받아먹는다. 소서비는 오늘도 취해서 밤늦게 계월향이를 찾아왔다. 고니시 유키나가는 거의 매일이다시피 장령들을 상대로 연관정에서 술판을 벌였다. 천주교 신자인 그는 서양 선교사들을 접하면서 독한 양주에 맛을 들였다. 조선에 와서는 몽골풍의 조선 소주를 즐겨 마셨는데, 평양에 머무르고 있는 동안 밤낮 술타령만 하고 있었다는 일본 기록들을 볼 수 있고, 도쿠토미 소호(德富蘇峰) 같은 사람은 그의 저서에서 고니시 유키나가의 그러한 행장을 들어 분개했다.[3]

"건넌방 고마인 여자는 아직도 뜻을 꺾지 않고 있는가? 고니시 도노께서 어찌 되었느냐고 묻는데 말이야!"

소서비가 건넌방을 가리키면서 묻는다. 계월향은 소서비

---

3 최명익, 『서산』, 자음과 모음, 2006, p.495 참조.

와 지내는 동안 그가 하는 왜말을 대략은 알아듣고, 막히는 것은 필담을 하니, 소통하는 데 큰 불편은 없다.

"손의 상처가 깊어서 아직 낫지 않았어요. 어서 술이나 더 드세요. 오신다고 해서 정성을 다해서 차린 술상이니…."

계월향이 술 주전자를 내밀자 소서비가 손사래를 친다.

"아, 아, 술은 그만…이리 오라우! 오늘은 더 아름답구 요염해! 달거리를 한다구 해서 며칠이나 굶주렸잖은가 말이야!"

소서비가 비틀거리며 일어서서 계월향의 손목을 잡아끈다. 계월향은 순간적으로, 소서비의 뜻대로 응해서는 일을 그르칠 것 같은 생각이 든다. 조금 전 소피를 보러 솟을대문 옆에 있는 뒷간을 다녀온다면서 밖의 동정을 살폈다. 대문은 빠끔히 열려 있고 보초는 처치가 되어 종적을 알 수 없었다. 김응서 일행의 자객은 이미 집안으로 숨어들어 계월향의 신호만을 기다리고 있다. 소서비에게 능욕당하는 장면을 김응서에게 보이고 싶지도 않지만, 일을 수월하게 끝내려면 소서비를 방문 밖으로 내보내는 것이 좋겠다는 판단이 선다. 계월향은 잡아끌리자, 들고 있던 도기 주전자를 상위에 떨어뜨린다. 주전자가 상 위의 그릇과 부딪쳐 요란한 소리를 내면서 엎질러진다. 소서비의 옷이 젖는다. 계월향은 놀라고 미안한 표정으로 호들갑을 떨면서 소서비에게 상을 치울 테니 툇마루로 나가 있으라는 시늉을 한다. 소서비가 알았다고 고개를 끄덕인다. 아랫도리로 손을 가져가 소피를 보고 오겠다는 표시를 한다. 소서비가 비틀거리면서 툇마루로 나가자 계월향은 그릇을 치우는 시늉을 하며 내통하기로 한 노래를 부른다.

소서비가 툇마루에서 댓돌로 내려서는 순간, 어둠 속에서 안면으로 차돌이 날아온다. 딱! 소리와 함께 소서비가 얼굴을 감싸 쥐고 외마디 비명을 지른다. 대문간 옆에서 은신해 있던 김응서가 내달아와 한칼에 소서비의 목을 내려친다. 소서비의 목이 떨어져서 뜰 아래로 구른다.

계월향이 방에서 나와 건넌방을 가리키며 다급하게 말한다.

"보현 아가씨를 데리고 빨리 나가세요. 속히 빠져나가야 합니다."

법근이와 대현이가 재빨리 툇마루로 뛰어 올라간다. 건넌방 문을 열고 문설주에 붙어 앉아 있던 보현을 부축해 나온다.

김응서가 계월향에게 다급하게 재촉한다.

"자네도 서둘러!"

"아닙니다. 저는 남겠습니다. 적장에게 몸을 더럽힌 저는 살아도 산목숨이 아니고, 성을 빠져나가실 동안 왜병이 눈치를 채지 않게 뒷수습해야 합니다. 보현 처자만도 무거운 짐이 되시는데 무리하시면 안 됩니다. 진즉 자진했어야 할 몸입니다. 소서비를 베어 한을 풀어주신 것만으로도 감사할 따름입니다. 어서 서두르세요."

김응서가 침통하게 말한다.

"자네의 그 의기는 잊히지 않을 걸세. 자, 지금 옥신각신할 때가 아니네. 성을 타고 넘자면 한시가 급하네. 가세! 빨리!"

보현을 부축하고 나가는 일행을 바라보며 계월향이 혼잣말처럼 중얼거린다.

"생전에 꼭 뵙고 싶었는데…여한이 없어요."

12. 당황한 고니시 유키나가

고니시 유키나가는 자신의 귀를 의심한다.

"뭐라고? 소서비가 참살당했다고?"

"그렇습니다. 간밤에 조선군 자객이 침입하여 소서비 장령을 참살하고 고마인 처녀를 빼내 달아났습니다."

계월향의 집으로 교대하러 갔던 수직 군졸의 보고를 받고 현장을 확인한 장령이 침통하게 말한다.

보고하는 장령의 말만 듣고도 침혹한 현장이 짐작된다. 목을 찔려 죽은 대문 밖 수졸의 시체와 뜰 안의 머리 없는 시체. 머리는 없으나 그 장대한 체구만으로도 소서비가 분명한 시체에서 뿜어져 나온 피. 피비린내가 가시지 않은 뜰 안. 붙들려온 고마인 처녀는 자취가 없고, 대신 그 자리에 자결한 것이 분명한 계월향이 잠든 듯 누워 있었다는 것. 현장을 발견하고 바로 잠들었던 진중의 군사를 풀어 성안을 샅샅이 뒤졌으나, 칠성문과 을밀대 어간의 깊은 송림 속에서 순라 돌던 군졸 몇이 암등을 떨어뜨리고 죽어 넘어져 있는 것을 발견했을 뿐, 침입자의 종적은 알 수가 없었다는 것. 분명히 추정할 수 있는 것은 계월향이와 자객의 내통으로 인한 참상이라는 것. 주안상이 놓여 있는 안방에는 촛불이 그대로 타고 있었고, 한쪽 벽에 소서비의 길고 짧은 두 자루의 검이 기대어 세워져 있었다는 것. 이 같은 정황을 미루어 생각할 때, 소서비가 뜰로 나와 저항도 못 해보고 변을 당한 것은 필시 계월향의 계책에 말려들은 것이 분명하다고, 장령은 말끝을 맺는다.

"아, 이런! 칙쇼….."

고니시 유키나가는 한탄이 절로 나온다. 장령 중에 가장 믿고 용맹한 소서비가 이렇다 할 저항의 흔적도 없이 목 없는 시체가 되어 쓰러져 있다는 것이 말이 되는가. 조선군의 소행이라면 소서비의 목은 왜군들이 볼 수 있는 곳에 효수[1]될 것이 분명한데, 가뜩이나 저하된 군졸들의 사기가 또 얼마나 더 떨어질 것인가가 무엇보다 두렵고 걱정스럽다. 동생 고니시 요시치로(小西与七郎)와 사촌 형제 고니시 안토니오(小西アントニオ), 일문의 히비야 아스구도(日比谷アゴ

---

1 효수(梟首): 죄인의 목을 베어 높은 곳에 매달던 일.

ス ト) 등이 전사하여 병사들의 사기가 꺾였는데, 장령 가운데 가장 용맹하고 신임이 두터운 소서비까지 비명횡사하였으니, 병사들이 더 기가 꺾일 것이 분명하다.

사실 왜군 병사들은 갈수록 거세지는 조선 관군과 의병들의 반격으로, 전쟁에 염증을 느끼고 자포자기 상태에 빠진 자들이 많다. 장졸 중에 싸우기보다는 무기를 땅에 던지고 투항하는 자가 날로 늘어나고 있다. 사가야(沙也可)의 투항 하나만으로도 왜군 진영은 동요했다. 사가야는 가토 기요마사의 장령 중에서도 내로라하는 장령이었다. 군사 삼천여 명을 거느린 문무를 겸비한 장령이었는데 부하를 다 데리고 조선군에 투항했다. 그의 말로는, 그는 본시 조선의 찬란한 문물제도를 숭앙하여 본의 아니게 조선 침략 전쟁에 끌려오기는 했으나 싸울 의사는 없었다는 것이다. 사가야는 마침내 총부리를 돌려 조국의 군대와 싸우기도 하여, 일본 기록에 '일본에 둘도 없는 불충한'이라는 오명으로 남게 되었다. 사가야처럼 총부리를 왜군을 향하여 돌린 왜군 장졸들은 조선군을 위해서 총과 화약을 만들기도 했다는 사실을 여러 기록에서 찾아볼 수 있다. 투항한 왜군을 항왜(降倭)라 했는데, 그 숫자가 1만이 넘었다는 기록이 있다.

대개 조선군에 편성된 이들은 조총과 화약 제조법이며 총포술을 조선군에게 가르치는 일을 맡았다. 왜군의 조총 때문에 속수무책으로 당하던 조선군이 길지 않은 시간에 왜군과 당당히 맞서 전투를 할 수 있었던 것은 이들의 역할이 컸다. 이순신의 수군에서도 다수 활약한 항왜 가운데, 『난중일기』에 '준사'라는 이름으로 기록돼 있는 자를 볼 수도 있다.

임진왜란이 끝난 뒤의 일이지만, 누구보다도 자발적으로 적극 왜군 섬멸에 공을 세운 사가야는 국왕으로부터 김충선이라는 이름과 종2품의 벼슬을 하사받고, 진주목사의 딸과 결혼해서 경상도 달성에서 후학을 가르치며 지냈다. 김충선은 훗날 인조반정 때 이괄의 난을 평정하는데 협력하고, 병자호란 때는 임금의 명이 내리기도 전에 스스로 전선으로 뛰어들어 오랑캐를 치는 공을 세운다.

"경계를 더 엄중히 하라! 고마인들 말야, 만만하게 볼 종자들이 아니야!"

"하!"

"하!"

"하, 핫!"

장막 안에 함께 들어온 장령들이 바짝 긴장한다. 그들의 표정에 놀라움과 수심의 빛이 역력하다. 고니시 유키나가도 한숨이 절로 나온다. 유키나가 옆에 서 있는 겐소의 표정도 어둡다.

"겐소 승만 남고, 다들 물러가라! 아, 여자란 요물이야! 기어코 계월향이와 고마인 계집이 화근이 되었구만! 병사들이 동요하지 않게 빨리 수습하라!"

"하!"

"하, 핫!"

다섯 명의 장령들이 대답하기 무섭게 유키나가의 지휘소 장막 밖으로 나간다. 겐소만이 우두커니 서서 유키나가의 명이 떨어지기를 기다린다.

"앉아서 얘기하자!"

"하!"

겐소가 조심스럽게 의자에 앉는다. 착잡한 시선으로 유키나가를 바라본다.

"심유경이 아직도 돌아오지 않는데… 명 황제의 칙서는 받아올까?"

"……."

"강화밖에 현명한 방책이 없다는 판단은 옳은 것이 아닌가? 귀승의 생각에도 변함이 없는가?"

고니시 유키나가는 가토 기요마사와는 달리 이시다 미쓰나리 등과 함께 강화교섭에 힘썼다. 후에 가토 기요마사는 이를 두고 "고니시가 조선에서 조금만 더 적극적이었다면 전쟁의 양상은 달라졌을 것이다."라고 불만을 터뜨리기도 한다. 그러나 실제로 가토 기요마사보다 고니시 유키나가는 더 많은 야전을 치르며 혁혁한 공을 세웠다. 가토 기요마사는 함경도로 진격하여 국경인(鞠景仁) 등의 반란 덕분에 임해군과 순화군을 생포하여 커다란 야전을 치르지 않은 것에 비해, 유키나가는 부산진성과 다대포성과 동래성을 함락시키고 가장 먼저 한양성을 점령하여 참전 무장 가운데 가장 큰 공을 세웠다.

가토 기요마사와는 전략도 달랐다. 보급을 무시한 채 함경도로 계속 진격하여 정문부 등 함경도 의병들에게 각개격파 당하고 여진족에게 완패당한 기요마사와는 달리, 유키나가는 평양성을 함락시킨 이후에는 보급 문제와 명의 원군에 대한 부담을 우려하면서 전세를 살피는 등 대조적인 행보를 보였다.

처음에 고니시 유키나가는 조선 침탈을 내심 반대했다. 조선에 투항한 가토 기요마사 수하의 장령 사가야처럼 도요토미 히데요시의 조선 침탈에 부정적이었다. 일본의 기록에 의하면[2] 임란 동기를 '늘그막에 얻은 외동아들 스테마루의 요절이 가져온 슬픔을 잊기 위해, 명나라의 황제가 되기 위해, 명나라를 침략하는데 선봉에 서달라는 자신의 요구를 조선이 받아들이지 않았기 때문'이라고 조선 침탈의 이유를 크게 세 가지로 들고 있는데, 유키나가는 그 첫 번째 이유가 외동아들 스테마루의 요절 때문이라고 생각했다. 유키나가로서는 아무리 자신이 히데요시의 신임 받는 충직한 신하라고 하더라도, 그러한 사적인 슬픔을 해소하기 위해 전쟁으로 많은 인명을 살상하는 것은 천주님의 뜻에 부합할 수 없다고 내심 도리질했다. 유키나가는 독실한 기리시탄 신자였다.

　유키나가가 지배하고 있는 아마쿠사 영지는 총인구 3만 명 가운데 2만 3천 명이 기리시탄이고, 60인가량의 신부와 30개의 교회가 있어 '그리스도의 섬'이라고 불릴 정도였다. 또한 다카야마 우콘의 옛 신하들을 많이 자신의 가신으

---

2 『도요토미 히데요시보』라는 책은 임진왜란이 끝남과 동시에 새로운 에도시대를 연 도쿠가와 이에야스의 비서이자 어용학자인 하야시 라잔(林羅山)이 기록한 (1568년) 도요토미 히데요시의 일대기이다. 이 책은 하야시 가문의 권위를 등에 업고 에도시대 내내 널리 읽힌 책으로 히데요시가 임진왜란을 일으킨 동기에 대해 상세히 적고 있다.

로 받아들였는데 그들도 모두 기리시탄이었다. 그런가 하면 종교적인 면에서 열렬한 니치렌종[3] 신자로 알려져 있던 가토 기요마사를 피해 도망친 기리시탄들을 유키나가가 자기 영지로 받아들여 보호해주면서, 두 사람의 사이가 더욱 틀어지게 되었다고도 한다. 선조 33년(1600년) 10월 1일, 세키가하라 전투(関ヶ原の戦い)에서 패한 유키나가는, 자결을 금지하는 기리시탄의 가르침에 따라 할복을 거부하고, 서군의 다른 장수들과 마찬가지로 시가에서 조리돌림을 당한 뒤 교토 로쿠조의 강변에서 이시다 미쓰나리, 안코쿠지 에케이와 함께 참수된다. 이때 정토종 승려가 머리 위에 경문을 갖다 대는 것을 자신은 기리시탄이라는 이유로 거절했다. 그런 다음 예전에 포르투갈 왕비 오스트리아의 마르가리타로부터 선물 받은 예수와 성모 마리아의 이콘을 들어 세 번 머리 위로 대고 난 뒤에 참수당했다고 한다. 죽기 직전 같은 기리시탄인 구로다 나가마사에게 자신의 고해성사를 요청했지만, 도쿠가와 이에야스의 명이라는 이유로 거절당했고, 사제를 불러오는 것조차 허락되지 않았다. 처

---

3 니치렌종(日蓮宗): 일본 가마쿠라(鎌倉) 막부(1185년~1333년)의 니치렌(日蓮) 대사가 창시한 일본 불교 종파의 하나.

형된 후 유키나가의 목은 산조 대교에 효수되었는데, 그의 시체를 교회에서 거두어서 고해성사를 행하고 기독교식으로 장례를 치렀지만, 머리와 몸이 함께 매장되지는 못했다고 한다. 그의 죽음은 예수회를 통해 서구에까지 알려져 당시 바티칸의 교황 클레멘스 8세는 그의 죽음에 대해 애도를 표한다는 말을 했고, 그의 사후 7년 뒤인 선조 40년(1607년)에 이탈리아의 제노바에서 그를 주인공으로 하는 음악극이 만들어졌다고 전해온다. 가톨릭 신자였던 그의 아버지도 일본의 예수회 보고서에 가장 뛰어나고 열성적인 신자로 언급되곤 했다.

'천주님의 가르침을 거슬리는 이 전쟁이 얼마나 더 큰 재앙으로 다가올는지…'

도요토미 히데요시의 조선 침략 야욕을 감지한 유키나가는 전쟁을 막고자 시도하다가 실패하자, 하는 수 없이 사위인 소 요시토시, 나가사키반도의 작은 다이묘4들인 미쓰라 시게노부, 아리미 하루노부, 오무라 요시아키, 고토 스미하

---

4 다이묘[大命]: 일본 헤이안(平安) 시대 말기에서 중세에 걸쳐 많은 영지(領地)를 가졌던 봉건 영주. 무사 계급으로서 그 지방의 행정권, 사법권, 징세권을 가졌으며 군사 사무도 관할하였다.

루와 승려 겐소를 이끌고, 18,700명으로 구성된 조선 침공 선봉대 제1군의 지휘관으로 가장 먼저 조선에 상륙했다. 유키나가는 앙숙 관계인 가토 기요마사보다 이 전쟁에서 더 큰 공훈을 세우고 싶었다.

"하온데… 관백, 태합 전하께서 명이 항복한 게 아니라는 것을 알면…강화 내용이 거짓이란 것을 알면… 명 황제도 그렇고…."

일본 측에서 제시한 일곱 가지의 강화 조건은 명나라와 조선으로서는 도저히 받아들일 수 없는 내용이었다. 그 내용은 대체로, 명의 황녀와 조선의 왕자를 인질로 삼겠다는 것, 조선의 네 개 도를 할양해달라는 것, 명과의 무역 재개 요구가 주된 항목이었다.

"어쨌든 희생을 줄여야 한다. 전쟁은 승자도 패자도 모두 불행하다. 사람이 사람을 왜 죽여야 하나! 생명은 어떤 재화나 명분보다도 소중한 것이 아닌가! 그러하기에 천주께서도 한 생명을 구원하는 것이 천하를 얻는 것보다 낫다고 하셨지. 죽으면 승리가 있을 때나 없을 때나 같지 않은가. 승자가 되었다고 죽은 자가 다시 살아서 돌아오나? 관백의 외동 아들 스테마루가 다시 살아서 돌아올 수 있느냐 말이야. 나도 재화로는 보상받을 수 없는 소중한 동생 고니시 요시치로와 사촌 형제 고니시 안토니오, 히비야 아스구도를 이 전쟁에서 잃었다. 그리고 지금, 신임하는 충직한 소서비마저 참혹하게 죽임을 당했다. '곤고한 자가 겉옷을 벗어달라면 속옷까지 벗어주고, 오 리를 가자면 십 리를 가주라'라는 천주님의 가르침을 실행하지는 못할망정, 허망한 육신의 욕망에 가담하여 언제까지 죄악의 길을 가야 한단 말인가…."

"……."

겐소도 유키나가도 잠시 침묵 속에 숙연해진다. 유키나가가 다시 무겁게 입을 연다.

"강화가 뜻대로 성사되기만을 기대할 수는 없는 노릇! 명군이 대군을 이끌고 오기 전에 방비를 더 튼튼히 해야겠어! 평양성 내에다 일본식 성을 더 쌓지 않으면 안 돼! 빨리! 적이 성내로 쉽게 들어올 수 없도록… 소서비까지도 속수무책으로 당하다니…!"

"하오나…당장 성을 쌓는 것은…병사들이 너무 지쳐 있어서… 소금을 구하지 못해 병졸들이 야맹증에 시달리는 둥 기력이 말이 아니고…."

"소금? 소금을 구하러 간 김순량이라는 첩자는 아직도 안 돌아오고, 어디서 무엇을 하고 있나?"

"소승도 그 일만은 종적을 알 수 없고…평양성 밖으로 마초와 소금을 구하러 나가는 병졸들은 조선군과 서산이 이끄는 승병들에게 죽임을 당하고… 심유경이 조선군에게, 50일 동안은 금표를 한 10리 안으로는 접근해 싸우지 말라고 경고하고 떠났는데도, 그 언약을 조선인이 지키지도 않고…."

겐소가 말끝을 흐리며 주섬주섬 상황을 늘어놓자 유키나가가 벌컥 화를 낸다.

"그러니까 빨리 내성을 더 쌓아야 한단 말이야! 한시가 급해!"

겐소의 말은 사실이었다. 유키나가는 강화 회담을 끝낸 뒤 조선군이 볼 수 있는 곳곳에 〈조선인들은 왜 심유경이와 결정한 강화 조건을 지키지 않고 마초와 소금을 구하러 성 밖으로 나가는 일본 군사를 죽이느냐! 일본 군사는 심유경이 돌아오면 약조한 대로, 곧 성을 내놓고 대동강 건너쪽으로 물러갈 것이니, 앞으로는 성 밖으로 나가는 일본 군사를 죽이지 말라.〉는 글발을 내다 붙였다. 그러나 유키나가의 글발이 나붙은 바위나 나무에는 왜군의 수급들이 놓이거나 매달렸다. 조선군이나 의병들이 숲 속에 잠복해 있다가 성 밖으로 나오는 왜군을 요격해서 베인 수급들이었다. 사실 왜군에게 고갈된 물자 중 가장 절박한 것이 소금이었다. 선조 25년(1592년) 12월달의 『선조실록』에서도 〈평양성 내의 일본군은 금전(황금)을 가지고도 소금을 살 수 없었는데, 그러나 간혹 일본도로써 소금을 조금씩 바꿀 수 있었다〉는 기록을 찾아볼 수 있다.

임진왜란 연구자인 기타지마 만지(北島萬次)는 〈줄어드는 것은 쌀과 소금과 술과 생선, 겨우 남아 있는 것은 좁쌀과 수수. 이제 말까지 없다면 어떻게 할 것인가〉라고 선조 26년(1593년) 1월 당시의 일본군 상황을 기록하고 있다. 그리고 임진왜란을 참관한 포르투갈인 프로이스도 〈병사들은 이미 지쳐 있으며, 사상자 수가 많고 군수품도 모두 떨어졌다. 더욱이 무기들은 파손됐으며 보루 밖에 있던 일부 식량 창고들은 불에 탔다. 이런 상황에서 중국군이 충분히 승산이 있다고 보고 내일이라도 재공격을 감행한다면 우리는 전멸을 면치 못할 것이다. 더욱 걱정스러운 점은 평양과 서울 사이에 있는 일본군 성채들이 계속 퍼부어대는 조선군의 공격과 습격에 대비해 방어할 병사들만 겨우 유지하고 있는 상태이므로 원조를 곧바로 받을 수 있다는 희망도 없다는 사실이다.〉라고 평양성 내부 사정을 전한다. 이처럼 한양성 이북의 일본군은 한양성으로 퇴각하지 않을 수 없는 절박한 상황에 직면하고 있다.

"귀승의 말대로, 명과의 강화가 성립된다고 해도 조선이 그 내막을 안다면 받아들이려고 하겠는가! 무엇보다도, 조선 땅의 반을 떼어주고 조선의 왕자 한 사람과 대신 몇을 일본의 인질로 삼겠다는 조건을 조선이 받아들이겠다고 할 것 같은가 말야?"

"그, 그래서… 그 부분은 심유경과 짜고… 명에 대해서는 관백 합하전하가 항복한다고 하고, 관백 합하전하께는 명이 항복한다고 속여 강화 교섭을 성립시키려는 것이 아닙니까… 만약에 관백께서 아시면…."

"그건, 강화가 성립되게 되면 그때 가서 묘책을 강구하더라도, 지금은 이 위급한 상황을 벗어나는 데는 강화밖에 다른 뾰족한 수가 없다는 걸 귀승이 누구보다 잘 알고 있지 않은가? 그보다도 당장 필요한 것은 내성을 쌓는 일이야. 평양성에서 더 버티다가 빠져나가려면 명군이 오기 전에 서둘러 내성을 쌓아야 해! 빨리!"

유키나가는 정확하게 파악하고 있었다. 기세가 오른 조선군만을 상대하여 평양성을 지키기에도 힘에 부친다는 것을.

평양성에서 불과 십 리 거리인 보통벌 주변의 산 너머에는 조선군과 의병들이 집결하여 기세를 올리고 있었다.[5]평안도 순찰사 이원익과 도원수 김명원은 새로 방어사가 된 김응서를 비롯한 이빈, 한응인 등과 함께 군사를 나누어 부산현을 중심으로 평양 서북쪽에 진을 치고 있고, 서남쪽으로는 삼화 현령 조의룡, 용강 현령 류희, 함흥 현령 이슈, 증산 현령 조의, 영유 현령 황숙, 순안 현령 하홍계 등이 각각 군사를 거느리고 와서 결진하였다. 대동강 입구는 수군 별장 김억추가 병선 10여 척으로 막고 있는지 오래였다.

민병으로는 의병장 조호익이 거느린 천여 명의 농민군이 삼등에서 대동강 상류를 견제하고, 의병장 임중량은 이천여 명의 의병을 거느리고 중화 방면에서 평양과 한양 간의 적의 연락선을 차단하여 유키나가 부대의 후방을 위협하고 있었다. 그런가하면 의병장 김자택과 박억이는 각각 백여 명의 의병을 거느리고 대동강 건너 동촌에서 그 방면으로 나다니는 왜군을 수시로 요격하고 있었다.

유키나가는 소서비가 죽은 후 평양성 내에다 일본식의

---

5 최명익, 『서산』, 자음과 모음, 2006, p.515 참조.

성을 쌓기 시작했다. 장경문 근처의 성벽에서부터 관제묘를 거쳐 만수대에 이르기까지 엄폐호를 둘러쌓고, 대동문 근처에서 종로를 거쳐 장대재와 남산재 일대에는 꼬불꼬불한 전호를 파고 높이 쌓은 흉장6에 벌집같이 총구멍을 냈다. 모란봉에도 새로운 진지를 구축하기 시작했다. 모란봉의 중허리를 에둘러 전호를 파고 총구멍을 낸 흉장을 높이 쌓았다.

---

6 흉장(胸墻): 사람의 가슴 높이만 한 담. 성곽이나 포대(砲臺) 따위의 중요한 곳에 따로 쌓는 것을 말한다. 이편의 사격(射擊)을 편하게 하고 적의 사격을 방지할 목적으로 구축한 퇴토(堆土).

13. 평양성 탈환

선조 26년(1593년)이 밝았다. 정월 초하루, 고니시 유키나가가 겐소를 시켜 지은 시를 심유경에게 보내왔다.

일본이 전쟁을 그치고 중화에 복종하니
사해와 구주가 모두 한 가족이라네
기쁜 기운이 사르르 온 세상의 눈을 녹이니
일찍 찾아온 봄기운에 태평화 피었네

이여송이 부총병 사대수를 시켜 "명나라가 화친을 허락하였으며, 유격장군 심유경도 올 것이다."라는 말을 전하자, 유키나가가 기뻐하며 겐소에게 아첨하는 시를 지으라고 지시한 것이다.

유키나가는 명나라 황제가 화친을 허락하였다는 전갈을 듣고 처음에는 반신반의했다. 심유경이 그렇게 빠르고 순조롭게, 일본 측이 재차 요구하는 조건을 충족시켜, 화친을 성사시키리라고는 예상하지 못했다.

12월 초에 명 황제의 화친 허락을 받으러 갔던 심유경이 돌아왔다. 고니시 유키나가는 평양성으로 찾아온 심유경을 반갑게 맞아들였다. 유키나가는 심유경이 좋은 소식을 가지고 돌아오기만을 목을 늘이고 기다리고 있던 참이었다. 기일이 많이 지나도 이렇다 할 기별이 없자, 더 기다리지 않고 곧 명나라로 쳐들어간다고 으름장을 놓으며 은밀히 조선 측에 소문을 퍼뜨렸지만, 유키나가의 그 같은 허풍은 위기에 처한 일본군 전체의 발악이기도 했다.

개전 초 전투에서 승승장구하며 한양성과 평양성을 점령할 때만 하더라도 조선 8도를 손쉽게 점령하고, 전쟁 참여자들에게 영지를 나누어주겠다는 도요토미 히데요시의 공공연한 약속은 이행이 가능할 것으로 보였다. 그러나 전쟁이 장기화되면서, 낯선 땅에서 언제 공격당할지 모르는 불안한 상황에서 식량 부족과 추위로 많은 병사가 죽어갔다. 부산에서 각 지역으로 이어지는 보급로가 끊겨 일본에서 오는 병량의 전달이 원활하지 못했고, 조선 관군과 의병들의 지속적인 공격으로 현지에서의 식량 확보는 엄두도 못 낼 형편이었다. 특히 전쟁이 일찍 끝날 것으로 예상하고 추위에 대해 예비를 하지 않았던 것이 참혹한 결과를 가져왔다.

유키나가는 겐소와 함께 연관정에서 심유경을 맞아들였다. 유키나가는 초조하고 불안했다. 명 황제 만력제(萬曆帝)가 도요토미 히데요시의 강화 조건을 다 받아들이지 않을 것이 뻔했고, 심유경이 상황에 따라 내용을 적당히 바꿔서 강화를 성사시키기로 은밀히 약조하였지만, 불안감이 클 수밖에 없었다. 예상대로 심유경이 전하는 강화의 내용은 실망스러웠다.

"황제 집안의 여자를 일본의 후비로 보내는 일이나… 대명과 팔도를 분할하여 네 개 도를 조선에 주는 대신 조선 왕자와 한두 명의 신하를 호종하는 인질로 삼겠다는 조건은 입술에 올리기도 어려웠고… 우선 일본에 제후국의 지위를 인정해 주고 조공과 책봉을 허락한다는 약조만 받아 왔습니다."

심유경이 더듬더듬 강화 조건의 내용을 말한 뒤 유키나가의 안색을 살피며 말을 이었다.

"명으로서는 조공을 허락한다는 것만으로도 은전을 베푸는 것이지요."

유키나가가 벌컥 화를 냈다.

"은전? 조공이 어떻게 은전이 된다는 말이요?"

"명나라에 조공을 바치러 가는 제후국은 황제에게 바치

는 물품보다 황제 폐하께서 내리시는 물품이 훨씬 많고, 개시(開市)를 통한 무역 활동도 가능하기 때문에 제후국의 조공은 의무보다 권리에 가깝다고 할 수 있지요."

심유경의 그 말만은 사실이었다. 실제로 조선 전기의 중종은 명나라에 사신 파견 횟수를 늘려달라고 요청하기도 했다.

"그렇다고 하더라도 조선 팔도를 일본에 할양한다는 조항은 어떻게든 약조를 받아야 합니다. 관백 합하의 마음을 움직이려면… 사실 얻은 것도 없구요."

겐소가 낯빛을 흐리며 난색을 보이자 심유경이 다그치듯이 물었다.

"얻은 것이 없다구요? 명의 대군이 밀고 내려오는 것을 막고 시간을 번 것만으로도 우선 득이 되지 않았나요? 나머지 문제는 지혜를 모을 일이고."

일본군에게 시간을 벌어주었다는 심유경의 명분은 이여송에게도 내세운 변명이었다. 유키나가와 심유경이 비밀로 한 일본 측의 강화 조건이 새어나가, 이여송이 '조선 팔도 중 4도를 왜국에 할양한다'는 내용을 알고 분노하며 즉석에서 베려고 할 때, 심유경은 이여송에게 '명군이 조선에 오는 시간을 벌기 위한 계책'이었다고 변명했다. 만일 명군의 참모장 이응시가 만류하지 않았다면 심유경은 그때 처단되었을 것이다. 그런데 심유경이 다시 명나라로 가서 강화를 성사시키고 왔다는 것이 아닌가.

유키나가는 즉시 소장 다케우치 기치베에게 20여 명의 군사를 거느리고 순안으로 나가서 심유경을 맞이하게 하였다. 부총병 사대수가 이를 유인하여 함께 술을 마시면서, 미리 배치해둔 복병으로 하여금 다케우치 기치베는 사로잡고 따라온 왜병은 거의 다 베어 죽였다. 그중 세 명이 왜군 진영으로 달아나니, 그제야 명나라 군대가 다다른 것을 알고 왜군이 크게 놀라고 당황하였다.

명나라는 이미 파병을 결정하여 4만 대군이 12월에 조선에 도착한 상태였다. 병부 우시랑 송응창을 경략에, 병부 원외랑 유황상과 주사 원황을 찬획군무에 임명하여 용동에 주둔하게 하고, 제독 이여송이 휘하 세 군영의 대장인 이여백, 장세작, 양원과 남부의 장수 낙상지, 오유충, 왕필적 등을 이끌고 압록강을 넘었다. 그리고 얼마지 않아 안주성에 도착했다. 일본군이 이를 알지 못한 것은 첩자 김순량이 처형되었기 때문이다. 소금을 구하러 나간 김순량이 평양성 내의 왜군 진영으로 돌아가서 정확한 정보를 전하지 못했기 때문이었다.

류성룡이 안주에서 군관 성남을 보내, 전령(傳令)을 가지고 수군절도사 김억추에게 가서 일을 처리하고 6일 이내에 회답하라고 지시했었다. 이때가 12월 2일이었는데 기한이 지나도록 답신이 오지 않았다. 성남을 추궁하자, 이미 강서 군인 김순량을 시켜서 답신을 보냈다고 했다. 김순량을 잡아 와 전령의 행방을 물으니 이리저리 핑계를 대면서 모르는 체하였다. 성남이 김순량의 수상한 점을 말했다. "김순량이 전령을 가지고 나갔다가 며칠 만에 소 한 마리를 끌고 군중으로 돌아와서 동료들과 함께 잡아먹었습니다. 어디서 난 소냐고 묻자 친척 집에 맡겨 놓았던 소를 돌려받았다고 했습니다. 그런데 지금 이 사람이 변명하는 말을 들어보니 당시의 행적이 의심스럽습니다." 김순량을 엄하게 문초하자 마침내 실토했다.

  "왜의 첩자 노릇을 했습니다. 그날 전령과 비밀 공문을 받은 즉시 곧장 평양성에 들어가 적에게 그것을 보여주었습니다. 왜장이 전령은 책상에 두고 공문은 본 뒤에 그 자리에서 찢어버렸습니다. 저에게는 상으로 소 한 마리를 주고 함께 간첩 노릇을 한 서한룡에게는 명주 다섯 필을 주었습니다. 그리고 다시 그 밖의 일을 염탐하여 15일 이내에 보고하기로 약속하고 성을 나왔습니다."

첩자가 된 자가 몇 명이나 더 있느냐고 물으니 "모두 40여 명인데, 늘 순안과 강서 지역의 여러 진영으로 흩어져나가 숙천, 안주, 의주에 이르기까지 다니지 않은 곳이 없고, 일이 있을 때마다 적에게 보고하였습니다."라고 털어놓았다. 그 사실을 조정에 보고하고 조사한 간첩들의 이름을 각 진영에 알려 사로잡게 하였다. 어떤 자는 잡고 어떤 자는 달아났다. 김순량은 안주성 밖에서 처형하였다.

명나라 군대는 숙천에 도착하여 저물 무렵 진을 치고 밥을 짓고 있다가, 심유경을 맞이하러 나온 왜병을 거의 다 베어 죽이고, 소장 다케우치를 사로잡았다는 소식을 들었다. 이여송은 즉시 진격 명령을 내렸다. 먼저 기병 몇 명을 데리고 순안을 향해 달려갔고, 여러 진영의 군사들이 이여송의 뒤를 따라 출발하였다.

다음 날 아침, 명군과 조선군은 평양성을 포위하고 보통문과 칠성문 앞에서 공격 태세를 갖췄다. 왜군은 성 위에 올라가 붉은색과 흰색 깃발을 세우고 맞서 싸웠다. 왜군은 수적으로 열세였고, 사기도 저하되어 있었다. 성을 지키고 있는 유키나가의 1번 대 군대는 개전 초 1만 8,000여 명이었으나, 8,000여 명으로 줄어들었고, 병량의 보급에 문제가 있는 데다가 오랜 전투로 인해 피로와 추위에 지쳐 있었다. 더욱이 조·명 연합군의 위세에 짓눌린 고니시 유키나가 가 황해도 봉산에 주둔하고 있던 오오도모 요시무네(大友吉統)에게 구원을 요청했으나 거절당하여 일본군의 사기는 한 층 더 위축되어 있었다. 형세가 이미 기울었다고 판단한 오 오도모는 수하의 군사들을 일으켜 평양으로 가는 대신 한 양으로 달아나고 말았던 것이다.

첫 전투는 1월 6일에 본격적으로 시작되었다. 엿새 날 아침에 명군의 한 부대가 모란봉을 먼저 공격하였다. 평양 성 안의 왜군을 공격하기 위해서는 평양성을 내려다볼 수 있는 고지를 점령하는 것이 유리했기 때문이다. 왜군 역시 모란봉이 중요했기 때문에 고니시 유키나가가 직접 2천에 가까운 병력으로 항전하였다. 날이 저물도록 공방전은 계 속되었다. 왜군의 저항은 완강했다. 모란봉 중허리를 돌아 가며 보통벌 일대를 내려다볼 수 있게 파서 만든 참호 안에 서 튼튼한 흉장을 의지하고 방어하는 왜군의 진지는 난공 불락의 요새였다. 화력도 만만치 않았다. 명군은 보통벌에 서 포화로 엄호해 가며 돌격을 거듭했으나 성공하지 못했 다. 명나라 부총병 오유충(吳惟忠)과 서산이 이끄는 승병부 대가 공격하다가 강철로 만든 방패를 버리고 퇴각하는 척 하자, 방패가 탐이 난 왜군이 산 밑으로 쓸어내려 왔다. 명군과 승군이 다시 반격하여 섬멸했다. 그러나 날이 저물어 모란봉을 점령하지 못하고 군사를 거두었다.

1월 7일, 오전에 명군은 3개 진영으로 나뉘어 보통문을 총공격했다. 일본군이 성문을 열고 나와 명군을 기습하고 백병전을 치렀으나 패하여 성안으로 퇴각했다. 조·명 연합군은 본진을 보통문 앞에 전진 배치하고, 정희연과 김응서의 기병대가 왜군을 유인하였지만 응하지 않았다.

1월 8일, 조·명 연합군은 각각 나뉘어 총공격을 감행하였다. 조선군은 이여백과 함께 남쪽 성을, 명군은 서쪽 성을 맡기로 했다. 대장군포, 위원포, 자모포, 연주포, 불량기포 등 수많은 대포들이 평양성을 향해 불을 뿜었다. 지축을 흔드는 대포 소리로 수십 리 사이의 크고 작은 산이 모두 흔들렸다. 불화살도 성안으로 날렸다. 수천, 수만 대의 불화살이 날아 들어간 성내의 적진에서는 곧 화재가 일었다. 곳곳에서 화재가 일어나고 수풀이 모두 타버렸다.

한편으로는 조·명 연합군이 나뉘어 평양성으로 진격했다. 평양성 서남쪽 함구문은 명군의 조승훈과 조선의 이일, 김응서의 8000명의 군사가 맡았다. 칠성문은 장세작, 보통문은 양호, 모란봉은 명나라 우군 유격 장군 오유충과 서산과 사명의 승병 2200여 명이 공격했다. 성가퀴에서 아래로 드리워져 있는 왜군의 칼과 창은 마치 고슴도치의 비늘 같았다. 이여송이 먼저 성에 오르는 자에게 은 50냥을 주겠다고 하자, 남방장수 낙상지가 먼저 성벽에 오르고 그의 군사가 뒤따라 올랐다. 개미 떼처럼 성벽에 붙어 오르는 군사들은 앞 사람이 떨어지면 뒷사람이 올라가며 물러나는 자가 없었다.

승병이 맡은 모란봉 전투는 더 치열했다. 명군의 우군 유격장군 오유충이 합세하였으나, 승군이 지세를 잘 알기도 하였지만, 생사에 연연하지 않는 승군의 기세를 왜군이 막을 수 없었다. 공격의 선봉에는 고충경 이하 궁수들과 함께 사명이 나섰다. 서산은 대현과 함께 뒤에서 독려하며 지휘하였다. 보통벌 추수 때에 왜군과 싸워 이긴 전투 경험이 있는 잡약산 농군들의 활약도 눈부셨다.

날씨도 승군을 도왔다. 모란봉의 왜군은 10리 보통벌에서 파도같이 일어서는 눈보라와 흰옷 입은 농군과 승군을 정확하게 구별하기 어려웠다. 을밀대 근처의 송림으로 연소되기 시작한 불의 연기와 휩쓸어 오는 눈보라는 적들의 시야를 가려 총구멍을 낸 흉장 안에서 조준 사격을 하기가 어려웠다. 앞장선 법근이와 10여 명의 젊은 승군들이 먼저 흉장을 넘어 단병전을 시작했다.

참호 안에서 단병전을 해야 하는 왜군은 이제 조총이 소용이 없었다. 좁은 참호 속에서는 긴 창과 칼이 거추장스러울 뿐이었다. 단병전을 대비해 짝지 훈련을 시킨 사명의 전략이 성과를 거두는 순간이었다. 대현이 바랑 속에서 차돌을 꺼내 내던지는 돌팔매질도 위력을 발휘했다. 적군과 아군의 피가 사방으로 튀어 쌓이는 눈을 붉게 물들였다.

서산의 돌격부대는 적의 집중 사격을 받으면서 큰 깃발을 앞세우고 문봉, 무봉을 향하여 돌진했다. 마침내 무봉 꼭대기에 서산의 큰 깃발이 서서 바람에 나부꼈다. 명군도 더욱 거세게 왜군을 몰아붙이자 왜군이 더는 버티지 못하고 내성으로 들어갔다. 칼에 베이고 불에 타 죽은 자가 매우 많았다.

조·명 연합군은 외성과 읍성을 함락시키고 계속 중성으로 돌입해서 왜군을 만수대와 을밀대로 압박했고, 고니시 유키나가는 연관정 토굴에 머물면서 풍월정 아래에다 판굴에서 끝까지 저항했다. 이여송은 사상자가 계속 늘어나자 군사를 물리고 유키나가에게 협상을 제의했다. 이여송은 "너희들을 전멸시킬 수 있으나 차마 그렇게 할 수 없어서 살길을 열어주려고 하니 물러나라"는 뜻의 서찰을 고니시 유키나가에게 전달했고, 유키나가는 "반드시 물러갈 테니 뒷길을 차단하지 말라"고 요구했다. 이여송은 유키나가의 제안을 받아들였다. 조선 측에도 왜군의 퇴로를 끊지 말라는 명을 내렸다. 1월 9일 새벽, 유키나가의 1번 대는 얼어붙은 강을 건너 달아났다.

*

적이 달아난 이튿날에도 눈은 계속 내려 쌓였다. 목과 팔이 잘리고 피범벅이 된 시체들 위에 새하얀 눈이, 아군과 적군을 가리지 않고, 수의를 입히듯이 내려덮었다. 사흘 동안의 전투가 끝난 전장은 참혹했다. 포화에 허물어지고 불에 탄 성안은 물론, 모란봉 일대도 처참해서 차마 눈 뜨고 볼 수 없을 지경이었다. 이번 전투에서 조·명 연합군은 왜군 1,285명을 참획[1]하고, 포로 2명, 불에 타 죽은 자 수백 명 등의 전과를 올렸다. 또한 조선인 포로 1,015명을 구출하고, 말 2,985필과 군량미 3천 석을 노획했다. 조·명군의 희생도 적지 않았다. 1천여 명의 전사자가 발생했다. 농민

---

1 참획(斬獲): 짤러 죽이거나 또는 생으로 잡음.

군의 희생이 더 컸다.

우선 손이 닿는 대로 아군의 시체를 거두어 수습하는 일이 급했다. 언 땅을 파서 제대로 묻어 준다는 것은 엄두도 못 낼 일이었다. 우선 급한 내로 시신을 한데 모아놓고, 신원이 확인된 중요 시신은 냉동하듯 눈으로 봉분을 만들어 가매장할 수밖에 없었다.

문봉과 무봉에도 눈으로 가매장한 시신들의 봉분이 늘어나고 있었다. 여기저기서 애끓는 곡성이 터지고 또 터진다. 서산과 사명도 눈으로 만들어진 한 봉분 앞에 서서 잡약산 마을 사람들과 함께 터져 나오는 오열을 안으로 삼킨다. 법근이의 무덤이다.

법근은 모란봉 전투에서 장렬하게 최후를 맞았다. 법근은, 여섯 개 고리가 화광 중에 빛나는 육환장을 높이 들고 고함을 지르며 전진하는 서산의 앞에서, 이리 뛰고 저리 치달으면서, 긴 칼로 적을 베어 쓰러뜨렸다. 몇 번이나 앞을 막아서는 적들을 베고 다시 에워싸는 4, 5명의 적을 상대로 난전을 벌이던 중 칼을 쥔 오른팔이 적의 칼에 끊기었다. 팔은 눈 속에 떨어지고, 전주복이가 철퇴를 휘두르며 뛰어드는 사이, 법근은 한두 걸음 비틀거리다가 다시 왼손으로 칼을 집어 들었다. 떨어져 나간 오른팔에서 쏟아지는 피로 반신은 거의 붉게 물들었다. 그러나 그의 능란한 검술은 왼손으로도 적을 몇 더 쓰러뜨렸다. 그러다가 기진한 그는 적의 칼과 창을 막아내지 못하고 최후를 맞이했다.

고충경이 손으로 눈을 끌어모아 봉분을 높이면서, 울음 반 넋두리 반으로, 목이 메어 흐느낀다.

"이렇게 가면 어떡하나! 왜적을 조선에서 쓸어내면 이제 새 세상이 될 거라구, 이제 조선 백성은 이전 백성이 아닐 거라구, 새 세상이 오면 그때 사람답게 살아보자고 하더니! 먼저 가다니! 몹쓸 사람!"

전주복이도 울고, 대현도 울고, 서산도 울음을 참지 못한다. 사명이 소리 없이 눈물을 흘리며 눈발이 분분한 하늘을 애소하듯이 올려다보고 있는데, 등 뒤에서 사람 몇이 올라오는 기척이 난다. 이여송 제독이다. 도원수 김명원과 방어사 김응서와 함께 전황을 살피며 오는 중이다.

모두 울음을 그치고 몸을 돌려 이여송을 맞는다. 서산이 이여송에게 합장으로 예를 표한다.

"죽은 자든 산 자든, 조선 백성이면 누구든 제독님의 은공을 기리지 않을 사람이 어디 있겠습니까!"

서산의 말은 진심이었다. 평양성 전투에서 보여준 이여송의 혁혁한 공은 조선 조정에도 강렬한 인상을 심어주었다. 선조는 그 공로를 재조지은[2]이라고 치켜세우고, 조정 대신들도 명군을 찬양하는 데 여념이 없었다. 후에 평양에는 그의 업적을 기리는 무열사가 세워지기도 한다. 그러나 이여송은 자신감이 오를 내로 올라, 왜군을 얕잡아 보고 잘못된 전략을 구사하여, 이후 돌이킬 수 없는 실책을 저지르게 된다.

"모두가 황제 폐하의 은덕이지요. 그동안 조선이 보여준 명나라에 대한 예가 지극했던 때문이기도 하구요. 저로 말해도 조선은 가볍게 지나칠 수 없는 인연이고요."

이여송의 조상은 함경도에 살던 조선인이었다. 명나라의 철령위로 귀순해 요동 지방의 군벌 가문으로 성장했다. 그의 부친 이성량은 사실상 요동을 지배하고 있던 명나라의 저명한 장군이었다. 이여송도 '보바이의 반란'을 진압한 승장이었고, 그의 병사들은 사기가 충천해 있었다. 이여송은 사기가 충천한 구원병을 이끌고 혁혁한 공을 세워 조상의 나라에 이름을 빛내고 싶었을 것이다. 하지만 벽제관 전투에서 일본군에게 패배한 이후, 태도를 돌변하여 싸움을 회

---

2 재조지은(再造之恩): 거의 망하게 된 것을 구원하여 도와준 은혜.

피하고, 오히려 조선 관군의 일본군 추격과 공격을 방해한다.

이여송은 사명에게도 치하의 말을 잊지 않는다.

"내가 알기로, 조선은 척불숭유[3]로 승들의 심사가 편치 않을 터인데, 귀승을 따라 승병들이 처처에서 큰 공을 세우니 장하기 이를 데 없습니다. 명나라에도 그런 중들이 있어, 공훈과 충렬에 힘입은 바가 커서, 그들의 이름을 기리고 있지요. 귀승의 충성과 백성을 아끼는 자비가 그와 다르지 않소이다."

"과찬의 말씀입니다. 죄 없이 처참하게 죽은 조선 백성들의 주검들 앞에서 몸 둘 바를 모르겠습니다. 왜군에 유린당한 조선 땅은 바로 아수라장이요 무간지옥 아닌 곳이 없습니다."

"왜 아니겠습니까! 내 곧 한양으로 뒤따라 밀고 내려가 왜군의 씨를 말릴 것입니다! 그런데 이 주검은 누구의 것인데, 비통해하고 있나요?"

"법근이라고… 서산 큰스님도… 저도… 모두가 아꼈던…

---

3 척불숭유(斥佛崇儒): 불교를 배척하고 유교를 숭상함.

안타까운 주검이지요."

사명의 입에서 법근이라는 이름이 흘러나오자 김응서가 놀라서 묻는다.

"법근 승이라고요? 아, 이럴 수가! 지난번 소서비를 베고 보현 낭자를 구출해 나올 때 활약이 컸던 그 승이 끝내…"

대현의 눈에서 또 뜨거운 눈물이 흐른다. 김응서가 계월향의 집에서 있었던 거사를 떠올리게 하자, 설움이 더 복받친다. 법근은 보현을 업고 사력을 다해 성벽을 넘어왔다. 끝이 없는 이승의 인연은 없는 것이지만, 애처로워 가슴이 쓰라리다.

서산의 말이 귓전으로 다가왔다가 바람처럼 흩어진다.

"올 것은 오고, 갈 것은 가는 것… 그냥 지나쳐 갈 밖에요."

14. 업보인가 시련인가

"삼각산 승군을 동원해서 우선 사람이 들어앉을 수 있게 손을 보아야겠다."

월산대군(月山大君)이 기거하였던 정릉 행궁을 들러보고 온 서산이, 삼각산 승군 총섭 행사에게 말한다.

평양성을 탈환하고 이어서 개성을 수복한 서산은, 삼각산 승군 총섭 행사를 불러 한양으로 내려왔다. 구월산 승군은 혜화문 밖 사아리 경국사에 본진을 두고, 금강산 승군은 안암리 영도사(永導寺; 開運寺)에 본진을 두었다. 사명과 의엄은 퇴각하는 왜군을 추적해 경기도 광주에서 죽산으로 내려가다가, 사명은 권율과 연합해 경상도로 가고, 의엄은 여주로 내려갔다. 이때 김명원은 무능한 장수로 지탄을 받아 파직되었고, 권율이 도원수 자리를 이어받았다.

서산은 임진강을 건너 파주로 올라가 혜음령을 넘어 벽제관에 도착하는 동안, 왜적에게 유린당한 조선의 국토는 인간이 더 이상 생존할 수 없는 폐허로 변한 사실을 다시 확인하였다. 고을마다 집들이 모두 불에 타고, 사람들을 볼 수 없었으며, 어쩌다 간혹 눈에 띄는 살아있는 사람은 아사 직전의 어린아이이거나 노인뿐이었다. 이러한 참상은 왜군의 발길이 닿은 곳이면 어디나 다르지 않았다. 오죽하면 명군 부총병 사대수가 마산으로 가는 길에 어린아이가 숨은 어미의 젖을 빨러 가는 모습을 보고 슬퍼하며 아이를 거두어 군중에서 길렀겠는가.(『징비록』)

한양에서 남쪽 변방에 이르기까지 백성들이 모두 산골짜기에 숨어들어 가 있어서, 극소수의 둔전1 말고는 곡식의 씨앗을 뿌려둔 땅이 아무 데도 없었다. 몇 달 안에 왜군을 물리치지 않으면 살아 있는 모든 것들이 다 죽게 될 지경에 이르렀다. 사람은 물론 군마도 먹일 마초가 모자라 1만여 마리가 병들고 굶어 죽는 일이 다반사였다. 한 사람이 쓰러지면 백성들이 덤벼들어 그 살을 뜯어 먹었다. 뜯어먹은 자들도 머지않아 죽었다.[『난중잡록(亂中雜錄)』. 명나라 군사들이 술 취해서 먹은 것을 토하면 주린 백성들이 달려들어 머리를 틀어박고 빨아먹었다. 힘이 없는 자는 달려들지 못하고 뒷전에서 울었다.]

조선 백성들의 참상은 이뿐만이 아니었다. 수많은 백성

---

1 둔전(屯田): 주둔병의 군량을 자급하기 위하여 마련되었던 밭.

이 손목이 묶여 왜국으로 끌려가 노예가 되었는가 하면 왜국 인신매매 상들이 조선 백성들의 목을 묶어서 원숭이처럼 끌고 다녔다. 일부는 포르투갈 상인들에게 노예로 팔려 지구 변두리 먼 이국땅으로 끌려가기도 했다. 명나라 상인들도 군대를 따라와 조선의 인삼과 은광을 쓸어갔다.

명군의 부대 역시 조선 백성에게 적지 않은 피해를 입혔다. 조선 백성들 사이에 '왜군은 얼레빗, 명군은 참빗'이라는 말이 나올 정도로, 왜군이 적군인지, 명군이 적군인지 구분할 수 없을 만큼 명나라 군대의 민폐는 극심했다. 심지어 이여송의 모함으로 의병장 김덕령이 죽었다는 소문이 민가에 나돌 정도로, 처음에 가졌던 명군에 대한 양민의 고마움은 분노로 커갔다. (『징비록』)

서산은 조선 백성들이 처한 참담함에 눈물을 흘리며, 임진란이 일어나기 전에 있었던 해괴한 일들이 새삼 예사롭지 않게 느껴졌다.

류성룡의 『징비록』에도 전란의 조짐은 많이 언급되어 있다. 〈무인년(1578년) 가을에 장성2이 나타나 서쪽 하늘부터

---

2 장성(長星): 혜성의 일종. 이 별이 나타나면 전란이 일어난다고 보았다.

동쪽 하늘에 흰 비단 모양으로 펼쳐져 있다가 몇 달 만에 사라진 적이 있었다. 무자년(1588년)에는 한강 물이 사흘 동안이나 붉게 변하기도 했다. 신묘년(1591년)에는 죽산 대평원 뒤에 있는 바윗돌이 저절로 일어섰다. 농지현에서는 쓰러졌던 버드나무가 다시 일어났다. 민간에서는 장차 한양을 옮길 것이라는 소문이 떠돌았다.〉라는 서술을 비롯해서 〈흰 무지개가 해를 꿰뚫는다든가, 태백성이 하늘을 지난다든가 하는 현상은 해마다 있는 일이어서 사람들은 예삿일로 보아 넘겼을 정도였다. 또 도성 안에는 연기도 아니고 안개도 아닌 검은 기운이 땅에 깔리었다가 하늘로 퍼져 올라갔는데 이런 현상이 거의 10여 년이나 계속되었다.〉라는 등, 그 밖의 변괴는 이루 다 적기가 어려울 정도였다고 언급한다.

그런가 하면 신묘년에 이런 사실도 있었다. 명나라에 보낸 사신이 북경에서 돌아오면서 금석산의 하씨 성을 가진 사람의 집에 묵을 때, 그 집 주인이 이런 말을 하였다. "조선의 역관들이, '당신에게 3년이나 5년을 묵은 술이 있으면 아끼지 말고 즐겁게 드시오. 오래지 않아 병란이 일어나면 당신에게 좋은 술이 있다 한들 누가 그 술을 마시겠소?'라고 하였다네. 이 말 때문에 요동 사람들은 조선이 중국에 대해 다른 뜻을 품고 있다고 의심하고, 많은 사람이 놀라고 당혹스러워한다네." 사신이 그 일을 아뢰자, 조정에서는 역관 중에 말을 만들어내고 사건을 일으켜 나라를 모함하려는 자가 틀림없이 있다고 판단했다. 역관들을 잡아다가 인정전 뜰에서 국문하며 모진 고문을 하였으나 모두 인정하지 않고 죽임을 당했다. 과연 다음 해 임진년에 왜변이 일어났다.

"시신 처리는 어떻게 하고 있느냐?"

"광화문 밖으로 나가 뚝섬 근처에서 화장하고 있는데 언제 끝날는지 아득하기만 합니다."

도성의 집터나 거리 곳곳에는 시신이 낟가리처럼 쌓여 있었다. 시체 썩는 냄새가 진동하여 숨을 쉴 수 없을 지경이었다. 육탈이 끝난 백골들이 여기저기 널려 있었다. 시신을 파먹다 죽은 시체 더미에서는 배가 갈리고 가슴이 찢긴 시신도 보였다. 서산은 흐르는 눈물을 손등으로 훔치며 "나무아미타불, 나무 관세음보살, 나무지장보살"을 수없이 되뇌었다. 서산은 관악산, 청계산, 남한산, 강화, 과천, 광주, 양근, 저평의 절에 이르기까지 승군에 편입이 안 된 중은 모두 시체 처리에 나서게 했다.

"행재소가 빨리 한양으로 돌아와야 하는데 환궁 행차가

저리 더디니, 걱정입니다."

선조의 환궁 행차는 더디기만 했다. 선조 26년(1593년) 1월 21일, 정주로 올라온 어가는 이렇다 할 이유도 없이 한 달을 머물고, 안주에서 숙천으로 가서 열흘을 머문 뒤 영유현으로 들어왔는데, 국왕을 호위할 병사가 없었다. 의주에서 목사가 어가를 호위하라고 딸려 보낸 몇 안 되는 병사가 영유현에 이르니, 베잠방이에서 방귀 새 나가듯 모두 달아나 한 사람도 남지 않았다. 호위해 줄 병사가 없어 불안했는지, 선조는 도로 숙천으로 발길을 돌려 다시 영유로 올라왔다. 영유에 머물면서 무과를 실시해 새 금위군을 뽑아 어가를 호위하게 했다. 3월 23일, 어가는 순안을 거쳐 평양으로 올라왔으나 무슨 영문인지 단 하루를 머물고 다시 영유현으로 내려갔다.

그 더딘 행보 중에 선조가 납득할 수 없는 몽니를 부리는 일도 있었다. 선조가 느닷없이 무능한 왕은 물러나야 한다면서 '왕위를 선위하겠다.'고 날벼락 떨어지는 소리를 하자 승정원에서 나서고,3사헌부, 사간원, 상서원, 홍문관 등의

---

3 선조실록 41권, 선조 26년(1593년) 8월 30일 신해 2번째 기사

신하들이 '요순시대 이후 보위를 선위하는 일이 없었다.'면서 눈물 콧물을 흘리면서 만류하였다. 사관은 이에 대해 '선위를 한다고 해도 왜국과 전쟁이 끝난 뒤에 하든지, 최소한 도성으로 들어가서 해야지 길바닥에서 애들 장난도 아니고 이 무슨 해괴한 행태'냐고 일침을 놓고 있다.4

　선조의 본심은 선위할 뜻이 없었다. 이 무렵 명나라는 사신 사헌을 보내 무능한 선조를 끌어내리고 조선을 직접 다스리겠다는 국서를 보내왔다. 류성룡은 내심 분개하면서도 침착하게 그 같은 조처가 왜 부당한가를 사헌을 달래면서 역설했다. 그러자 사헌은 '류성룡이 나라를 다시 일으켜 세운 공이 있다.'라고 하면서 칭찬을 아끼지 않았다. 말하자면 선조의 선위 운운은 구겨진 체통을 세우고 신하들의 속내를 떠보자는 것이었다. 한편으로는 아들 광해군에 대한 시기와 왕좌의 보전에 대한 불안 심리가 작용한 것이라고 볼 수 있다. 선조는 선조 25년(1592년) 왜군이 침략해 오자 광해군을 급히 세자로 책봉하고 별도의 조정인 분조를 이끌게 했다. 광해군은 평안도·황해도·강원도 등지를 돌며 백

4 『선조실록』 42권, 선조실록 26년(1593년) 9월.

성들을 위무하고 의병 활동을 독려했다. 명나라 장수 이여송이 "조선의 부흥은 세자에게 달려 있다."라고 말할 정도로 민심을 얻고 있었다. 정주에 머물러 있던 광해군이 달려와 황공부지하고 망극한 심정 금할 길 없다고 눈물을 쏟아내며 선위의 명을 거두어달라고 애원하자, 선조는 마지못한 척 뜻을 거두었다.

선조는 자신보다 더 백성들이나 신하들에게 추앙받는 인물을 그냥 두고 보지 않았다. 백성의 추앙을 받는 신하들은 벼슬을 잃거나 옥고를 치르다가 목숨을 잃는 일도 비일비재했고, 임금 가까이서 온갖 수모와 고초를 감내하면서 왕조를 지켜내고 나라를 구한 류성룡마저도 왜란 중에 실각과 복직을 되풀이했다. 그러면서도 선조는 자신의 안위만은 포기하지 않았다. 의주까지 피신한 선조는 스스로 나라를 버리고 내부5하려고, 대사헌 이덕형을 원군을 청하러 명나라로 보내면서, 임금의 망명까지 요청하라고 명을 내렸다. 선조의 망명 요청은 요동 쪽에 진주해 있던 진수총병(鎭守摠兵) 양소훈(楊紹勳) 선에서 막히고 말았다. 양소훈은

---

5 내부(內附): 은밀하게 한 나라가 다른 나라 안으로 들어가 붙음.

"만부득이 와야 한다면 아주 적은 군사를 데리고 오라."고 하였는데 그래도 선조는 명나라로 들어가려는 의도를 포기하지 않았다. 류성룡과 이덕형이, 왕이 떠난 나라를 누가 무슨 명분으로 지키겠느냐고 끝까지 간언하여, 임금의 명나라행을 어렵게 막아냈다.

"전하는 어가를 호위하고 환궁할 금위군과 군사가 적은 것이 염려되시는 듯합니다. 평양에서, 과거를 보여 무부6를 뽑아 전장으로 보내자고 과거를 실시하였으나, 과거를 보러 온 사람이 하나도 없어서, 법을 바꾸어 양반이고 천민이고를 가리지 않고 무부를 뽑아 군병으로 쓰자는 논의를 하였다고 합니다. 그런데 천출에게 과거를 보이는 것은 부당하다고 반대하자, 그러면 서얼은 왜놈 모가지 둘, 공사천은 셋을 베어오면 과거를 보이자는 의견도 나왔는데, 그것도 왜적의 모가지를 돈으로 사서 바치면 어쩔 것이냐고 왈가왈부하다가 흐지부지되었다고 합니다. 그래서 전하는 더욱 의승군을 정식 군병으로 편입시키려고 하셨던 것 같습니다."

---

6 무부(武夫): 용맹스러운 남자. 무사.

"어찌 되었든, 어가가 도성으로 한시바삐 들어와 정사를 살펴야 한다. 그래야 평온을 되찾고 왜적을 속히 물리쳐 섬멸할 수 있을 터, 서둘러 묘향산 승군에서 무예가 출중한 사사 800명을 뽑아 특별경비대를 편성하여 어가를 모셔서 오자."

"묘향산 승군으로 내금위 역할을 대행하시려고요?"

"행재소 형편이 그렇다는데 어쩌겠는가?"

"유정 스님에게 첨지의 실직을 부여하면서도 일반 승군들에게는 성을 쌓는 일이나 부여하고 있는 실정인데…. 조정의 유학을 숭상하는 대신들은 가까스로 위기를 면하자, 다시 승려들을 헐뜯고 내치려고 혈안이 되어 있기도 하고요."

선조 26년 3월 27일에 승장 유정에게 선종·교종 판사를 제수하여 전국의 승군들을 통제할 수 있는 병권을 주라는 명이 내려졌다. 유생들이 반대했지만, 선조의 뜻을 막지는 못했다. 그러나 4월 6일에 조선 불교의 양종(兩宗)과 선과(禪科)를 다시 회복하라는 하명에는 사헌부에서 극력 반대하여 선조는 명을 거둘 수밖에 없었다. 당시 실록은, 〈사헌부가 아뢰기를 "승려들이 나라에 충성을 다하여 여러 번 왜적을 생포하기도 하고 수급을 바치기도 하였으므로 위에서

양종의 선과를 회복시키라고 명하였습니다. 신들은 성상의 뜻이 불교를 일으키는 데 있지 않고 그들을 권려하려는 데 있음을 잘 알고 있습니다. 다만 생각하건대, 공에 보답하는 은전은 본디 일정한 규칙이 있는 것인데 하필 선과를 회복시켜야만 그들의 사기를 북돋울 수 있겠습니까? 이 명(命)이 한번 내려지면 모든 사람이 이상하게 생각할 것입니다. 국가가 새로이 회복하여 일어서는 때를 당하여 관계되는 바가 매우 중하니 성명을 빨리 거두소서." 하니, 상이 따랐다.7)라고 기록하고 있다. 만일 선조가 명을 거두지 않았다면 조선불교가 발전할 수 있었음은 물론, 성균관 유생들과 같은 위치로 존립할 수도 있었을 것이다.

또한 사헌부는 조선의 승통 휴정에게 병권을 부여하는 것도 결사코 반대한다. "승려 휴정에게도 병권을 맡기었는데, 조정의 수치가 극심합니다. 휴정은 적을 초토화하려는 생각은 하지 않고 오직 방자한 마음만을 품어 많은 추종자를 거느리고 앞뒤에서 호위하게 하는가 하면, 심지어는 말을 타고 궁문(宮門)밖에 이르러서는 걸어가는 조신(朝臣)들

7 선조실록 37권, 선조 26년(1593년) 4월 6일 경인 4번째 기사,..사헌부가 승려들의 충성에 대한 답으로 선과를 설치하라는 성명을 거두기를 청하다."

을 만나도 거만스레 벼슬아치나 재상의 체통을 보입니다. 조금도 승려다운 태도가 없으니 추고하여 엄히 다스리도록 명하시어 후일을 징계하소서."8라고 상소를 올린다. 승통 유정에게 병권을 부여한다면, 유생들이 승과를 폐지해야 한다고 상소를 올렸던 과거의 행적이 일시에 무너질 뿐만 아니라, 자신들의 특권이 흔들린다고 본 것이다. 비변사9도 선조 26년 8월 7일에 '선종·교종의 판사'라는 명칭에 문제가 있다고 〈판사라는 이름이 마치 선종과 교종을 설립하는 것 같아 후환이 없지 않을 듯하니, 그 명칭으로 인하여 성공을 권면하고자 하는 것일 뿐이라면, 총섭(總攝)이란 호칭으로 각도마다 두 사람씩을 차송10하는 것이 무방할 것〉이라고 청하여, 선조가 도총섭으로 명칭을 바꾼다.11

　"명분으로 가타부타 지체할 일이 아니다. 행재소에 어가

---

8 선조실록 38권, 선조 26년(1593년) 5월 15일 무진 2번째기사,"사헌부가 휴정에게 병권을 맡긴 일은 부당하다고 아뢰다."

9 비변사(備邊司): 조선 시대에, 군국의 사무를 맡아보던 관아. 중종 때 삼포 왜란의 대책으로 설치한 뒤, 전시에만 두었다가 명종 10년(1555)에 상설 기관이 되었으며, 임진왜란 이후에는 의정부를 대신하여 정치의 중추 기관이 되었다.

10 차송(差送): 차별을 두어 보냄.

11 선조실록 41권, 선조 26년(1593년) 8월 7일 무자 8번째 기사 "승군을 주관할 사람의 명칭을 판사에서 총섭으로 바꾸다."

를 호위하겠다는 장계를 올릴 터이니 서둘러 준비해라. 전
하께서 오시면 모실 정릉 행궁도 서둘러 수리하고."

"큰스님께서 직접 거동하시려고요? 이제 전장에 직접 뛰
어드시는 일은 손을 놓으시지요. 전하께서 휴정 큰스님의
제자 가족들을 제수하거나 면역하라고 전교하실 때 '방외
(方外)의 노승(老僧)에게 당상관이 무슨 상관이 있겠는가.'[12]
라고 하신 것도 휴정 큰스님께서 연만하심을 염려하심이 아
니겠습니까."

서산이 빙그레 미소를 짓는다.

"제갈량이, 충언을 간하는 것을 막지 말라면서, 출사표를
올린 것도 고희(古稀)가 아니던가."

"이제 향산에서 지혜의 샘이 마르지 않도록 종자밭이나
일구셨으면 하는 바람은, 저 혼자만의 생각은 아닐 것입니
다. 배불(排佛)로 제 법도를 갖춘 불제자(佛弟子)의 종자가
씨가 마를 지경이고, 지금 조선의 중들 가운데 문자를 알고
있는 중이 거의 없는 형편입니다. 큰스님께서 그쪽에 더 방
편을 내시는 것이 나을 듯합니다.

---

12 선조실록 38권, 선조 26년(1593년) 5월 15일 무진 5번째기사, "휴정의 제자
　의 가족들을 제수하거나 면역하게 하라고 전교하다."

"향산에 종자 씨앗은 남겨 두고 나왔다."

"누구를 두고 하시는 말씀인지… 혹 대현 시자를 말씀하시는가 싶기도 합니다만. 법근 승은 안타깝게 유명을 달리했지만 지혜의 우물을 팔 만한 영특함은 타고 나지 않은 것 같았고…."

"바로 보았다. 대현이 사명의 유년에 보여줬던 영특함을 타고났어. 문자의 깨우침도 그렇거니와, 언젠가 지은 시구 가운데, '이미 부처는 네 안에 있는데 엷은 귀로 어디를 헤매며 소리 동냥을 하려고 하는가.'라는 구절을 보고 느낌이 컸지."

"서산 큰스님과의 인연 또한 남다르지 않습니까."

"이 승의 삶이란 게 어차피, 진흙 소가 고해(苦海)를 건너는 것 아닌가."

"알겠습니다, 큰스님! 하명을 서둘러 따르겠습니다."

15. 의엄과 이순신

시봉하는 승 혜희가 의엄의 부름을 받고 방으로 들어가
니, 의엄이 화선지를 펼쳐 놓고 시를 베껴 적고 있다. 서산
의 「전장행(戰場行)」이라는 시다.

"앉아서 잠시 기다리거라."

혜희는 다소곳이 앉으며 의엄이 베껴 적고 있는 서산의
시로 눈길을 준다.

생각나네 그 옛날 바다 싸움하던 때가.
달려가는 함선들은 새매같이 빨랐지.
원수들과 우리 군사 뒤엉켜 싸움할 제
고함, 북소리는 바닷물을 삼키련 듯.
번뜩이는 칼날들은 붉은 해를 덮었는데
수천 명의 원수는 삼대 베듯 하였어라.

망망한 바다에는 놀란 넋들 울부짖고
조각달은 모래부리의 백골들을 비춰 주네.

끝이 없는 수풀 속엔 청제비 떼 날아 예고
인적 없는 마을에는 꾀꼬리 지저귀네.

그내들은 듣지 못했는가.
태평세월 오래되면 사람들 마음 변해
한가하고 나태하면 저 하늘이 벌주는걸.
옛 절터의 꺾어진 비석 거친 수풀 속에 묻혔구나.

억증당일수전시 만정비해여천골
(億曾當日水戰時 萬艇飛海如天鶻)
양병교공답막분 인통대성파욕갈
(良兵交攻杳莫分 忍痛大聲波欲渴)

상검여삼번일색 참진천두여일발
(霜劍如森翻日色 斬盡千頭如一髮)
망망벽해경혼읍 야월한사조백골
(茫茫碧海驚魂泣 夜月寒沙照白骨)
백리춘림연자비 유촌무인앵어활
(百里春林燕子飛 柳村無人鶯語滑)

군불문

(君不聞)

태평일구인심완 방일해태천역벌

(太平日久人心頑 放逸懈怠天亦罰)

객과추풍일장거 고사단비황초몰

(客過秋風一杖去 古寺斷碑荒草沒)

의엄이 다 베껴 쓴 시를 봉투에 넣으면서 말한다.

"벽장 안에 있는 호피를 꺼내 오너라."

"호피라니요?"

"전에 네가 준 호피가 벽장 안에 있다."

혜희는 도성에 있을 때, 조 포수에게 보리쌀 한 말을 구해다 주고 고마움의 답례로 받은 호피를 의엄에게 건넸는데, 그 호랑이 가죽을 꺼내놓으라고 하는 것이다.

"어디 출타하시게요?"

"급히 아산에 다녀와야겠다. 이 장군이 졸지에 모친상을 당하여 그 성치 않은 몸으로 상을 치르고 있다지 않느냐. 다녀서 곧 오마."

"일기도 좋지 않은데 먼 길을…위험하시기도 하고."

선조 30년(1597년) 4월 열엿샛날, 밖은 그칠 줄 모르는

비가 추적추적 내리고 있다. 의엄은 베껴 적은 서산의 시를
소매 속에 넣고 일어선다.

혜희도, 만류할 일도 아니거니와 뜻을 꺾을 수 없음을 알
고, 따라 일어선다.

파사산성 가운데 암자를 짓고 왜적의 침입에 대비하던
의엄은, 이순신이 어명을 거역한 죄로 의금부에 압송되어
추국받고 있다는 소식을 접하고 "기어이 간교한 조정 대신
이라는 것들한테 휘둘렸구나! 또 임금이⋯."하고 탄식하더
니, 선종 판사 교지를 꺼내 쫙쫙 찢어 불에 태워버렸다. 그
리고는 거의 한 달 가까이 가부좌를 틀고 앉아 묵언 기도로
날을 보냈다. 이순신이 모진 고문 끝에 의금부에서 풀려났
다는 소문이 날아들었는데도, 의엄의 침통한 낯빛은 풀리
지 않았다.

이순신을 제거하려는 고니시 유키나가의 계략은 적중했
다. 유키나가가 지시한 대로, 요시라는 가토 기요마사를 사
로잡을 방책을 김응서를 통해 조정에 알렸다. 유키나가는
일찌감치, 김응서의 환심을 사고 있는 통사(通使) 요시라에
게 귀화하여 김응서의 첩자 노릇을 하라고 지시했다. 요시
라의 감언이설에 넘어간 김응서는 요시라의 귀화 사실을
조정에 알렸고, 유키나가의 휘하에서 중책을 맡았던 인물

인 것을 감안하여, 선조는 귀화를 허락하며 은자 80냥을 내렸다. 선조가 대승을 거둔 이순신에게 내린 은자는 20냥이었다.

유키나가는 심유경과 모의한 사실이 들통이 나자, 진노한 히데요시에게 가까스로 참살[1]을 모면한 후, 곧바로 이순신을 제거할 계략을 세웠다. 심유경과 유키나가가 모의한 거짓 강화는, 강화의 중심 내용이 숨겨졌고, 각자의 속내가 서로 많이 달랐기 때문에 깨어질 수밖에 없었다.

강화협상을 추인[2]하는 명나라 황제와 일본의 도요토미 히데요시의 생각은 너무 달랐다. 명나라 황제와 도요토미 히데요시는 전황이 각자에게 유리한 것으로 보고받고 각자에게 유리하게 강화협상을 지시하고 있던 반면, 조선 땅에서 전투하고 있는 명나라와 일본 장수는 승산 없는 전투를 하루라도 더 빨리 끝내고 어떻게든 고국으로 돌아가고 싶은 생각뿐이었다. 그래서 명나라 군사의 철수를 고집하던 고양겸이, 거짓 항복문서인 것을 어렴풋이 눈치를 챘으면서도, 적극적으로 협력하여 항복문서를 황제에

---

1 참살(斬殺): 목을 베어 죽임.
2 추인(追認): 지나간 사실을 소급하여 추후에 인정함.

게 올리게 했던 것이다. 화친을 끝까지 반대했던 선조도 신하들 대부분이 화친에 동조하여 결국 따를 수밖에 없었다.

명나라 황제가 먼저 화의를 받아들인 것은, 유키나가의 부하인 가톨릭교도 나이토 조안(內藤如安)을 일본 측 사절로 삼아 베이징으로 파견한 모의가 성공했기 때문이다. 심유경은 유키나가와 위조한 히데요시의 항복문서를 가지고 랴오닝성으로 올라갔다. 거기서 억류 중이던 나이토 조안과 소 요시토시 가신 하야타 시로베 나오히사(早田四郎兵衛尙久)를 비롯하여 30여 명의 일본인을 사절단으로 꾸며 명나라 황실로 들어갔다. 명나라 황제 만력제의 수락을 얻는 과정에서 항복 문서를 놓고 몇 가지 의문점을 따져 묻는 바람에 다소 불안하기도 했다. 하지만 병부의 신료들이 '히데요시가 책봉을 간청하는 정성이 지극하니 허락하라.'고 주청3하여 성사되었다.

고니시 유키나가는, 명나라 책봉 사절 정사 양방형과 심유경을 대동하고, 오사카성으로 들어가 명나라 황제가 내

---

3 주청(奏請): 임금께 아뢰어 청하던 일. 계청(啓請).

린 책봉서와 금인과 관복을 히데요시에게 전달했다. 조선은 심유경의 거센 요구로, 행호군(行護軍) 돈영도정(敦寧都正) 황신과 대구 부사 박홍장을 통신 정·부사로 삼아 사절단을 309명이나 늘려 양방형을 따르게 했다.4 그러나 히데요시는 9월 초하룻날 의식이 거행되는 자리에 조선의 사절 황신의 참석을 허락하지 않았다. "내가 조선의 왕자들을 돌려보내주었으니 조선은 마땅히 왕자들을 보낸 것에 감사 인사를 해야 할 것인데 품계가 낮은 사신을 보내다니 이는 나를 업신여기는 것이다." 라고 진노하며 참례를 거부했다.

히데요시는 명나라 황제가 보낸 관복을 입고 한껏 기분이 고양되어 세이쇼 조타이(西笑承兌)에게 황제의 국서를 읽어 올리게 했다. 고니시는 명나라의 국서 내용이 히데요시의 요구와는 전혀 다른 내용일 것이기 때문에, 회견 자리에서 국서를 읽을 역할을 맡은 승려 조타이에게 내용을 적당히 바꾸어 읽어 달라고 부탁했으나 거절당했다. 명나라의 국서 내용을 들은 히데요시의 분노는 상상을 초월했다. 명

---

4 『선조수정실록』 30권 선조 29년(1596년) 6월 1일 정유. "돈령 도정 황신과 전부사 박홍장을 각각 통신 정사와 부사로 삼다"

나라 공주와의 혼인, 조선 4도를 떼어서 줌, 조선 왕자의 볼모5의 내용은 없고, '제후로 봉한 것만 허락하고 공물 오가는 것은 허락하지 않는다.', '일본 군대는 전부 조선 땅에서 물러간다.', '일본은 명나라 속국이니 앞으로 조선을 침범하지 않는다.'는 내용만 있다는 것을 확인한 히데요시가 그 국서를 찢었다는 일설이 있으나, 당시의 국서가 현존하므로 그것은 낭설이다. 특히 '특별히 일본 국왕에 봉한다'는 내용에 절제를 잃은 히데요시는 고니시 유키나가를 죽이려고 하였으나, 참모 격인 승려들과 아내 요도가미가 만류하자 간신히 화를 누그러뜨렸다. 대신 조안을 수행해 같이 명나라까지 따라갔다가 온 요시토시의 가신 하야타 시로베에나오히사가 눈에 들어오자 분풀이로 칼을 뽑아 목을 베어 던지고, 양방향과 심유경을 향해 "네놈들을 이 자리에서 당장 목을 베어버리고 싶으나 사신으로 온 자들이니 살려 보낸다. 당장 저자들을 나라 밖으로 쫓아내라!"고 소리쳤다.

명과 조선의 사신들은 회답서를 받지 못한 채 귀국했

---

5 약속을 이행하겠다는 담보로 상대편에게 잡혀 두는 물건이나 사람. 인질(人質).

다. 심유경은 명나라에 "히데요시가 명 조정의 책봉을 기쁘게 받아들였다."라고 거짓 보고했으나, 일본 측의 공물 내역이 이상하다면서 심유경의 말을 믿지 않았다. 조선에서도 명 조정과 조선을 기만한 모든 책임이 심유경에게 있다는 것을 밝혀 명나라 조정에 알렸다. 마침내 그의 비리가 폭로되고 처형될 위기에 처했으나 석성에 의해 겨우 구제되었다. 그러나 그 뒤 조선에 들어와 다시 화의를 시도하다가 실패하고, 김명원에게 편지를 써서 구원을 요청하는 한편6, 고니시의 도움을 받아 일본으로 도주하려다가, 경상남도 의령에서 명나라 장수 양원(楊元)에게 잡혀서 죽임을 당했다.

고니시 유키나가가 가까스로 목숨을 부지하게 된 것은, 만일을 대비해서 웅천의 대병력을 모두 태워 대선단을 이끌고 일본으로 갔기 때문이다. 그렇지 않았더라면, 전쟁 중에 1번 대를 이끌고 한양을 점령한 우두머리 장수를 참하기보다는 죄를 뉘우치고 더 큰 전과를 올려 참회하게 하는 것이 옳다고, 아무리 신려들이 만류했어도 히데요시의 분

---

6 『징비록』의 심유경의 편지 참조

노를 가라앉히기가 쉽지 않았을 것이다. 유키나가가 대병력을 움직인 반면에, 기요마사와 히데모토는 주력군을 그대로 두고 인사 절차에 필요한 최소 병력만 이끌고 귀국하였다. 조선 4도를 일본 국토로 병합하기로 한 히데요시의 의중에 충실하였기 때문이다.

히데요시는 조선 점령 이후 명나라까지 침탈하려던 목표가 현실적으로 실패하자, 전쟁의 명분을 조선 남쪽을 차지하는 것으로 바꿨다. 히데요시는 먼저 진주성 공략을 첫 번째 목표로 삼았다. 그는 선조 26년 2월 27일부터 5월 20일까지 모두 5차례에 걸쳐 경기도 지역으로부터 부산지역으로 철수 중인 일본군에게 진주성과 전라도 공격을 명령했다.[7] 이 명령서 15개 중 7조에서 '진주성을 공격하고 함락 시 성안의 조선인을 남김없이 베어 죽일 것'과 8조에서 '진주성을 함락한 후에는 전라도를 공략할 것'을 지시하고 9조에서 '전라도를 공략한 후 성을 쌓아 주둔할 것' 등등 구체적인 작전 명령을 하달하였다.

그의 첫 번째 의도는 명군과 강화는 하되 조선 남부 4도

---

7 참모본부편(參謀本部編), 1924, 일본전사 조선역(『日本戰史 朝鮮役』) ,村田書店, p.94~95

를 실질적으로 점령하겠다는 것이었다. 그는 명군 지휘부가 실질적인 전투에 적극적으로 참여하지 않고 자국 군대의 희생을 최소화하려는 의중을 파악하고 있었다. 왜냐하면 명군은 벽제관 전투 이후 전면전을 회피했고, 2차 진주성 전투 이전까지 일본군을 상대로 거의 전투를 하지 않았기 때문이다. 강화는 명군뿐만 아니라 명군의 지휘를 받는 조선 관군의 발목을 묶어두는 데도 필요했다. 명군과 조선 관군의 주력이 전투에 나서지 않는다면 지역 관군과 의병의 사기가 떨어질 것이고, 많은 사상자로 전투력이 약화된 조선의 일본군만으로도 진주성을 쉽게 공략할 수 있다고 계산한 것이다. 그래서 함경도에서 포로가 된 임해군과 순화군을 풀어주었다.

또한 진주성 공략은 히데요시의 전략상 필요했다. 진주대첩에서 일본군에게 많은 희생과 패배를 안겨준 김시민이 지키고 있는 진주성을 점령하지 않고서는 조선 남부를 경영할 수 없기 때문이다. 이 당시 일본인은 김시민이 진주대첩에서 전사한 것을 모르고 있었고, 그를 모쿠소(목사)로 부르며 임진왜란 시 가장 두려운 조선의 맹장으로 알고 있었다. 때문에 진주대첩의 패배를 용인한다면 일본군의 떨어진 사기를 끌어 올릴 수 없다고 판단했던 것이다. 아울러 진주성을 함락한 후 진주성에 있던 조선인을 한 사람도 남김없이 살해하라고 한 것은, 일본군의 잔인성을 조선 백성에게 각인시켜 항전 의지를 상실하게 하려는 의도에서였다.

그러나, 히데요시의 의도대로 2차 진주성 전투에서 진주성은 함락되었지만, 실질적으로는 일본군이 패배한 전투였다. 히데요시가 진주성 공략에 사활을 걸고 동원한 일본군의 병력은 92,972명[8]이었다. 이에 비해 진주 수성군은 정확한 병력은 알려지지 않으나, 진주 주둔 관군 3,000명과 의병 3,000명을 더하여 전체 5,800명 정도로 추정하여 기록하고 있다.[9]

관군과 명군의 지원이 없을 것으로 확인된 시점에서도 진주성 주둔 관군과 그 밖에 전라도 충청도에서 온 관군과 의병이 일본군 대병력을 상대로 전투 준비를 한 것은, 진주성에는 김시민이 훈련시킨 전략을 숙지한 정예군이 계속 주둔하고 있었고, 전투에 임할 만반의 준비가 되어 있었기 때문이다.[10]

---

8 조선 참모본부 편찬, 1924, 앞의 책
9 선조 26년(1593년), 7월 10일 9번째 기사 참조.
10 김천일과 최경희가 서예원을 불러 창고의 곡식을 계산하니 거의 수십만 석이

사명은 이를 감지하고, 선조 30년(1597년) 4월 13일에 왜군의 재침에 대비해야 한다는 상소문을 올린다.

일본군은 진주성을 함락한 후 진주성에 있던 모든 조선인을 참살하고, 진주목사 서예원과 최경희 등의 목을 히데요시에게 바치며 승전을 선언했다. 그러나 일본군의 손실은 더 컸다. 2차 진주성 전투에서 일본군은 최소 38,000명이 사망한 것으로 추정하고 있다. 25차례 교전에서 조선 관군과 의병은 24차례의 승리를 거두었고, 일본군은 마지막 전투에서 단 한 차례 승리했을 뿐이다. 만일 명군과 조선의 정규 관군의 지원이 있었더라면 함락이 어려웠을 것이다.[11]따라서 함락당할 것을 예측하고, 5,800여 명이 93,000여 명을 상대로 9일 동안 25차례 벌인 전투에서 24차례의 승전

되었다. 모든 장수가 크게 기뻐하여 말하기를 "성은 높고 물은 험하며, 양식은 풍족하고 기개도 넉넉하니, 이야말로 오늘날 힘을 바칠 시기이다."라고 말하였다.(조경남, 1593, 『亂中雜錄』, 권2, 6월 15일 자, 『난중잡록』은 의병장 조경남(趙慶男)이 선조 15년(1582년)에서 광해군 2년(1610년)까지 일본군과 싸운 사실 등을 기록한 개인 저작이다).

11 "온 성중의 제군(諸軍)이 모두 역전(力戰)하였기 때문에 여러 날 동안 버티고 쉽게 함락당하지 않았던 것이다. 만약 이때를 당하여 약간의 외원(外援)만 있었더라면 왜적이 아무리 많다 하더라도 반드시 낭패당하고 물러났을 것이니, 어찌 이처럼 참혹한 데 이르렀는가."(선조 26년(1593년), 8월 7일 2번째 기사. '비변사가 진주성에서 죽은 이들에게 휼전을 거행하는 것을 아뢰다')

을 한 조선군을, 패배자로 기록해서는 안 된다.[12]

*

의엄은 밤늦게 이순신의 상가에 도착했다. 빈소로 들어가니 문상객들은 거의 돌아가고 마을 사람들이 비가 그치는 틈을 타 헛간 앞에 모닥불을 피우고 있었다. 의엄은 마구간 앞에 말을 매놓고 우장을 벗어 세운 뒤 빈소로 들어갔다. 이순신이 놀란 눈으로 일어나 의엄의 손을 잡았다. 의엄은 문상부터 한 다음 이순신과 마주 앉았다.

"아니 어떻게 알고 이 궂은 날씨에….."

이순신이 뜻밖에 찾아온 의엄이 고마워 말끝을 다 맺지 못한다.

"황망함과 애달픔을 말로 다 표할 수 없네! 너무 애달파 말게. 모친께서는 천화[13]"를 하셨으니 천상에서 편안하실

---

12 B.C. 72~73년경 유대 지방의 마사다 요새에서 15,000명의 로마군을 상대로 960명의 유대인이 전투를 벌이다 유대인 전원이 사망한 것을 마사다 승전 또는 패전이라고 부르지 않는다. 역사는 이 사건을 마사다 항전 또는 옥쇄(玉碎)라고 부른다.

13 천화(遷化): 이승의 교화를 마치고 다른 세상의 교화로 옮긴다는 뜻으로, 고승의 죽음을 일컫는 불교 용어.

걸세."

"고맙네. 신사년 부친상을 당했을 때도 문상을 와주었는데 무슨 연이 이리도 깊은가?"

"참사람을 찾아 인연을 맺어주는 것은 모두가 하늘에서 예비하는 일이지."

"전라감영 조방장으로 있을 때 언수 그대가 나를 찾아온 것도 불가의 연이었다는 말인가?"

속가의 이름으로 의엄을 호칭하자 의엄이 회상에 잠긴다.

"그랬었지. 전주부 한벽당 아래 주막에서 만나 깊은 이야기를 나누었지. 구면처럼 호탕하게! 썩은 유가들을 조정에서 몰아내고 승군의 힘으로 나라를 개혁하겠다고 전국 산문을 동분서주할 때였지. 그래도 유가 가운데 쓸 만한 인물이 몇은 있어야겠기에 그대를 찾아갔던 것이지. 『황석공소서』14와 『육도』, 『삼략』15의 내용을 빗대, 한심한 조정을 한탄하면서 깊은 대화를 나누었지."

---

14 황석공소서(黃石公素書): 황석공이 장량에게 주었다는 비결(祕訣)과 병서(兵書).
15 육도(六韜), 삼략(三略): 주(周)나라의 강태공이 지었다는 육도와 황석공이 장량에게 주었다는 상중하 3권의 병서. 도략.

"그때 그대가, 이 나라는 임금의 나라도 아니고 그 누구의 나라도 아닌 백성의 나라이어야 한다고 하면서, 문(文)이 썩었을 때 무(武)로 부정의를 바로잡는 것이 혁명이요 개혁이라고 말한 것을 지금도 생생하게 기억하네. 그러면서 산문(山門)에 훈련이 잘된 승군이 삼, 사만 명 된다는 말도 했고."

"그 말은 진심이었네."

"그 말에 동감하면서도 한편으로는 놀라움을 감출 수 없었네."

"그래도 내가 다시 구체적인 안을 가지고 찾아오겠다고 했더니, 눈에 힘을 주고 지긋이 바라보면서 고개를 끄덕이지 않았나?"

이순신이 대답하지 않고 빈소 밖으로 눈길을 돌린다. 비는 그쳤다. 사람들도 거의 흩어지고 나이 지긋한 마을 노인들이 화톳불 가에서 조는 듯 쪼그리고 앉아 있는 모습이 눈에 들어온다.

이순신이 다시 의엄을 바라보면서 묻는다.

"그런데 왜 다시 오지 않았나?"

"사실은…."

의엄이 조금 뜸을 들이다가 입을 연다.

"공교롭게도 그때…내가 구월산으로 올라가자마자 서산 큰스님께서 의금부로 압송되어 숙장문 앞에서 친국을 받게 됐었네. 정여립 옥사에 연루됐다고! 삼척동자가 들어도 코웃음을 칠 그 역모 사건을 보고, 계획이고 뭐고, 치솟는 심화를 끌 수 없었네. 구월산 승군을 동원해 삼각산 각 암자를 참호로 도성을 빙 둘러쌌지! 즉시 묘향산, 금강산, 계룡산, 두류산 승군을 도성 외곽으로 출동시켰고…일촉즉발이었네!"

"아, 그랬었나…."

"어쨌거나, 혐의가 풀려나신 서산 큰스님께서 승군을 물리라 하시면서 그런 말씀을 하셨지. 승려가 함부로 정치에 직접 뛰어들어 개혁을 하려고 하면, 보우 큰스님처럼 화를 당하기 십상이라고. 문정왕후의 선처로 불교가 잠시 불꽃이 일어나는가 싶다가 보우 스님은 비참하게 생을 마감하고, 조선에서 불교는 더 심한 나락으로 떨어지게 되지 않았느냐고 하시면서."

"……."

"이듬해, 정여립의 잔당을 모두 없앤다고 하여, 죄 없는 사람들을 잡아들여 옥사가 덜 끝난 상황에서, 왜놈들이 쳐들어오고… 왜란을 맞아 이 지경을 당하고 보니 조정의 개

혁은 더 필요하게 되고….”

이순신이 침묵을 지키다가 신음하듯 말을 흘린다.

“다, 부질없음이야….”

이순신이 다시 어둠이 뒷걸음질 치기 시작하는 밖으로 시선을 돌린다. 의엄이 조심스럽게 묻는다.

“한 가지…우리 사이니 묻고 싶은 것이 있는데…왜 어명을 따르지 않았나? 권률의 간곡한 명령도 어기면서…가토 기요마사는 생포할 수도 있었지 않았나?”

유키나가는 전령을 통해 요시라에게 명나라와의 강화협상이 실패로 돌아갔음을 알렸다. 그러면서 경상 우병사 김응서에게 강화 실패는 가토가 전쟁을 주장했기 때문이라고 말하고, 가토의 일정과 정박할 섬을 알려 주어 조선에 상륙하기 전에 조선 수군이 가토를 습격하게 하라고 지시했다.16유키나가는 이 기회를 잘만 이용하면 몇 척 안 되는 배로 서생포로 돌아가는 정적 기요마사를 제거하고, 무적의 이순신 함대를 쓰시마 앞바다로 유인해 궤멸할 수 있을 것이라고 생각했다.

---

16 기타지마만지(北道万次), 2008, 김유성·이민웅 옮김 『도요토미 히데요시의 조
   선 침략』, 경인문화사, p. 189

조선 조정은 유키나가의 말을 믿고 이순신에게 해로를 지키고 있다가 가토 기요마사를 공격하라는 어명을 내렸다. 이순신은 적들의 간교한 술책을 감지하고 어명에 따르지 않았다. 조정에서는 이순신의 출전을 거듭 촉구했다. 하지만 이순신이 명에 따르지 않자 서인의 무리들이 들고일어났다. 특히 해평군 윤근수가 어명을 거역했다며 펄펄 뛰었다. 결국 도원수 권율이 설득에 나섰지만 이때도 이순신은 수군을 움직이지 않았다. 일이 이 상황에 이르자, 선조 29년(1596년) 12월에 이순신 휘하의 거제 현령 안위(安衛)와 군관 김난서(金蘭瑞), 신명학(辛鳴鶴)이 화약과 군량 2만여 섬이 든 왜군 창고를 불태워 전공을 세웠다는 것도[17]사실은 부산 소사 허수석(許守石)이 한 일인데, 이순신이 그 공을 도둑질해 갔다고 흠집을 냈다.[18] 마침내 이순신은 선조 30년(1597년) 2월 스무엿샛날에 도성으로 압송되었다.

선조는 선조 30년 3월 13일 대신들에게 이순신의 중죄를 논하라고, 비망기로 우부승지 김홍미(金弘微)에게 전교하

---

17 『선조실록』 84권(1597, 丁酉) 1월 1일.
18 『선조실록』 84권(1597, 丁酉) 1월 2일.

·

였다. 대간에서는 이순신의 국문을 청했고, 현풍 현감을 지 낸 박성(朴惺)은 이순신을 참형에 처해야 한다고 상소를 올 렸다. 이순신 대신 통제사(統制使)를 제수 받은 원균도 선조 30년 2월 28일의 상계(狀啓)에서 자신의 공을 이순신이 빼 앗았다고 모함하였다. 조정에서는 원균의 논상이 후하게 거 론되었고, 의금부 앞에서 이순신을 따랐던 수많은 군관이 엎드려 구명 운동을 펼쳤지만, 이순신을 사형에 처하기로 중론이 모아졌다. 단 한 사람 판중추부사 정탁(鄭琢)이 목숨 을 건 반론을 폈다. 평청정을 잡으러 출전하지 않은 데는 그 럴 만한 까닭이 있을 터인데 이롭고 해로운 군사상의 기밀 을 어떻게 멀리 있는 조정에서 헤아릴 수 있느냐면서, 무패 의 명장을 속단하여 죽이기보다는 살려 두어, 뒷날 더 큰 공 을 이루게 하는 것이 옳다고 사면을 호소했다.

사실 이순신이 수군을 움직이지 않은 것은 탁월한 전투 감각에 따른 결정이었다. 히데요시는 해전에서 참패를 되 풀이하지 않기 위해 쓰시마와 간토(關東) 지역 등지에서 꾸 준히 개량된 선박을 건조하면서 수군을 육성했다. 왜군은 수군의 패인이 민첩성만 중시한 작은 선박에 있었다고 진 단하고 대형 선박인 안택선을 건조하는 한편, 야간 기습과 포위의 전술로 전략을 수정했다. 이순신이 관망하던 왜군을 토벌하지 않은 것도 조선 수군의 전력이 왜군을 한 번에 몰아내기에는 힘에 겨웠기 때문이었다. 이순신의 전략은 왜군의 함대를 유인하여 함포로 궤멸시키는 것이었기 때문에 조총을 사용하고 접근전을 선호하는 왜군과의 정면 전투는 가급적 피하려고 했다.

어쩌면 이순신의 고난은, 원균과의 갈등과 동인과 서인의 갈등에서 비롯된, 피하기 어려운 예정된 과정이었는지도 모른다. 조정은 선조 27년(1594년) 9월부터 전개된 거제도 공략 작전에서 이순신이 별다른 전과를 올리지 못하자 점차 이순신을 불신하기 시작했다. 이순신의 거듭된 승전에도 원균과 갈등이 깊어지자, 조정에서는 둘 사이의 불화를 우려하게 되었고, 선조는 고심 끝에 원균을 충청 병사로 내보내고 이순신을 삼도 수군통제사로 삼았던 것이다. 조정의 사대부들은 이순신보다는 원균 편이었고, 선조도 원균에게 더 마음을 두고 있었다.

원균과 이순신은 출신부터가 달랐다. 이순신은 몰락한 명문가의 자제였다. 이순신은 정병을 부양하는 보조인으로 군역을 치르고 있었고, 사실상 평민의 군역이었다. 반면에 원균은 고려의 개국공신 집안, 명문가의 자제로 당시 서인의 거두였던 윤두수와 혼인 관계를 맺은 집안의 자제였다.

원균의 부친인 원준량은 무과 급제자 출신으로 경상 좌도 병마절도사를 지낸 고위직 무관이었을 뿐만 아니라, 이순신의 집안이 문신의 가계라면 원균의 집안은 무신의 집안이라는 점에서도 차이가 났다.

이순신과 원균의 신분 차이는 관직 생활에서도 그대로 나타난다. 원균은 무과 급제자의 꽃이라는 선전관으로 관직 생활을 시작하였는데, 이순신은 무과 급제 후 건원보건관이라는 종9품의 한미한 변경 군관으로 시작했다.

관직의 승진 과정에서도 현저한 차이를 보였다. 이순신은 조산보 만호, 녹둔도 둔전관, 정읍 현감 등을 거쳐 전라 좌수사에 이르게 되었지만, 파직과 좌천, 백의종군을 거치며 어렵게 지휘관까지 올랐다. 만약 정읍 현감 재직 당시 우의정이었던 류성룡의 천거가 없었더라면 전라 좌수사 자리에 오르는 것은 불가능했을 것이다. 그렇기 때문에 이산해는 이순신의 승진이 부당하다고 주장하기도 했다. 이순신보다 다섯 살이 많은 원균은 이순신보다 3년 늦게 무과에 급제했음에도, 탄탄한 배경으로, 먼저 높은 자리에 올랐다.

선조는 숙고 끝에 이순신을 사면하여 권율의 휘하로 들어가 백의종군하라는 명을 내렸다. 『징비록』에 의하면 이순신의 사면에는 선조의 이기적인 계산이 내재해 있었다. 선조 29년(1596년) 7월에 일어난 이몽학의 난과 송유진의 난으로 선조는 민심의 이반을 두려워하며 불안해하고 있었다. 이몽학의 난에 앞서 있었던 송유진의 난은 진천에 사는 무사 김응룡의 계책으로 송유진을 사로잡아 쉽게 무마되었지만, 이몽학이 일으킨 난은 충청을 중심으로 크게 위세를 떨쳤다. 선조는 호남지역의 의병장으로 많은 전과를 올리며 민심을 얻고 있던 김덕령이 난에 연루되었다는 모해에, 의병장들까지 의심하기 시작했다. 선조는 도성을 버리고 피난을 갔던 자신과 달리, 목숨을 초개같이 버리면서 많은 전과를 올려 민심을 얻은 지휘관들이 꺼림칙하였다. 게다가 이몽학의 난에 억울하게 누명을 쓰고 추국받다가 옥중에서 죽어 나간 김덕령의 일로 민심은 더욱 사나워지고 있었다. 이순신이 또 옥중에서 죽임을 당하게 되면 어떤 결과를 초래할 것인가를, 선조는 누구보다도 잘 알고 있었다. 죽어도 사면 후에 나가서 죽게 해야 할 것 같았다. 그래서 선조는 은전을 베풀 듯, 한 차례 더 죽지 않을 만큼 고문을 가한 다음, 관직을 박탈하고 권율 휘하에 백의종군으로 편입시키라는 명을 내렸다.

선조 30년(1597년) 4월 초하룻날, 이순신은 만신창이가 된 몸을 이끌고 옥문을 나왔다. 모진 고문을 당하며 여러 번 실신하기도 한 이순신은 출옥 직후 남대문 밖 여염에 머물렀다. 윤간(尹侃)의 여종 집에서 장독(杖毒)을 풀고 있는데 영의정 대사헌 판부사들이 종을 보내 위문했다. 중죄인이 었으므로 그들은 직접 이순신을 대면하지는 않았다. 류성 룡도 종만을 보내 위문했다.

온전치 못한 몸으로 힘겹게 아산으로 내려오면서 이순신은 많은 사람의 위로를 받았다. 선영(先塋)에 성묘한 후 친척 집을 찾아가 방문하고, 초아흐렛날 고향 집으로 돌아왔다. 마을 사람들이 마당에 들어설 틈도 없이 몰려와서 위로와 안부를 건넸다. 금부도사가 빨리 군영으로 돌아가야 한다고 재촉하고 있는데 비보가 날아들었다. 승려 순화(順花)가 노모의 부음을 전해왔다. 이순신은 여든셋인 노모를 전라 좌수영이 있는 여천 웅천(熊川)[19]에 거처를 마련해 모셔왔는데, 아들이 도성으로 압송되었다는 소식을 듣고 배를 타고 고향으로 올라오던 중에 풍랑을 만나, 탈진하여 선상(船上)에서 운명하였다는 비보였다.

---

19 웅천(熊川): 전남 여수시(구 여천시) 시전동, 박혜일 외, 改訂版 李舜臣의 日記, 서울대학교 출판부, 2005, p. 182

이순신은 울분과 비통으로 가슴을 치며 배가 닿은 해암(蟹巖)으로 달려갔다.[20] 아산현 홍찰방 이별좌가 관을 짜서 보내와 입관한 뒤, 부친 친구들의 도움으로 모친의 관을 모시고 집으로 돌아와 빈소를 차렸다.

"가토는… 생포할 수도 있지 않았나?"

의엄이 이순신의 대답을 기다리다가 재차 묻자, 이순신이 무겁게 입을 연다.

"그럴 수도 있었겠지. 작전 전체의 승패보다도 임금이나 종묘는 가토에게 쫓겨 의주까지 달아난 치욕을 설욕하고 싶었겠지. 임금은 종묘사직 제단 위에 가토의 머리를 바치고 술 한 잔을 따르고 싶은 욕망이 간절했겠지. 하지만 나는 정치적 상징성과 나의 군사를 바꿀 수는 없었네. 나의 수군은 조선의 마지막 보루이기도 했고."

"……."

"조정이 반간(反間)들로부터 입수했다는 정보를 믿기도 어려웠고…적들은 부산 해역의 연안 포구와 섬들에 거대한 군비를 쌓아 놓고 기다리고 있었네. 그 섬들 사이로 함대를

---

20 난중일기(亂中日記) 정유년(丁酉年) 4月 13日

이동시키자면 전방과 후방이 다 위태로울 수밖에…물결이 높은 겨울 바다에서 며칠이고 진(陳)을 펼치고 언제 올지 모르는 적을 기다린다는 건 자살이나 다름없지."

"으, 음…나무관세음…."

의엄이 길게 한숨을 내쉰다. 밖은 슬금슬금 여명이 무릎걸음으로 다가오고 있다.

"다 잊게. 마음을 굳게 더 다져야 하네. 내 이문21의 사람이기는 하나 장례를 마칠 때까지 잘 지켜 챙길 것이니, 장례에 관한 일은 잊고 어명대로 어서 이곳을 떠나시게."

"……."

"그리고 이건, 베껴온 시문인데…."

의엄이 소매 안에서 서산의 시를 꺼낸다.

"시문? 누구의…."

"서산 큰스님의 '전장행'이라는 시네."

"서산 스님의 '전장행'?"

이순신이 뜻밖이라는 표정으로 놀란다.

"임진년 칠, 팔월경이지 아마… 연로하신 도총섭 스님께

---

21 이문(異門): 유교가 아닌 불교의 승려라는 뜻.

서 남해안까지 전장을 살피러 나서셨다가, 그대를 미륵산 천택사에서 만나신 것이."

"맞네. 그때 서산 스님을 뵙고 큰 감명을 받았지."

"그때 그대를 만나고 나오셔서 바로 지으신 시네."

이순신은 천택사에서 서산과 나눈 대화가 아직도 생생하다.

"통제사 장군의 고향이 서쪽이십니까?"

담소를 나누다가 서산이 갑자기 고향을 물었다.

"태어난 곳은 도성입니다마는, 젊은 시절을 충청도 아산에서 보냈습지요."

"그럼, 서쪽이네요. 역서의 소축괘를 알고 계십니까?"

"전에 읽은 기억이 있습니다."

"구름이 짙게 끼어 비가 올 듯하다 오지 않는 것은 서쪽 바람이 불어서 그렇다는 구절이 있다면서요?"

"밀운불우(密雲不雨)에 자아서교(自我西郊)라는 구절로 알고 있습니다만."

"병인년으로 기억하고 있습니다만, 천택사에 계신 대화 노화상이라는 지혜 밝으신 노장께서 소축괘 말씀하시면서 '임진년에 한산섬이 시끄럽겠구나, 하시더니, 이제 생각하니 학익진 전법을 펼쳐 비가 올 구름을 걷어낸 바람이 바로 장군이었습니다."

"미욱한 제가 무슨… 과찬의 말씀이십니다."

"과찬이라니요. 문무를 겸한 장상의 재질을 갖추셨는데… 허나, 영웅이 문무를 겸하면… 우레는 피했으나 벼락을 만나는 수가 있지요."

이순신은 그 대화 가운데 유독 서산의 마지막 말이 새삼 가슴을 친다. 서산은 의엄이 내어주는 서산의 시를 펼쳐본다.

겪어보지 않은 수군의 전투를 어찌 이리 생생하게 그려냈을까 감탄하면서 시를 읽어 내려가다가 '백 리 숲길에 제비가 날고 버드나무 마을은 사람이 없는데, 꾀꼬리 울음이 처량하다'는 구절과 '태평성대라 방탕히 보내 책임을 다하지 못한 세월, 그것이 바로 하늘이 내린 벌'이라는 구절이 지금 이 나라가 처한 현실이라는 공감과 함께, '한 나그네 지팡이로 가을바람을 짚고 가는데, 역사가 밴 절은 수풀에 덮이고 깨어진 비석만 묻혔구나'라는 마지막 연은 꼭 자신의 처지를 말하는 것 같아, 이순신은 절로 눈물이 흘러내린다.

"이 시를 베껴가지고 온 뜻을 구태여 말하지 않겠네. 잊게! 의연하게 갈 길을 가세."

의엄은 곁에 놓아둔 보자기를 풀어 호랑이 가죽을 꺼낸다.

"호피일세. 백의종군하면서 한데 잠을 잘 때가 많을 텐데 깔고 자며 부실해진 몸을 추스르게. 백성들이 미투리를 삼아 가져와도 그냥은 받지 않는 성품이라는 건 아네만, 나도 수사 없이 그냥 얻은 것이니, 잡다한 수사는 붙이지 말고 그냥 받게."

의엄은 낭림산 호랑이 가죽을 이순신의 손에 쥐여 주고 빈소를 나왔다.

16. 아아, 몸이여, 이슬이여!

    까무룩 잠이 들었던 고니시 유키나가는 악몽에서 깨어났다. 퇴로를 막고 있는 이순신과 광양만을 사이에 두고 대치하면서 악몽에 시달리는 밤이 많아졌다.

    명나라는 왜군이 재침략을 하자 다시 군대를 보냈다. 병부좌시랑(兵部左侍郞) 형개(邢玠)를 경략어왜군무총독(經略御倭軍務總督)에, 우첨도어사(右僉都御使) 양호(楊鎬)를 조선군무경리(朝鮮軍務經理)에, 도독(都督) 마귀(麻貴)를 제독어왜총병관(提督御倭總兵官)에 임명하고, 그 아래 양원(楊元), 오유충(吳惟忠), 유정(劉綎), 동일원(董一元)을 부총병으로 임명하여 조선에 파병하였다.[1]

    히데요시는 선조 30년(1597년) 7월에 14만 1,490여 명의 병력을 재정비하여 조선 침략을 결행하였지만, 그의 뜻대로 전과를 올리지 못했다. 일본군이 한때는 전라도 남원

---

1 기타지마 만지(北島万次), 앞의 책, p191

과 충청도 직산까지 진출하였으나 선조 30년 12월부터 조·
명 연합군의 반격으로 경상도 해안 지역으로 후퇴하여 순
천, 사천, 울산 등지에 왜성을 쌓고 버텼다. 가토 기요마사
가 울산, 고니시 유키나가가 순천, 시즈마 요시히로가 사천
에 주둔하여 고군분투하며 하루하루를 힘겹게 버텨내고 있
었다. 고니시 유키나가는 광양만이 내려다보이는 왜성에서
고지의 7부 능선에다 요새를 만들고, 흰색의 열십자 깃발
을 세웠다.

조·명 연합군은 세 방면으로 나누어 동시에 공략한다는
전략을 세웠다. 총독 형개(邢玠)가 하늘에 제사를 지내고,
마귀·양호·김응서군이 울산으로, 동일원·정기·룡군이 사천
으로, 유정·이광악과 진린·이순신이 순천으로 향했다.

고니시 유키나가는 공격해오는 이순신과 명군의 군대
를 맞아 싸우는 한편, 명군에게 은밀하게 뇌물을 주고 협
상을 시도하였다. 유키나가는 광양만 어귀의 작은 섬들을
징검다리 삼아, 남해도의 왜군과 봉화로 교신하며 이순신
의 수군 동태를 살폈다. 이순신은 후방 읍진에 전개시켜
놓았던 전선과 경선을 전부 고금도 덕동 수영으로 집결시
키고 있었다. 읍진의 모든 수군과 분산 배치했던 화약,
총포, 총통, 창검, 화살들을 덕동 수영으로 끌어모으고 있

다고, 정탐들이 유키나가에게 보고했다. 명군의 장수들을 매수하여 탈출의 활로를 열어주기로 약속을 받아냈지만, 이순신은 모든 전력을 집중하여 결전을 준비하고 있었다.

고니시는 우선 진린에게 사람을 보내어, 히데요시의 죽음으로 이미 전쟁은 끝났고, 활로를 열어주면 선물로 수급 2천 개를 주겠다고 하니까, '조선에 와서 약간의 공을 취한들 조선에 그리 누가 될 일이 아니지 않느냐'면서 고니시의 청을 받아들였다. 유키나가의 뇌물은 명나라 제독 마귀와 순천 왜성의 후방에 포진하고 있는 부총병 유정(劉綎)에게도 전달되었다.

고니시 유키나가는 진즉부터 명군이 더 이상 전쟁을 수행할 능력도, 앞장서서 싸울 의향도 없다는 것을 간파하고 있었다. 선조 31년(1598년) 4월 17일에 이여송이 북쪽 여진족의 침략을 막아내다가 전사하였는데도 비밀에 부쳤다.[2] 명나라 군부에서도 조선에서도 이여송의 전사를 비밀로 하였다. 이여송의 죽음으로 인하여 명군의 사기가 떨어질 수 있을 뿐만 아니라, 작전에도 혼선이 있을 수 있다고

---

2 선조 31년(1598), 4. 18, 3번째 기사, "경리 접반사가 이여송의 사망과 관련된 전투상황에 대해 아뢰다."

판단했기 때문이다. 실제로 명나라는 황제 만력제의 47년 간의 무능한 통치로 부정부패가 만연하고 국고가 고갈된 데다가, 조선의 파병으로 멸망 직전의 상황에 이르고 있었다. 이여송의 죽음은 왜군도 알고 있었다.

일본도 7년간의 전쟁으로 인적 물적 피해가 극심했다. 조선에 잔존해 있는 왜군이 처한 위기의 상황은 극한에 달했다. 순천에 주둔하고 있는 고니시 유키나가의 군대도 그랬지만, 울산에 주둔하고 있는 가토 기요마사가 처하고 있는 상황은 더 처절했다. 가토 기요마사는 도산(島山)에 포위되어 있는 왜군을 구하러 내성(內城)으로 들어갔다가, 고립되어 사세가 급박해지자, 두 번이나 소도(小刀)를 빼 자결하려는 것을 군관왜(軍官倭)가 칼을 빼앗아 만류하기도 하였다.[3] 이런 상황에서 선조 31년 6월부터 앓아누웠던 히데요시가 죽었다는 소식과 함께, 죽기 전에 조선 철병을 명했다는 전령이 조선에 파병된 장수들에게 전해졌다. 죽기 전에 히데요시는 다음과 같은 유언시를 남겼다.

---

3 선조 31년(1598), 4. 15, 5번째 기사, "오 총병 접반사 윤형이 왜적의 정세에 대해 치계하다."

몸이여, 이슬로 와서 이슬로 가니
오사카의 영화여, 꿈속의 꿈이로다.

유키나가는 히데요시의 유언시를 전해 들으면서 오사카 성에 걸려 있던 천하포무(天下布武)의 깃발이 떠올랐다. 천하포무의 깃발은 오다 노부가와에게서 물려받은 것이라고 했다. 천하를 가지런하게 한다. 히데요시는 그 천하포무의 네 글자를 그의 검에 새겼다. 그가 조선에 출병한 것은 바로 그 천하포무의 뜻을 펼치기 위한 것이었다. 히데요시의 유언시에 성경 말씀이 겹쳐졌다. '너희는 이른 아침에 피어오르는 안개와 같으니라. 너희가 실상이라고 믿었던 안개는 해가 떠오르면 자취도 없이 사라지고 말거늘, 너희 육신도 또한 그와 같으니라.' 겐소가 언젠가 전해주던 금강경 사구게의 구절도 떠올랐다. '일체 현상계의 생멸법은 꿈과 같고 환상과 같고 물거품과 같고 그림자 같으며 이슬과 같고 번개와 같으니 응당 이와 같이 볼지니라.'[4]는 구절이다.

본국에서는 철수 작전 일체를 조선 주둔군 지휘관의 재량

---

4 일체유위법 여몽환포영 여로역여전 응작여시관(一切有爲法 如夢幻泡影 如露亦如電 應作如是觀).

에 맡겼다. 두 달 전에 그나마 변변치 않은 보급이 끊겼다. 군량은 남은 게 없었다. 오직 약탈에 의해서만 연명이 가능했다. 구례, 하동, 남원, 승주, 곡성, 광양을 비롯한 지리산 속 마을까지 약탈의 손을 뻗치지 않을 수 없었다. 조선인 포로들을 앞세워 연안의 물고기를 잡기도 하지만 그야말로 간에 기별하기에도 턱없이 모자랐다. 병사들은 쥐를 잡아먹고 진흙을 물에 타서 마시기도 했다. 이순신의 수군에 몰려 무인도로 피신한 왜군은, 섬에서 나오지 못하고 굶어 죽거나, 살아 있어도 오래 굶주려서 유령 같은 몰골들이었다. 유키나가는 이 고난의 늪에서 병사들을 건져달라고 간절하게 기도했다.

유키나가는 철수에 대비해서 먼저 버거운 짐을 줄여나갔다. 제일 버거운 짐은 전투력을 상실한 부상자와 병약한 포로들이었다. 다수의 온전한 자들을 살리려면 그들을 버리는 수밖에 없었다. 무엇보다 먹는 입의 수를 줄여야만 했다. 장수는 전장에서 때로는 비정한 결단이 필요하다. 그것이 전쟁의 잔혹함이다. 악마도 필요하면 성경 말씀을 끌어들인다고, 유키나가는 견강부회5하는 심정에서 얼토당토않

---

5 견강부회(牽强附會): 사리에 맞지 않는 말을 억지로 끌어다 붙여 자기에게 유리하도록 함.

은 성경 말씀이 떠올랐다. '한 사람이 두 주인을 섬기지 못할 것이니 혹 이를 미워하며 저를 사랑하거나 혹은 이를 중히 여기며 저를 경이 여김이라. 너희가 하느님과 재물을 겸하어 섬기지 못하느니라.' 유키나가는 아프지만, 오병이어[6]의 능력이 없었으므로 재물 쪽을 택했다.

유키나가는 부상자 5백 명과 조선인 포로 중 병약자 3백 명을 죽여서 광양만 바다에 버렸다. 조선인 포로를 죽일 때, 창고에 가두어 놓고 하나씩 끌어내어 목을 베어서 전리품으로 소금 창고에 보관하고, 몸통은 배에 싣고 광양만 바다에 버렸다.

이순신의 장졸들도 왜군의 시체를 목 베고 목 없는 시체를 광양만 바다에다 버렸다. 배에서 생포된 왜군의 승려들도 목을 베어 바다에 던졌다. 승려들은 염불을 외우면서 칼을 받았고, 염불을 외우던 입에서는 선지피가 뿜어져 나왔다. 이순신에게도 적의 머리가 필요했고, 포로에게 먹일 만한 군량이 없었다. 이순신의 장졸들은 왜군의 배에 높이 걸은 「나무묘법연화경(南無妙法蓮華經)」의 깃발을 찢어서 부상

---

6 오병이어(五餠二魚): 예수가 떡 5개와 생선 2마리로 5천 명을 먹이고도 남긴 이적.

자들의 상처를 싸매주거나 옷을 만들어 입었다. 그 옷의 등판에 드러난 법(法) 자나 경(經) 자를 보면서 유키나가는 묘한 감정을 떨쳐버리기가 쉽지 않았다.

광양만 바다에는 왜군의 시체와 조·명군과 포로들의 시체가 함께 섞여서 떠다녔다. 조선 수군은 적의 머리를 잘랐고, 왜군 수군은 적의 코를 베었다. 왜군은 산속으로 숨어든 피난민의 아녀자들까지 샅샅이 뒤져 사냥하듯 모조리 죽이고 전리품으로 코를 베어 갔다. 잘려진 코와 머리는 소금에 절여서 상부에 바쳐졌다. 전과의 증거물로 바쳐졌으나, 적과 아군을 식별할 수는 없었다.

'아, 이순신… 이 시각에 이순신은 무엇을 하고 있을까.'

어쩌면 이순신도 이쪽 광양만 해안을 바라보면서 자신을 사로잡을 궁리를 하고 있는지 모른다고, 유키나가는 생각한다. 그가 덫을 놓아 이순신의 수군을 궤멸시키려고 한 것처럼, 이순신과 명군 장수 제독 유정(劉提督; 劉綎)도 유키나가를 사로잡을 계책을 세웠다. 유정의 군대가 남원에 도착하자 유키나가는 편지를 보내 강화(講和)를 구하면서 만날 것을 요청하였다. 유키나가의 편지를 읽고 희색이 만면한 유정은 강화를 기회로 삼아 유키나가를 사로잡을 계책을 세워 놓고 유키나가를 기다렸다.7 그런데 유키나가가 그 낌새를 눈치채고 약속한 강화 장소에 나가지 않았다.

'이순신! 나도 네가 내 덫에 걸리지 않은 것처럼… 빠져나가, 본국으로 돌아갈 것이다.'

유키나가는 누웠던 자리에서 일어난다. 어디서 밤새가 울고 있다. 이 난리 통에 그래도 살아남은 짐승들이 있고, 보성만과 광양만의 물고기들은 바다에 떠다니는 시체들을 적과 아군을 구별하지 않고 뜯어먹으며 살쪄가고 있고, 조선의 살아남은 아이들은 죽은 어미의 시체를 향해 기어가고, 길가에 으깨진 말똥에 박힌 보리알을 동무들의 힘에 밀려 빼 먹지 못한 살아남은 또 다른 조선의 아이는 서럽게 울면서 기필코 살아남겠다는 의지를 꺾지 않고 있다.

유키나가는 악몽을 털어내려는 듯 성호를 긋고 아침 기도를 올린다.

"천주님, 이 환란은 언제 끝나나요? '장차 형제가 형제를, 아비가 자식을 죽는데 내어주며 자식들이 부모를 대적하여 죽게 하리라, 또 너희가 내 이름으로 인하여 모든 사

---

7 선조 31년(1598). 9.7. 4번째 기사, "우의정 이덕형이 소서행장의 강화 요청에 대해 치계하다."

람에게 미움을 받을 것이나 나중까지 견디는 자는 구원을 얻으리라'고 하신 주님! '이 동네에서 핍박하거든 저 동네로 피하라, 내가 진실로 너희에게 이르노니, 이스라엘의 모든 동네를 다 다니지 못하여서 인자가 오리라.'하신 주님! 지금 오시고 있는 중이신가요?"

유키나가는 격해지는 감정의 고삐를 잡으며, 더듬더듬 마태복음 24장과 25장의 성경 구절을 생각나는 대로 읊조린다.

"···그날과 그때는 아무도 모르나니 하늘의 천사들도, 아들도 모르고, 오직 아버지만 아시느니라. 노아의 때와 같이 인자의 임함도 그러하니라. 홍수 전에 노아가 방주에 들어가던 날까지 사람들이 먹고 마시고 장가들고 시집가고 있으면서 홍수가 나서 저희를 다 멸하시기까지 깨닫지 못하였으니 인자의 임함도 이와 같으리라··· 그때 두 사람이 밭에 있으매 하나는 데려감을 당하고 하나는 버려둠을 당할 것이니라··· 그러므로 깨어 있으라, 어느 날에 주가 임할는지 너희가 알지 못함이니라··· 만일 그 악한 종이 마음에 생각하기로 주인이 더디 오리라 하여, 동무들을 때리며 술친구들로 더불어 먹고 마시게 되면 생각지 않은 날 알지 못하는 시간에 그 종의 주인이 이르러 엄히 때리고, 외식하는 자의 받는 율법에 처하리니, 거기서 슬피 울며 이를 갊이 있으리라…."

유키나가는 제 감정의 물결에 휩쓸려 들어가며 목이 잠긴다.

"… 그날 환난 후에 즉시 해가 어두워지며, 달이 빛을 내지 아니하며, 별들이 하늘에서 떨어지며, 하늘의 권능이 흔들리리라… 무화과나무의 비유를 배우라. 그 가지가 연하여지고 잎사귀를 내면 여름이 가까운 줄을 아나니, 이와 같이 너희도 이 모든 일을 보거든 인자가 가까이 곧 문 앞에 이른 줄 알아라… 천지는 없어지겠으나 내 말은 없어지지 않는다고 하신 주님! 말씀을 믿사오나, 지금 이 전장 터의 참상이 인자가 오실 그날의 징조보다 더 참혹하옵니다! 제 능력으로는 불쌍한 병사들을 위하여 더 준비할 수도, 감당할 능력도 없사옵나이다! 이제 주님이 오셔서 심판할 날만을 기다릴 수밖에 없사옵니다! 제게 지워진 짐은 제가 감당하겠사오니, 불쌍하게 끌려온 병사들을 가엾이 여기사, 한 사람이라도 더 온전히 육신을 보존하여 고향 식구들의 품으로 돌아가게 하시옵소서!"

유키나가는 기도를 마치고 장막 밖으로 나온다. 아직, 진중에 들어찬 농밀한 어둠이 묽어지지 않았다. 그래도 연안

바깥쪽 멀리 겹겹이 띠를 두르고 있는 섬들은 어렴풋이 윤곽을 드러내기 시작하고 있다. 유키나가는 천천히 연안의 바다 쪽으로 걸음을 옮긴다. 군데군데 세워놓은 초병 초소를 지날 때마다 초병들이 긴장하고 놀라며 경례를 붙인다. 유키나가는 넓게 펼쳐진 바다가 조망되는 지점에서 발을 멈춘다.

　왜군과 이순신의 수군은 광양만, 순천만, 보성만의 바다를 사이에 두고 대치하고 있다. 유키나가의 군대는 고흥반도의 산맥이 보성만과 순천만 사이로 뻗어 내려온 해안선 끝 쪽 능선에서 이순신의 수군과 마주 보고 있다. 그러나 이순신의 수군은 한 곳에서만 머물지 않았다. 수시로 움직이면서 서천 왜성 쪽 경계도 늦추지 않았다. 순천 왜성에는 유키나가뿐 아니라 마쓰우라 시게노부(松浦鎭信), 아리마 하루노부(有馬晴信), 오무라 요시마에(大村喜前), 고지마 구로타다(五島玄雅) 등의 왜장들이 여럿 포위되어 있었다. 순천 왜성에서 멀지 않은 사천 왜성에는 시마즈 요시히로와 시마즈 다다쓰게 군이 주둔해 있었는데 이들은 유키나가 군의 탈출을 돕기 위해 기회를 엿보고 있었다. 왜군의 육군들은 남해안 해상 기지로 집결했고, 수송을 담당한 전선과 수송선이 속속 증파되었다.

유키나가는, 실루엣처럼 점점이 떠 있는 바다 건너 섬 어딘가에서 이순신이 마주 보고 서 있기라도 한 듯이, 눈에 힘을 주고 바라본다. 그러면서, 이순신이 덫에 걸리지 않았지만, 결국 기다리고 있는 또 다른 덫에 걸려 모진 고문 끝에 만신창이가 되어 가까스로 살아나왔어도, 이순신이나 그나, 운명이 순탄치 않을 것 같은 예감이 든다.

선조31년(1958년) 6월경에 병석에 누운 히데요시는 8월 18일에 사망했다. 히데요시의 장례는 여섯 달을 기한으로 계속되고 있었다. 전 일본의 무장, 오사카의 백성들이 날마다 길에 나와서 우는 곡성이 낭자했다. 히데요시는 죽을 때 권력을 다섯 측근에게 임시로 분할하고 어린 아들 히데요리가 장성하도록 보살필 것을 명했다. 그러나 권좌를 향한 무사 집안들이 일제히 꿈틀거리며 모이고 흩어질 것이 불을 보듯 뻔했다. 천황은 황궁 깊숙이 은거한 채 막부가 바치는 음식을 먹고, 하루 세 번 목욕하고 세 번 하늘에 절하며 안위를 빌 것이지만, 천하는 다시 요동치며 내란에 휩싸일 것이었다.

유키나가는 어쩐지, 이순신과 자신이 묘하게도 충(忠)과 화(和)라는 십자가에 매달려 '엘리엘리 라마 사박다니!'를 외치며 절명할 것 같은 생각이 문득 든다. 조선의 충(忠)과 일본의 화(和)는 다를 것이 없다. 조선의 백성이 임금의 명을 거역하면 불충으로 살아남을 수 없듯이, 일본은 일단 무리가 뜻을 합치면 단 한 사람도 그 뜻을 어길 수 없다. 그 뜻을 어기려면 죽음을 각오하든가, 아니면 세를 키워서 우두머리가 되는 방법밖에 없다. 이것을 일본인들은 화(和)라고 한다. 화를 해하면 극심한 혼란을 겪게 된다는 체험에서 비롯된 신념이다. 히데요시가 조선 침탈을 결행하고자 했을 때 가장 반대한 사람은 고니시 유키나가였고, 그의 사위였던 대마도주 소 요시토시였다. 하지만 일단 히데요시의 입에서 침략이 선포된 이상, 반란이나 자결이 아니면 무조건 따라야했기 때문에 유키나가는 침략의 선봉에 서지 않을 수 없었다. 가토 기요마사의 선봉장으로 선조 25년(1952년) 4월 18일 기요마사와 함께 부산에 상륙하자마자 '효유서[8]를 적어 길거리에서 붙이고, 경상도 병마절도사 박진(朴晉)에게 강화서[9]를 보내 왜군 3000을 이끌고 투항하여 귀순한 사가야(沙也可)도 입장이 다르지 않았다. 사가야는 조선의 문물을 일찍부터 흠모하여 귀순한 것이지만, 화

8 효유서(曉諭書): 백성들에게 타일러 깨우치는 글.
9 강화서: 귀순하기를 청하는 글

(和)의 정신 때문에 히데요시 앞에서는 뜻을 펼치지 못하다가 조선으로 와서 귀순을 결행한 것이다.

유키나가는 좀 더 어둠이 짙어진 바다를 본다. 새벽이 오려면 어둠이 더 짙어지는 법, 바다에 엎드려 있는 어둠은 곧 여명에 밀려 썰물처럼 어디론가 빠져나갈 것이다. 점차 어둠이 걷히고 있는 바다를 망연히 바라보고 있는데, 등 뒤에서 인기척이 난다.

"도노사마, 일찍 기침하셨습니다."

겐소다. 겐소가 해풍에 장삼 자락을 날리며 다가온다.

"귀승도 해안 쪽을 살피러 나온 것인가?"

"소금 창고에 가서 절여 놓은 수급들의 왕생극락을 빌어 주고 이리로 올라왔습니다."

"소금에 절인 수급들의 왕생극락…."

유키나가는 어이가 없어 말끝을 다 잇지 못한다.

"수졸들이 절인 수급을 통에 담고 있었습니다. 진린에게 보낼 수급이라면서… 하온데 진린과 연락은 닿았습니까?"

"그쪽에서 연락이 왔지. 우리 진영에서 보내는 전령 선을 막지 말라고 이순신에게 전했으니, 수급을 보내라고! 우선 5백을 먼저 보낸다고 했지. 2천의 수급을 채워서 선물로 보내려면 어디서 더 채워야 할지…."

유키나가가 월세를 지불해야 할 날짜가 다가와 걱정하는 임차인처럼 말을 흐리다가, 뜬금없이 겐소에게 묻는다.

"겐소, 귀승의 불자들이 기다리는 미륵 부처는 올까? 와서 천년 왕국을 펼칠까? 천주께서 때가 이르면 오셔서 펼친다는 천년 왕국처럼, 와서 모습을 보여줄까?"

겐소가 섬들의 윤곽이 또렷해져 가고 있는 건너편 바다 쪽으로 시선을 주었다가 대답한다.

"아마도… 중생 앞에 모습을 드러내면… 그 부처나 하느님은, 중생이 원하고 기다렸던 부처나 하느님이 아닐 것입니다."

"무슨 말인가?"

"……."

"하느님이나 부처는 형상이 없다는 말인가?"

"……."

"와도 볼 수 없다는 말인가?"

"이미 말씀으로 와서 가부좌를 틀고 앉아 계시는데 중생이 보지 못하고, 듣지 못하고 있는 건 아닐는지요. 엷은 귀로 이곳저곳 소리 동냥이나 하고 다니면서요."

"그렇다면 진짜 재물은 집에다 놓아두고, 헛것을 더 가지려고 욕심을 부리다가, 끝내 관백도 이슬로 돌아가고 말았단 말인가? 죄업만 쌓아놓고….”

“…….”

“그럼 어찌해야 하나 지금….”

“제 안에서 늘려오는 양심의 소리에 귀 기울여 볼 밖에
요.”

“아, 그래….”

그때 하늘에서 귀에 익은 음성이 들려오는 듯했다.

‘내가 진실로 진실로 너희에게 이르노니, 한 알의 밀이
떨어져 죽지 아니하면 한 알 그대로 있으되, 죽으면 많은
열매를 맺느니라.’

유키나가는, 이 시각, 맞은편 바다 어딘가에 있을 이순신
을 생각한다.

‘아, 그도 썩기를 바라고 있구나!’

17. 신의 죽음이 헛되지 않게 하소서

"배를 물려라."

정탐들의 보고를 듣고 난 이순신은 조방장에게 명을 내린다.

"고금도 수영으로 돌아간다."

정탐들이 유키나가의 군대가 배에 짐을 옮겨 싣고 있다는 정보를 전해왔다. 혹독한 겨울 추위가 다가오는데 적의 식량은 두 달도 전에 바닥이 났다. 더 약탈할 민가도 없고, 가을인데도 전답은 잡초만 무성한 빈 들이었다. 더는 버틸 수 없는 상황인 것이 분명했다.

이순신은 며칠 전 진린을 찾아갔다. 광양만 안쪽에 있던 척후선이 와서 긴급한 정보를 주고 갔기 때문이다. 적의 협선 다섯 척이 진리의 해역 안으로 들어갔는데 명군 수군은 교전하지 않았다는 것. 명군 해역 안으로 들어갔던 적선들이 다시 적의 기지로 돌아갔다는 정보였다. 진린과 유키나가 사이에 알 수 없는 일들이 진행되고 있다고, 이순신은 직감했다. 명의 육군 부 총병관 유정도 이순신과의 약속을 지키지 않고 있었다. 정탐들은 유정이 장거리포를 왜군에 근접시키지도 않았고, 부대를 이동시키지도 않았다고 보고했다. 그러면서, 소금에 절인 머리통이 담긴 고리짝이 적의 순천 기지로부터 유정의 군막으로 보내졌다고 했다. 그 후 매일 새벽마다 지게를 진 적병들이 유정의 군막을 드나들고 있다고 했다.

명의 육군 부 총병관 유정은 선조 31년(1598년) 정월에 다시 1만 2천의 부대를 이끌고 압록강을 건너왔다. 유정의 부대는 퇴각하는 적의 부대를 멀리서 뒤따르며 밀고 내려왔다. 적이 버리고 달아난 읍성들을 유정의 부대는 교전 없이 연이어 접수했다. 적의 뒤를 따라 순천까지 내려온 유정의 부대는 검단산성에 포진했다. 유키나가의 군대와 작은 구릉 하나를 사이에 두고 있는 유정의 부대는 석 달 동안 검단산성에서 나오지 않았다. 유정의 부대는 유격전은 물론, 단 한 발의 장거리포도 쏘지 않았다. 유키나가의 뇌물 공세에 유정이 넘어간 것이다. 유정으로서는, 유키나가의 퇴로를 열어주는 데 협력하여 희생 없이 순천 왜성을 손에 넣어 전과를 올리면 그만이었다. 게다가 뇌물과 함께, 절인 수급을 상당량 전리품으로 보내주겠다는데 마다할 이유가 없었다.

이순신은 즉시 대장선을 진린의 해역 안으로 몰아갔다. 진린은 사령선 누대 안에 앉아 있다가 이순신을 맞이했다.

이순신은 단도직입으로 물었다.

"적의 밀사들이 다녀간 줄로 알고 있는데…."

진린이 언성부터 높였다.

"천자의 병을 조선 수군이 염탐하는가?"

진린의 부관들이 긴장하면서 이순신의 앞으로 다가왔다.

"적선들이 장군께 다녀갔다고 들었습니다."

"그러하오. 고니시가 사람을 보내왔소. 통제공. 적들이
물러가겠다니, 이미 끝난 전쟁이 아니오. 고니시가 활로를
열어주면 수급 2천을 주겠다고 합디다. 내가 약간의 공을
취한들 그게 조선에 누가 되는 일이오?"

"저도 장군 앞에 수급이 많이 쌓이기를 바랍니다. 그런데
수급은 실어 왔습니까?"

"아니오. 수급은 남해도에 있다고 하면서 연락선을 보내
수급을 실어 올 터이니 남해로 가는 배를 한 척 통과시켜달
라고 했소."

이순신은 그 말에 유키나가의 속셈을 들여다볼 수 있었
다. 순천의 적들과 남해도의 적들이 바다 위에서 합쳐진다
면 남해도의 적들은 뒤로 달려들 것이고, 이순신의 수군은
타격 방위를 설정하지 못하고 혼란에 빠질 것이었다.

"장군, 이번 싸움에서 거두는 수급은 모두 장군께 바치리다."

이순신은 끓어오르는 분노를 가까스로 잠재우며 애소하는 눈으로 진린을 바라봤다.

"통제공. 싸우지 않고 이기는 것이 병법의 제일 아니오? 수급은 싸우지 않고도 얻을 수 있고… 조선의 한은 힘을 기른 다음에 풀 수도 있는 것이거늘…."

이순신은 진린이 꼭, 명나라 경략 고양겸이 참장 호택에게 들려 보낸 공문을 대신 읽어주는 것 같은 생각을 물리칠 수 없었다.

……지금 너희 나라는 식량이 다 떨어져 사람들이 서로 잡아먹고 있는데 또다시 무엇을 믿고 군대를 요청하는가? 이미 너희 나라의 군대에도 식량을 공급하지 못하는데, 또 왜의 책봉과 봉공을 거절한다면 왜놈은 반드시 너희 나라에 화를 입히고 너희 나라는 망하게 될 것이다. 어째서 스스로를 위한 방책을 세우지 않는가?

옛날 월나라 구천이 회계사에서 곤란에 처했을 때, 어찌 그가 원수인 부차의 살을 뜯어 먹고 싶지 않았겠는가? 그러나 우선 치욕을 참고 부끄러움을 견디었으니, 이는 기다리는 바가 있기 때문이었다. 구천 자신은 부차의 신하가 되고, 아내는 부차의 첩이 되었다. 그런데 지금은 왜놈이 스스로 우리 명나라의 신하와 첩이 되고자 청하고 있으니 너희 나라로서는 훨씬 유리한 상황이다. 이는 부차의 신하가 되어 때를 기다렸던 상황보다 낫다. 이 정도도 견디지 못한다면 이는 속 좁은 소장부의 견해일 뿐, 복수하여 치욕을 씻으려는 영웅의 태도가 아니다.

너희가 왜를 위하여 명나라에 책봉과 봉공을 청하고, 만약 이 요청이 받아들여진다면 왜는 더욱 명나라에 감동하고 또 조선을 고맙게 여겨 반드시 군사를 철수하여 떠날 것이다. 왜가 떠난 뒤에 너희 나라 군신들이 마침내 노심초사하고 와신상담하여 구천이 하였던 일을 본받는다면, 하늘은 되돌려주는 것을 좋아하니 어찌 너희가 왜에 복수할 날이 없겠는가?

이순신은 돌아왔고, 뇌물은 이순신에게까지 뻗쳤다. 무술년(1598) 11월 14일, 왜선에서 왜통사를 시켜 진린에게 붉은 깃발과 환도를 바친 후 밤에 또 돼지 두 마리와 술 두 통을 갖다 바쳤다. 이튿날 진린은 이순신에게 와서, 유키나가에게 활로를 열어주라면서 뇌물을 내밀었다. 이순신은 진노했다.[1]

진린은 왜군과 싸울 의사가 처음부터 없는 듯했다. 고금

---

[1] 고니시는 이순신에게도 뇌물을 주려고 했다. 고니시는 또한 순신에게 보물을 보냈는데, 순신은 이에 분노하며 거절하여 말하기를, "이 원수들이 어찌 겁이 없이 구는가."라고 하면서, 이순신은 이것을 일축했다. 기타지마 만지(北島万次), 앞의 책, p253

도 수영에서 진린을 처음 맞이하는 날, 진린은 저녁 연회를 베푸는 자리에서 이순신에게 말했다. "과연 소국이라 바다가 작고 물길이 좁아서 개미 싸움 장난하는 것 같겠소. 우린 이런 싸움 잘 못하오. 싸움에는 봉제공의 군대가 앞서고 우리는 장거리포로 엄호하리다. 이것이 귀측과 나의 전투 원칙이오. 우리 대포를 믿으시오."

진린은 키가 크고 비대한 몸에 손등은 털로 뒤덮였고, 입에서는 마늘 냄새가 독하게 풍겼다. 갑옷미늘에 금박을 입힌 군복을 입고 있는 진리의 투구에는 보석이 박혀 있었다. 허리에 찬 장신구들이 그가 걸음을 옮길 때마다 덜그럭거렸다. 진린은 선착장에 내릴 때 물웅덩이에 엎드린 시종들의 등을 밟고 뭍으로 올라왔다.

진린은 선조가 삼정승을 대동하고 동작나루에서 전송할 때도 칼을 벗지 않고 근위 무사들을 물리지 않았다. 그러면서 선조에게 말했다. "천자의 군사는 가벼이 움직이지 않는 것이오. 천하의 대세가 천자께 흘러들고 있으니 이제 조선에도 홍복이 흘러넘칠 것이오." 진린의 군사는 비 내리는 한강에 배를 대놓고 배 안에서 사흘을 먹고 마셨다. 조선 조정은 술과 안주를 날랐고, 관기들이 배에 올라가 술을 따랐고, 대신들은 풍악을 울리며 접대했다.

류성룡은 『징비록』에서 '진린은 성품이 사나워서 사람들과 부딪치는 경우가 많았기 때문에 사람들은 그를 두려워하였다.'라고 다음과 같이 기록하고 있다.

나는 진린 부대의 군사가 거리낌 없이 수령을 때리고 욕을 하며, 찰방 이상규의 목에 밧줄을 매서 끌고 다녀 얼굴 한가득 피가 흘러내리는 모습을 보았다. 그래서 역관을 시켜 그를 풀어주도록 청하였지만 듣지 않았다. 내가 함께 있던 재신들에게 말하였다.

"안타깝지만 이순신의 군대가 장차 또 왜군에게 질 것입니다. 진린과 같은 부대에 있으면 진린이 사사건건 간섭하면서 서로 의견이 맞지 않으면 장수의 권한을 빼앗고 군사들에게 포악하게 굴 것입니다. 그를 거스르면 더욱 화를 낼 것이고, 그를 따른다면 더욱 거리낌 없이 행동할 것이니, 군대가 어찌 패하지 않을 수 있겠습니까?"

여러 사람이 내 의견에 동의하면서 서로 탄식만 할 뿐이었다.

이순신은 이런 풍문을 듣고 진린을 맞을 준비를 했다. 군사들을 시켜 잡은 많은 사슴, 돼지, 해산물로 안주를 성대하게 준비하여 술자리를 마련해 놓고, 그를 기다렸다. 멀리까지 나가서 극진한 예를 갖추어 그를 영접했다. 큰 잔치를 베풀어 장졸들이 취토록 마시고 즐기게 하였다. 진린은 물론 사졸들까지도 이순신을 훌륭한 장수라고 입을 보아 칭송했다.

이순신은 또한 전투에서 왜군의 수급을 베면 진린에게 주고 모든 공을 그에게 돌리자 진린이 크게 감동했다. 이후 가마 행차를 할 때도 이순신과 가마를 나란히 하며 결코 앞서 나가지 않았고, 모든 일을 시행하기에 앞서 이순신에게 의견을 물었다. 이순신은 명나라 군대와 조선군을 차별하지 않을 것을 약속받았고, 명나라 군사가 백성들의 것을 빼앗으면 잡아다가 곤장을 때리니, 감히 명령을 위반하는 자가 없어 섬이 평안했다. 진린은 선조에게 "통제사는 천하를 경영할 만한 재주와 나라의 어려움을 해결할 만한 공이 있습니다."라고 글을 올리기도 했다.

*

고금도 수영으로 돌아온 이순신은 정탐과 탐색선이 전해오는 정보에 유의하며 유키나가의 군대가 광양만으로 나오기를 기다렸다. 적은 여전히 움직이지 않았다. 적의 후방 기지는 울산과 부산에 있었다. 적이 철수한다면 일본에서 최단 거리인 부산에 육상 부대의 주력을 집결시켜 발진할 것이고, 경상 연안의 해안부대와 수군은 각기 주둔지별로 발진할 것이었다. 이순신의 정보력으로는 적의 발진 날짜를 정확히 알기도 어렵거니와, 목포에서 출항하여 적을 잡기는 불가능했다. 그래서 이순신은 선조 31년(1598년) 봄에 수영을 고금도 덕동포구로 옮겼다.

고금도는 강진만 어구다. 서쪽으로는 완도의 청해진에 가깝고 북쪽으로는 장흥에 가깝다. 섬의 동쪽으로 섬들이 층을 이루고 있어, 적이 쳐들어오기도 어렵고 빠져나가기도 어려운 포구다. 섬의 해안이 산으로 막혀 먼바다에서 안쪽이 들여다보이지 않는다. 순천까지는 물길로 백 리 거리였으므로 정보에 따라 거동하기에 좋은 요충지다.

그로부터 얼마 후, 적의 배 한 척이 명 수군의 해역을 통과해서 남해도 쪽으로 동남진했다는 보고가 들어왔다. 적의 순천 기지에서 봉화가 올랐다. 산 전체를 태우는 산불이었다. 봉화의 중간 거점을 잃은 순천의 적들이 남해도의 적들에게 보내는 발진의 신호였다.

그날 밤 이순신의 함대는 광양만을 떠났다. 적보다 먼저 노량으로 가서, 적의 퇴로를 막아서야 했다. 함대는 고요히 이동했다. 달은 뜨지 않았다.

예상은 빗나가지 않았다. 선조 31년(1598년) 11월 19일 밤 새벽 2시경, 검은색, 흰색, 붉은색, 삼색 깃발을 단 왜군의 선단이 미명을 헤치며 노량 앞 바다에서 합류했다. 검은 깃발은 광양만을 떠난 순천의 왜군들이었다. 붉은 깃발은 남해도에서 발진한 육군의 보충대였다. 흰 깃발은 사천의 왜군들로, 섬 굽이를 돌아서 빠르게 노량의 수로로 들어왔다. 사천의 왜군들은 철수하는 선단을 노량으로 돌려, 경상 연안 포구의 모든 왜군을 휘몰아왔다. 적들은 수군뿐만 아니라 철수하는 모든 병력을 배에 태우고 있었다. 적의 선단 앞에 세운 「나무묘법연화경」의 찢어진 깃발들이, 바람을 다 받지 못하고, 갈팡질팡 나부꼈다.

이때 진린의 함대는 곤양의 죽도에 대기하고 있었고, 이순신의 함대는 해협 우측인 관음포 위쪽에 포진하고 있었다. 진리의 함대는 왜군 구원군의 협공을 우려하여 합류했다. 진린이 자발적으로 합류한 것은 아니었다. 상황이 급변하자, 이순신은 시마즈의 구원 군단이 오기 전에 미리 길목으로 나아가 요격하는 선공 작전을 택했다. 하지만 진린이 다시 제동을 걸었다. 이순신이 진린의 명령을 무시하고 출전을 감행하겠다고 격하게 몰아붙이자, 진린은 어쩔 수 없이 이순신의 뜻을 받아들였다.

조·명 연합군은 11월 18일 노량으로 이동해서 이순신의 함대는 관음포(觀音浦)에서, 진린의 함대는 죽도(竹島) 부근에 진을 치고 왜군 구원 선단의 길목을 차단했다.

바다를 뒤덮듯이 몰려온 적선은 거대한 반원진으로 진을 재편성하고, 주춤주춤 다가왔다. 왜군의 함대는 500여 척에 달하는 대규모 병력이었고, 조·명 연합 함대도 400여 척의 적지 않은 병력이었다.

이순신은 그물을 펼치듯이 반원을 그리며 다가오는 적의 선단을 바라보다가, 대장선 갑판에 무릎을 꿇었다.

'죽을 길과 살길이 따로 없사옵니다. 이제 죽어서 다시 살고 싶습니다. 하오나 신의 죽음이 헛되지 않게 하소서.'

이순신의 마음속 기도는 간절했다. 그 기도는, 다시 삼도수군통제사의 명을 받고 12척 남은 병선으로 명량에서 200여 척의 적을 맞아 싸울 때 올렸던, 간절한 기도이기도 했다. 이순신은 옥고를 치르며 겪고 보았다. 이몽학의 난에 무고하게 연루되어 처참하게 개죽음당한 김덕령을. 곽재우의 수난을. 선조는 김덕령을 잡아들일 때, "누가 능히 이자를 묶을 수 있겠는가! 삼군에서 가장 용맹한 장수가 아니

냐!" 라고 하면서 발을 동동 굴렀다고 한다. 곽재우는 거듭
된 심문 끝에 가까스로 혐의를 벗고 풀려났으나 군사를 해
산하고 산으로 들어가 나오지 않았다. 그가 은거하는 산이
지리산이라고도 했고 구월산이라고도 했다. 또 땅 위의 곡
식과 채소를 일체 끊고 안개를 마시고 개울물을 퍼마시면
서 연명하다가, 신선이 되어 귀천했다는 소문도 무성했다.
선조는 사직을 지키기 위해 장수의 용맹이 필요했고 그 용
맹이 두려웠으며, 천하의 강한 것들은 모두 두려운 선조의
잠재적인 적이었다. 이순신은 다시 선조의 적이 되고 싶지
않았다. 옥고를 치르며 간절하게 소망한 것은, 선조 앞에서
선조의 칼에 죽지 않게 해달라는 피맺힌 애소였다.[2]

  전투는 새벽 어스름 속에서 왜군의 함대가 일제히 조총

---

2 숙종 때 이민서는 이순신이 일부러 죽을 장소를 노량으로 정하고 갑옷을 벗고
  적의 총탄에 맞아 죽었다며 자살설을 제기했다. 이민서에 따르면 의병장 김덕령
  의 억울한 옥사 이후 곽재우 같은 의병장도 은둔할 곳을 찾아야 했으니, 이순신
  역시 자신의 운명을 알고 미리 죽음을 맞이했다는 것이다. 이후 많은 학자가 이
  순신의 죽음에 관련해 자살설에 무게를 실어주었다. 숙종 때 학자인 이여와 영
  조 때 학자인 이여명은 모두 이순신이 점차 자신의 공로가 커지는 것을 두려워
  해 작정하고 죽음을 선택했다고 서술했다. 또한 이순신은 측근인 유형과 명나라
  도독 진리에게 "한번 죽음밖에는 남은 것이 없다."라든가 "적이 물러가는 날에
  죽는다면 유감이 없을 것이다."라는 식의 혼잣말을 했다고 한다. (『징비록』 참
  조)

을 쏘면서 시작되었다. 이에 조·명 연합군은 화공3으로 대응했다. 겨울철 북서풍을 이용한 이순신의 화공 전술로 연합 함대는 승기를 잡았다. 접전 끝에 큰 타격을 입은 왜군 함대는 퇴로를 찾아 남해도 연안 관음포 쪽으로 몰렸다. 당시 관음포는 포구 안쪽까지의 거리가 매우 멀어 수평선과 지평선이 혼동될 정도였다. 이를 알지 못하는 왜군 함대는 관음포 포구를, 남해도를 돌아나가는 해로로 착각했고, 갇혀서 우왕좌왕할 수밖에 없었다. 근접전이 벌어졌다. 왜군 함대의 저항은 필사적이었다.

"볏짚을 적선 안으로 던져라! 불화살을 쏴라!"

이순신과 조방장들은 목이 터져라 외쳤고, 볏짚은 근접한 적선에 날아들었다. 적병들은 볏짚을 던지는 수졸들을 조총으로 쏘았다. 갑판 위로 날아든 볏짚을 물 위로 내던지는 적병들은 조선 수군이 활로 쏘았다. 바람은 이순신의 편이었다. 불붙은 적선에서 헤아릴 수 없이 많은 적병이 물 위로 쏟아져 내렸다. 무장하지 않은 적의 육군은 화물이나 다름없었다.

---

3 화공(火攻): 불로 공격

적의 선두 주력이 방향을 틀었다. 거꾸로 항로를 돌려 다시 넓은 바다로 향했다. 막아선 진린의 함대와 혼전을 벌였다. 총병 동자룡이 탄 배에 불이 붙었다. 놀란 선상의 명군 군사들이 불을 피하려고 혼동하는 틈을 타서 왜군이 동자룡을 죽이고 그 배를 불살랐다. 진린의 대장선도 포위당해 사태가 위급했다.

"관음포 쪽이 급하다! 배를 돌려라!"

멀리서 바라보고 있던 이순신이 외쳤다. 이순신은 적선 가운데 붉은색 장막아래 높은 누대 위에서 금 갑옷을 입고 싸움을 독려하는 배를 향해 돌진했다. 적의 대장선으로 다가가 금 갑옷을 입은 왜장을 활로 쏘아 적중시키자, 진린을 포위하고 있던 적선이 왜장을 구하러 물러나왔다.

이순신의 대장선은 몰려온 전선들에게 둘러싸였다. 불붙은 적선들이 이순신의 배를 들이받고 깨어졌다. 적선들은 사방에서 물에 뜬 적병들의 시체를 헤치고 달려들었다.

이순신은 대장선 장대에서 북을 울리며 전투를 지휘했다. 잠시 가슴이 답답해서 갑옷의 끈을 푸는데 갑자기 날아온 적탄이 가슴을 뚫었다. 이순신은 장대에 쓰러졌다. 군관 송희립이 방패로 앞을 가렸다. 송희립은 급히 이순신을 선실 안으로 옮겼다.

"나으리, 상처는 깊지 않사옵니다. 정신을 놓으시면 아니 되옵니다!"

그러나 총알은 깊이 박혔고, 이순신은 몽롱한 의식 속에서 마지막 사력을 다해 입술을 달싹였다. 아들 희와 조카 완이 안타깝게 지켜보는 가운데 마지막 말을 토해내듯이 밀어냈다.

"싸움이 한창이다. 내가 죽었다는 말을 하지 말아라. 북을… 어서… 계속… 울려라…."

조카 완이 눈물을 흘리면서 이순신의 갑옷을 대신 입고 지휘에 나섰다.

격렬한 전투 끝에, 왜군은 대패하여 왜선 200여 척이 부서졌다. 왜군의 시체와 부서진 배의 나무판자, 무기나 의복 등이 바다를 뒤덮어 물이 흐르지 못했고, 바닷물이 온통 핏빛으로 붉었다.[4] 유키나가는 묘도(貓島) 사이로 빠져나가 먼 바다로 도망쳤다.

---

4 선조실록 106권, 선조 31년(1598년) 11월 27일 5번째 기사

18. 수미산도 일어나
겨자씨 속으로 들어가네

"아니다. 내가 그 일을 수행하기에는 나이가 너무 많구나."

"서산 큰스님께서 워낙 연세가 높으셔서 하락하실지 모르겠다고는 했습니다만… 조정 중론이 그렇다고 이덕형 대감이 하도 채근해서…."

사명은 기력이 쇠잔해진 스승의 노안을 바라보면서 말끝을 흐린다. 서산은 두류산에 머물다가 왜군이 완전히 철수하자 금강산으로 올라와 선조에게 글을 보냈다. '소승의 나이 이미 팔십이 다 되어 도총섭 직인을 반납하고 향산으로 돌아가고자 하옵니다. 승군 지휘와 전쟁에 관한 일은 제자 유정과 처영에게 맡기고자 청하오니 윤허하여 주십시오.' 선조는 서산에게 국일도대선사선교도총섭부종수교보제등계존자(國一都大禪師禪教都摠攝扶宗樹教普齊登階尊者)라는 정2품 당상관직을 하사하고 청을 허락했다.

사명은 선조 34년(1601년) 파괴된 부산성 신축을 끝내고, 선조 35년(1602년)에야 하양(河陽)현으로 올라가 산사에서 머물 수 있었다. 그런데 조정에서 유정을 한가하게 놓아주지 않았다. 전쟁은 끝났지만 처리하고 수습해야 할 일들이 많았다. 그 가운데 큰 문제가 포로송환과 쓰시마의 소 요시토시를 통해 끊임없이 요구해오는 도쿠가와 이에야스의 화친에 대응하는 문제였다. 조정 대신 중에 누구 하나 일본에 사신으로 가려는 자가 없었다. 선조에게 아부하고 비위 맞추기에 급급하며 충의를 입술이 닳도록 읊조리던 대신들이나 유생들은 전쟁이 끝나자 자신들의 공을 챙기기에만 혈안이 되어 있었다.

선조의 심기는 불편했다. 그러면서도 선조는 공신 책봉을 할 때, 전투에서 공을 세운 선무공신(宣武功臣)보다 피난길을 수행하고 호위한 호성공신(扈聖功臣)을 몇 배나 많게 선정했다. 왜군을 물리치는데 가장 큰 원동력이 되었던 의병장들은 선무공신의 명단에 오르지도 못했다. 곽재우, 고경명, 김천일, 김덕령 같은 의병장들이 제외되었다는 것은 납득이 되지 않는다. 그 가운데 김덕령 같은 의병장은 역모죄로 몰려 고문을 받다가 목숨을 잃기까지 했다. 일등 공신에 선정된 것은 이순신, 원균, 권율 같은 관군의 장수들뿐이다. 특히 칠천량 해전의 패장으로 나라를 누란의 위기에 빠뜨린 원균을 일등 공신으로 책봉한 것은 선조와 조정의 선무공신 선정이 얼마나 불공정했는가를 여실히 보여준다. 결과적으로 선조와 중신들은 자신들의 무책임한 몽진과 파천의 책임을 벗어나고 싶었던 것이다. 그래서 선조는 전란의 와중에도 무책임했던 호종 대신들의 처신을 미화하고, 명나라 군대를 '나라를 다시 세운 은혜(再造之恩)'를 베풀어준 은인이라고 감복했고, 조정 중신들은 선조를 전란을 극복하고 나라를 지킨 임금이라고 치켜세우며 묘호에 조(祖)를 붙일 것을 건의했다.

뿐만 아니라 유생들은 전란이 끝나자 승군들을 토사구팽[1]하듯이, 모해하여 내치려는 상소문을 올리기까지 했다.

…신들이 삼가 살피건대 의엄(義嚴)은 하찮은 일개 승인(僧人)입니다. 부역(賦役)을 회피하여 산으로 들어가 상문[2](桑門)에 의탁해 있는 지극히 미천한 자로서 아비도 무시하고 임금도 무시하여 이미 충효(忠孝)가 무엇 하는 일인지 모르는데 어떻게 자신을 잊고 나라를 위하여 죽는 것이 의(義)가 되는 줄을 알 수 있겠습니까. 마침 국운이

---

1 토사구팽(兎死狗烹): 토끼가 잡혀 죽으면 사냥개는 쓸모없게 되어 삶아 먹힌다는 뜻으로, 필요할 때는 쓰고 필요하지 않을 때는 야박하게 버리는 경우를 이르는 말.
2 상문(桑門): 불가. 승려.

비색(否塞)한 때를 만난 탓으로 외람되이 성대한 상을 받아 금옥(金玉)이 머리에 빛나고 초당3이 방포4에 더해졌습니다. 그리하여 거리에 호창(呼唱)하면서 멋대로 교만을 부리고 있습니다.

신들은 이 승이 무슨 공로가 있기에 그렇게 하게 하는지 모르겠습니다. 심지어는 창부(娼婦)를 몰래 기르고 군관(軍官)도 수십 명이나 되며 지나는 주현(州縣)에는 반드시 선성(先聲)을 알려 고각(鼓角)을 불며 맞이하게 하고 앞에서는 길을 트고 뒤에서는 옹위하는 데 치중5이 많아서 공궤하는 비용도 막대합니다.

…아, 임금의 호오(好惡)는 삼가지 않을 수 없는 것입니다. 오늘날 다시 양종(兩宗)을 세우고 승들을 의관6의 반열에 끼게 한 데 대한 성의(聖意)의 소재를 모르겠습니다. 신들은 생각건대, 전하께서 이 승에 대해 그들의 법을 존중하고 믿어서 그런 것이 아니라 단지 나랏일이 위급한

---

3 초당(貂璫): 검은담비의 꼬리와 금 고리로 장식한 관이란 뜻으로, '내시'를 이르던 말
4 방포(方袍): 네모진 두루마기란 뜻으로, 가사(袈裟)를 일컫는 불교 용어
5 치중(輜重): 말이나 수레에 실은 짐. 군대의 여러 가지 물현. 군수품.
6 의관(衣冠): 옷과 갓. 남자가 정식으로 입는 옷차림. 여기서는 벼슬.

때라서 적의 토벌에 급급한 나머지 중들의 힘이라도 빌어 만에 하나 도움을 얻기 위해서일 것이라고 여깁니다.

옛날 요 도종(遼道宗)은 민호7를 중들에게 내려주고 다시 삼공(三公)의 벼슬을 주었었는데 얼마 안 되어 나라가 망하였고 천고에 기롱거리를 남겼습니다. 선조(先祖) 때의 요승(妖僧) 보우(普雨)가 외람된 은수(恩數)를 받아 거듭 성덕(聖德)에 누를 끼쳤던 전감8이 너무나 분명하니, 경계하지 않을 수 없습니다.

삼가 바라건대 전하께서는 확연히 결단을 내리시어 벼슬을 빼앗고 죄를 바루어 그를 먼 변방으로 내치심으로써 올바른 것을 어지럽히는 조짐을 막으시고 여정9의 울분을 통쾌하게 해주소서. 그렇게만 되면 국가를 위해서나 도를 바르게 세우기 위해서나 다행이겠습니다.10

---

7 민호(民戶); 민가(民家).

8 전감(前鑑): 예전에 본 예. 사례.

9 여정(輿情): 어떤 사실에 대한 사회와 여론의 정적인 반응.

10 선조 33년(1600). 1.27, 3번째 기사, "성균관 생원 신경락이 승려 의엄의 작폐를 논하고 삭직을 청하는 상소를 올리다."

이와 같이 승려를 경원시하면서도 정작 위험한 일에는 뛰어들지 않으려고, 다시 서산과 사명을 치켜세우며, 경상 등도체찰사(慶尙等道體察使) 이덕형으로 하여금 사명과 상의하게 한 것이다.

사명은 선조 36년(1603년) 봄까지 경상도에서 머물렀다. 의심이 많아 조정 대신들을 깊이 신임하지 못하는 선조는 그래도 사명을 신뢰하여 곁에 두고 난리 후의 잡다한 일을 시키려고 하였다. 사명은 틈을 내, 일본에 보낼 사신 문제를 상의할 겸 서산을 뵈려고 금강산으로 올라온 것이다. 그때 묘향산에 머물고 있던 서산은 세수가 84세임에도 불구하고, 시봉하는 대현을 앞세우고 산세가 험한 맹산(孟山)을 거쳐 덕양(德陽)으로 올라가 두루두루 산중의 사찰들을 둘러보다가, 불타버린 검봉산(劍鋒山) 석왕사에 들렀다. 화마가 핥고 지나간 검봉산 일대는 나무 한 그루 온전히 남아난 것이 없었다. 웅대했던 사원의 모습은 자취를 찾아볼 수 없고 잡초만 무성했다. 서산은 그 참담한 광경에 눈시울을 붉히다가 금강산 유점사로 갔는데, 거기서 뜻밖에, 그를 기다리고 있던 사명을 만난 것이다.

서산은 열어놓은 선방 문밖으로 시선을 옮긴다. 이곳은 왜적의 손길이 닿지 않아 금강산의 비색11을 그대로 보전하고 있다. 기암(奇巖)과 괴석(怪石)이 송림 사이로 우뚝우뚝 솟은 금강산의 하늘은 쪽빛이다. 초목들은 늦봄의 햇살을 받고 푸름을 더해 가고 있다.

"도쿠가와가 진정으로 화친을 원하고 있는지, 그 본심이 어떤지, 우선 그걸 알아야 하지."

"강항이 전하는 말로는…."

"강항? 정유년에 포로로 끌려갔다가 풀려난, 영광 출신의 공조·형조 좌랑을 지낸 강항을 말함이냐?"

"예. 그가 하는 말로는, 도쿠가와는 전의 쇼군 도요토미 히데요시와는 그 심성이 사뭇 다르다고 합니다. 고니시 유키나가처럼 히데요시의 조선 침략을 반대했고, 그래서 조선에 출정도 하지 않았다고 합니다."

강항이 포로로 일본에 끌려간 것은 선조 30년(1597년) 정유재란 때였다. 유키나가 군이 전주를 공략할 때 강항은 휴가를 받아 고향 영광에 가 있다가, 쳐들어오는 왜군과 맞서기 위해 순찰사 종사관 김상준(金尙寯)과 함께 격문을 돌려 의병 수백 인을 모았다. 그러나 항전하다가 중과부적

---

11 비색(祕色): 신하와 백성들에게 사용을 금한 궁정 기물의 빛깔.

으로 가족들을 데리고 해로로 탈출하던 중 왜군의 포로가
되었다.

강항의 피로 행로는 참담하기 그지없었다. 배를 타고 가
다 왜군에 잡히자 강항은 자살하려고 물속으로 뛰어들었
다. 식구들도 모두 강항을 뒤따라 바다에 몸을 던졌다. 왜
군이 다시 건져 올렸는데 어린 아들 용이와 첩의 딸 애생은
애처롭게 부모의 이름을 부르며 파도에 휩쓸려 들어갔다.
이후 아흐레를 굶으며 끌려가다가 가족과 친지들이 죽고
병든 아이들은 수장되었다. 강항 형제 소생 여섯 중 셋은
물에 빠져 죽고, 둘은 왜국에서 병들어 죽고, 하나만 겨우
살아남았다.

강항은 처음에 오쓰성(大津城)에 유폐되었다. 그때 슈세
키지(出石寺)의 승려 요시히도(好仁)와 친교를 맺고 일본의
문화를 습득했다. 선조 31년(1598년)에 강항은 오사카를
거쳐 교토의 후시미성(伏見城)으로 이송되었다. 여기서 승
려 후지와라 세이카를 만났다. 후지와라 세이카는 조선의
과거 절차와 춘추석전(春秋釋奠)·경연조저(經筵朝著)·공자묘
(孔子廟) 등을 강항에게 물으면서 상례·제례·복제 등 유교의
예법을 배웠다. 강항은 사서오경을 일본식 한문 독법으로
읽을 수 있는 화훈본(和訓本) 간행에 참여해 발문을 썼다.

또한 『소학(小學)』, 『곡례전경(曲禮全經)』을 초록한 『강항휘초(姜沆彙抄)』도 남겼다.12 이 과정에서 후지와라 세이카는 조선 성리학을 전수받았다. 강항은 피로로 왜국에 끌려가 있으면서도 일본의 정황을 인편으로 선조에게 알리기도 했다.

강항은 선조 33년(1600년) 유학을 가르친 후지와라 세이카 등의 일인 학자들의 도움으로 일본 탈출에 성공했다. 귀국 후에는 한때 이덕형을 도와 책을 엮는 일에 참여했으나, 벼슬 제수도 사양하고 남원 땅에 머물면서 후학을 가르치는 일에만 전념했다. 그의 피로 경험을 제자들이 엮어 만든 『간양록(看羊錄)』에는 '코 무덤' 등 일본의 만행이 그대로 묘사되어, 일제강점기 때 조선총독부에서 거두어 모두 불태웠다. 다행히도 몇 권이 남아 규장각과 고려대 도서관에 소장되었다. 강항은 사후 고종 19년(1882년)에 이조판서·양관대제학이 추증되었으며, 영광 용계사(龍溪祠)에 제향되었다.

"강항은 여전히 영광 지경에 머물러 있느냐?"

---

12 박덕규, 『사명 일본탐정기』, 랜덤하우스, 2010, p318 참조.

"예. 왜국에 머무는 동안에도 늘 스스로 죄인이라 칭하였다는데, 관직을 주어도 스스로 죄인이라고 받지 않고, 학문을 닦고 후학을 기르는 데만 골몰하고 있습니다. 정작 부끄러워해야 할 사람들은 왜인인데."

"그렇지. 왜국도 진정 화친을 원한다면 부끄러워할 것을 부끄러워할 줄 아는 것부터 배워야 하거늘…. 양심에 간지럼을 타지 않고 부끄러움을 모르면 가망 없는 족속들이지. 먼저 마음자리부터 바꿔 앉아야지."

"……."

"선(禪)의 자리에 앉을 때처럼… 음란한 마음을 가지고 참선하는 것은 모래를 쪄서 밥을 짓는 것과 같고, 살생하는 마음을 가지고 참선하는 것은 귀를 막고 소리를 들으려고 하는 것과 같으며, 도둑질하는 마음을 가지고 참선하는 것은 깨어진 술잔에 가득 채우려고 하는 허욕이며, 거짓말하면서 참선하는 것은 인분으로 향을 만들려고 하는 것과 무엇이 다른가. 비록 많은 지혜를 자유롭게 사용하고 있더라도 모두가 마도(魔道)가 되는 것이지. 그래서 유가의 말씀에도, 마음이 없으면 보아도 보이지 않고, 들어도 들리지 않고, 먹어도 맛을 모른다고 한 것이고."

사명은 스승의 말을 숙연하게 듣고 있다가 대화를 잇는다.

"화친에 공을 들이고 몸이 달아오른 것은, 대마도의 번주 소 요시토씨입니다."

"소 요시토시가?"

"예. 그렇습니다."

소 요시토시는 고니시 유키나가의 사위로, 조선 침략 전쟁에서 용맹을 떨친 젊은 장수였다. 히데요시의 사후에 이시다 미쓰나리(石田三成)와 고니시 유키나가 등이 주축이 된 히데요시 측근파와 도쿠가와 이에야스의 세력 간에 권력투쟁이 벌어졌을 때, 소 요시토시는 유키나가의 편이 되어야 마땅했지만, 가로 야나가와 시게노부의 아들 야나가와 가게나오(柳川景直)를 이시다 미쓰나리의 군진으로 슬며시 보내고는 자신은 가담하지 않았다.

선조 33년(1600년) 10월 21일(음력 9월 15일) 이른바 '세키가하라(關原) 전투'에서 도쿠가와 이에야스의 동군이 승리했다. 서군의 이시다와 유키나가는 처형당했고, 이시다를 지지한 영주들은 유배 아니면 영지를 몰수당했다. 동군 승리를 확인한 소 요시토시는 유키나가의 딸인 아내를 서둘러 내쫓고 도쿠가와 이에야스에게 충성을 맹세했다. 그렇게 살아남은 소 요시토시는 도쿠가와 이에야스에게서 조선 교린의 권한을 얻어내고, 조선의 문호를 열기 위해 노심초사했다. 그때마다 문호개방을 요청하였지만, 조선 조정은 냉담했다.

"대마도도 이번 전란 동안 동원령으로 장정들이 거의 씨가 마르다시피 했고, 황폐해져 먹고 살길이 막막하다고 합니다. 전에도 대마도는 조선이나 중국 해안으로 물고기나 해산물을 싣고 가 물물교환하거나, 여의찮으면 왜구로 돌변해 노략질해야 하는 형편이 아니었습니까? 일본이 고립되면 쓰시마도 고립될 수밖에 없고, 다시 왜구가 되지 않으면 살길을 찾을 수 없기 때문에 화친에 전전긍긍하는 것이지요."

"어찌 되었든, 왜국으로 끌려가서 모진 고초를 겪고 있는 조선 피로들을 한시바삐 데려와야 하네. 류성룡 대감을 천거한다고는 하지 않던가?"

"유 대감은…."

사명이 잠시 말을 멈춘다.

"이 장군이 노량에서 순절하던 11월 19일에 파직당하고, 다시 관직의 자리에 돌아왔다가 사직한 이후, 여러 차례 부름이 있어도 응하지 않는데 어떻게…."

서산이 깊이 생각에 잠겼다가 무겁게 입을 연다.

"아무리 생각해도 이 일은 사명밖에 짐을 질 사람이 없네. 도쿠가와 이에야스 밑에서 지금, 실권을 잡고 흔드는 자는 가토 기요마사가 아닌가? 사명은 여러 차례 강화 문제로 만나 그를 누구보다 잘 알고 있고."

"……."

조선 조정에서 여러 차례 사명을 가토 기요마사에게 강화사로 보낸 것은, 왜군의 동태 파악과 가토 기요마사와 고니시 유키나와를 이간시키려는 계책에서였다. 그러나 가토 기요마사는 그렇게 호락호락한 인물이 아니었다. 기요마사의 진중에 머물면서 많은 대화가 오고 갔지만, 사명이 얻어낸 것은 아무것도 없었다. 있다면 기요마사와 농담을 주고받을 만큼 거리가 좁혀졌다는 것뿐이었다.

"그대의 나라에 귀한 보물이 있습니까? 무슨 귀한 보물이 있기에 승려의 신분으로 목탁을 놓고 검을 든 것이오?"

기요마사의 물음에 사명이 서슴없이 대답했다.

"있지요. 누구나 갖고 싶어 하는 보물이 딱 하나 있지요."

"그게 뭡니까?"

"바로 가토 장군의 목이요. 천근의 금과 만호의 읍으로 그대의 목을 구하니 조선 사람이면 누구나 갖고 싶어 하지요."

기요마사가 그 말을 듣고 껄껄 웃어넘겼다.

사명이 그때의 일을 회상하고 있는데 서산이 말을 잇는다.

"생은, 진흙 소가 고해의 바다를 건너는 일이거늘, 중생이 허우적거리고 있는 고해의 바다에 못 뛰어들 까닭이 없네만… 가야 할 때가 이르고 있어. 그러지 않아도 송운(松雲)에게 당부해 두려고 했는데…."

"……."

"내가 시적13한 뒤에 의발을 해남현 두륜산 대둔사로 옮기도록 하게. 두륜은 후미지고 명산의 형상은 아니나, 기화요초(琪花瑤草)에 편시광경(片時光景)이 포백숙속(布帛菽粟)하여 가히 긍장(亘長)의 구역이다.14또 도성에서 천 리나 떨어져 있어서 임금의 덕화15가 쉽게 미치지 않는 지역이지만, 기운차게 소리를 내어 우매함을 깨치게 될 수범의 땅이다. 무엇보다 처영을 비롯한 제자들이 남쪽에 있다. 내가

---

13 시적(示寂): 부처나 보살, 고승의 죽음. 입적(入寂)

14 아름다운 꽃과 풀들이 잠시 펼치는 광경도 그러하거니와 밭의 콩과 서속이 비단을 펼쳐놓은 듯하여 오래오래 법맥이 이어질 곳이다.

15 덕화(德化): 덕으로 가르쳐서 변화시킴.

출가해 두류에서 서로 불법을 들었으니 이곳을 종통16으로 삼는 것이 귀중한 일이 아니겠는가?"

'유훈'17이 아니신가' 사명은 잠시 아득하여 할 말을 잃는다. '아, 이제 가시려는구나!' 처연한 슬픔이 평심심을 흔들어 놓는다. 이순신이 노량에서 최후를 맞이할 때도 스승은 그때와 장소를 미리 알았다. 의엄이 이순신을 만나러 노량으로 가려는 것을 관음포로 가라고 이르고, 뒤따라 내려가 두류산 삼선동에서 이순신의 순절 소식을 듣고 노안을 눈물로 적시며 애도했다.

"새삼스럽게 그런 안색을 할 것 없네. 잠시 와서, 모이고 흩어지는 것! 문밖과 문안이 따로 있는가!

　부처님이 나기 전에
　변함없는 동그라미
　석가도 모른다 했거니
　가섭이 어찌 전하리!
　삼교 성인이 모두 이 구절에서 나왔으니,

---

16 종통(宗統): 종가 맏아들의 계통.
17 유훈(遺訓): 죽은 사람이 생전에 남긴 훈계.

누가 능히 말을 하겠는가, 눈썹이 빠질라!"18

서산은 입가에 미소를 띠며 할!을 하고, 사명은 하늘 가
저 멀리 흘러가는 구름으로 눈길을 돌린다.

*

사명은 대현이 써 내려가고 있던 글귀를 말없이 바라본
다.

금불부도로 수불부도화 니불부도수 여하시진불

(金佛不渡爐 水佛不渡火 泥佛不渡水 如何是眞佛)

'금으로 만든 불상은 용광로를 견디지 못하고, 물로 만든
불상은 불을 견디지 못하고 진흙으로 만든 부처는 물을 견
디지 못하니, 이것이 참 부처인가'

---

18 고불미생전 응연일원상 석가유미회 가섭기능전 삼교성인종차구출 수시거자석취
미모(古佛未生前 凝然一圓相 釋迦猶未會 迦葉豈能傳 三敎聖人從此句出 誰是
擧者惜取眉毛),『선가귀감』, 원순 역해, 도서출판 법공양, 2007, p23

"아직도 부처를 찾아 헤매고 있느냐?"

사명은 저녁 공양 후 묵상하다가 달빛이 교교한 절 마당으로 나왔다. 스승의 입적이 곧 이르리라는 것을 안 사명은 묵상이 제대로 되지 않았다. 생사의 길목은 어지간히 벗어났다고 생각했는데, 막상 스승을 곧 이승의 언덕에 서서 배웅해야 한다고 생각하니, 안정이 쉽지 않았다. 대현에게 당부할 말도 있고 하여 대현이 머물고 있는 선방으로 갔다. 대현은 먹을 갈아 놓고 고요히 앉아 같은 글귀를 반복해서 화선지에 옮기고 있었다. 대현은 붓을 놓고 일어서서 사명을 맞이했다. 대현은 몇 년 사이, 건장한 성인이 되어, 의젓한 학승의 풍모를 갖추었다.

"그래, 동산이 물 위로 걸어가는 행방은 찾았느냐?"

사명이 다시 묻자, 대현이 담담하게 바라본다.

"화두도 버리기로 했습니다."

"허… 네 귀가 많이 커지고, 눈이 밝아진 게로구나…."

"유마 거사님의 말씀을 거듭 새기고만 있습니다."

"어떤…?"

"속가에 머물고 있는 유마거사께 가족이 어디 있느냐고 물었을 때, 지혜가 아버지이고 방편이 어머니라고 하신 그 말씀입니다."

“…….”

“보살이란 본래, 병이 없어도 중생들이 병을 앓기에 함께 병을 앓는다고 말씀하시지 않으셨습니까. 아직 전란의 아비규환에서 벗어나지 못한 중생 속에 제가 찾는 화두가 있을 것 같기는 하여….”

“…….”

“지금은 유마거사님의 지혜와 방편을 쓸 때라고 생각합니다. 큰스님께서 왜국에 사신으로 가려고 하시는 것 또한 그 지혜와 방편이 아닐는지요.”

“보살행에 따로 이유가 있겠느냐. 그보다도 마음의 준비를 할 것이 있다. 서산 큰스님께서 길채비를 하고 계신다.”

“길채비를 하신다 하심은…?”

“멀지 않았다. 네가 그동안 큰스님 시봉하느라고 노고가 많았다. 준비하고 있다가 여차하면 바로 알릴 거라.”

“…….”

“이만 일어선다. 나는 남은 일이 급하여 내일 경상도로 온 길을 되짚어간다. 나오지 말거라.”

사명은 말을 마치고 일어선다. 대현도 일어서서 사명을 뒤따라 마당으로 나온다. 밖은 온 산이 달빛으로 물들었다. 산은 달빛을 받으며 선경에 들었고, 잠들지 못한 산새 소리만 이따금 고요를 흔들고 있다.

　대현은 사명을 침소까지 바래다주고 선방 앞 툇마루에 앉는다. 허전하다. 서산 큰스님을 육안으로는 뵐 수 없고 마음의 시력으로만 찾아뵐 수 있다는 데 생각이 머물자, 눈 앞의 모든 형상이 새롭게 느껴진다. 헛것이라지만, 달빛에 비색을 드러낸 금강산은 아름답다.

　대현은 문득, 스승 서산이 지리산에서 수행할 때 지었다는 오도송(悟道頌) 두 편이 떠오른다.

　　창밖에서 우는 두견이 소리 홀연히 들으니
　　눈 가득 봄 산이 모두 고향이로세.

　　물 길어 돌아오며 문득 고개 돌리니
　　청산이 백운 속에 무수하도다.

　또 서산이 금강산 미륵봉에 이르러서 읊었다는 「삼몽사 (三夢詞)」라는 시도 새롭게 가슴에 와닿는다.

　　주인은 객에게 꿈 이야기하고
　　객은 객에게 꿈 이야기하네.

지금 두 꿈을 이야기하는 객도
역시 꿈속의 사람이로세.

이 시는 서산이 선교양종판사(禪敎兩宗判事)의 직을 사임하고 운수행각에 나섰을 때 금강산 미륵봉에 이르러서 지은 것이다. 서산은 30세 되던 명종 5년(1550년)에 승과에 응시하여 승과의 첫 관문이라 할 중선과(中選科)에 합격하고, 대선과(大選科)를 거쳐 선교양종판사에 올랐다. 하지만 판사의 직이 선종의 본분이 아니라며 인수[19]를 반납하고, 다시 운수행각에 나섰다.

대현은 스승의 이 시가 깊은 울림으로 다가오곤 한다. 대현이 생각하기에도 인생은 지나고 나면 실체가 없는 허망한 꿈이다. 어제가 어디 있는가. 망상 속에서만 존재하는 허상이 아닌가. 허망한 꿈을 꾸고 또 꾸고, 허망한 꿈이 실상이라는 착각 속에서 꿈을 이어가다가, 종국에는 그 꿈조차도 허망하게 사라지고 나면, 나란 존재를 어디서 찾을 것인가! 참 나의 실상이 있다고 하더라도 그 실상은 무엇이

---

19 인수(印綬): 병권(兵權)을 가진 무관이 발병부(發兵符) 주머니를 매어 차던, 길고 넓적한 녹비 끈.

며, 어디서 왔다가 또 어디로 가는 것인가. 경전의 법문은 그 실상을 말하고 있지만 대현에게는 그냥 화두로만 계속 되고 있다.

언젠가 우문[20]인지도 모를 질문을 스승에게 조심스럽게 올린 적이 있었다. "깨달음이 무엇입니까?" "깨달음은 어떻게 얻어지는 것입니까?" 그의 그 같은 물음에 스승 서산은 지긋이 대현을 바라보다가 미소를 지으며 말했다. "깨달음 은 말로써는 말할 수 없는 것이다. 알음알이로는 알게 될 수 없는 것이다. 깨달음이 무엇이냐를 묻는 그 물음이 바로 깨달음이다. 참 진여[21]를 아는 것, 본래의 제 마음을 찾는 것이다. 만유의 본체는 차별이 없는 평등한 마음인 것⋯ 탐·진·치[22]에 물들지 않은 본마음을 찾아 흔들리지 않고 지키면 부처다, 그 마음을 찾아가는 길은 누구도 같이 갈 수 없다. 제 마음의 시력을 높여서 혼자 찾아갈 수밖에 없다. 응무소주 이생기심(應無所住 而生基心)⋯응당히 어떤 사물에

---

20 우문(愚問): 어리석은 질문.
21 진여(眞如): 사물의 있는 그대로의 모습이라는 뜻으로, 우주 만유의 본체인 평등하고 차별이 없는 절대 진리를 이르는 말. ↔가상(假相).
22 탐(貪)·진(瞋)·치(痴): 욕심. 성냄. 어리석음.

머물지 말고 마음을 낼 것이니라. 금강경의 사구게 중에서도 두 번째 사구게를 듣고 육조 혜능 스님이 돈오[23]한 까닭이 무엇이겠느냐…. 불입문자(不入文字)! 깨닫는 데는 알음알이가 필요치 않느니라…."

대현은 더 깊이 생각에 잠긴다. 저 기암괴석도, 나무도, 요요한 풍광도, 모든 상이 번갯불같이 한순간에 사라지는 헛것이라는 거 아닌가. 그렇지만 꿈과 같고 물거품 같고 환상과 같은 저 헛것을 부정하려고 해도, 중생에게는 버젓이 부정할 수 없는 실상으로 존재하여, 희로애락의 파장을 일으키는 것을 어찌하란 말인가. 보현 누님을 연모하며 괴로워하던 법근 형도 갔고, 시집간 보현 누님도 언젠가는 갈 것이고, 과연 그 실상은 어디에 머무는 것인가.

서산 큰스님이 어느샌가 옆에 와서 넌지시 귓속말을 하는 것 같다. "거기서 빠져 나가려면 거기를 거쳐야 하지 않느냐. 고통에서 빠져 나가려면 그 문을 거치지 않고 어떻게 나가겠느냐. 근심 걱정한다고 올 것이 안 오고, 갈 것이 가지 않느냐. 생은, 진흙 소가 고해의 바다를 건너는 것이다.

---

23 돈오(頓悟): 별안간 깨달음. 대승의 깊고 묘한 교리를 듣고 단번에 깨닫는 일

한번 마음을 내었으면, 그냥 고해에 뛰어들어 중생과 함께 헤엄쳐서 건널밖에…. 허나 줄 없는 거문고를 뜨르려면 줄 있는 거문고 뜨는 법부터 익혀야지. 삿된 것을 물리치고 제대로 선경(禪境)에 드는 법부터 익혀라."

대현은 서산 큰스님이 길채비를 하여 피안의 언덕을 넘어가면, 정처를 정할 수는 없지만, 그도 이승의 어딘가로 떠날 채비를 해두어야 할 것 같은 생각이 든다. 아직 못 다 꾼 꿈을 다 꾸고, 헛꿈을 말해야 할 것 같은 생각이 든다.

*

선조 37년(1604년) 1월 스무사흗날, 서산은 일찍 자리에서 일어났다. 산내 암자를 두루 찾아다니며 부처님께 절한 뒤 방장실로 돌아와 목요 재계 한 후, 위의를 갖추고 제자들을 불렀다. 향을 사루고 그 자리에 참석하지 못한 사명과 처영에게 전하는 서찰을 써놓고 제자들에게 유촉[24]을 내린 다음, 자신의 영정을 꺼내 그 뒷면에 한 구절을 썼다.

---

24 유촉(遺囑): 죽은 뒤의 일을 부탁함.

"80년 전에는 그가 나이더니 80년 후에는 내가 그로구나
(八十年前渠是我 八十年後我是渠)"

곧 가부좌한 채로 입적했다.

서산의 49재가 끝난 뒤 의엄 곽언수가 자취를 감추었다. 임진, 정유 난리를 맞아 구국에 앞장섰던 그가 흔적을 남기지 않고 사라져 버렸다.

대현도 스승의 49재를 마치고 보현사의 산문을 나섰다. 산문을 나서 앞산을 바라보니, 서산이 입적하던 날처럼 탑 모양을 이룬 구름이 하늘에 떠 있었다.

대현은 탑구름을 향해 삼배를 올리고 시 한 수를 지어 읊조렸다.

　　운주사 와불 속에 숨겨 놓은 사랑
　　바랑 속에 챙겨 넣고
　　서역으로 가는 호랑나비 한 마리
　　수미산도 일어나
　　겨자씨 속으로 들어가네

장편소설 서산대사 해설

　1592년(선조 25년) 임진왜란이 일어나자 서산대사는 나라를 구하기 위해 전장에 나선다. 서산은 후에 왕의 명을 받고 발표한 격문[1]보다 앞서서, 전국의 승려들에게 격문을 보내 승병을 일으키게 하였다. 서산의 제자 가운데 지리산에 있던 처영 대사는 천여 명의 승병을 모아 싸웠고, 충청도에서 7,8백 명의 승병을 일으킨 영규 대사는 조헌의 농민 의병과 함께 싸웠다.

　기허당 영규 이외에도, 임계종의 법맥을 잇는 서산 휴정에게는 뛰어난 제자들이 많았다. 사명 유정(四溟惟政), 편양 언기(鞭羊彦機), 정관 일선, 소요 태능(逍遙太能), 현빈 인영(玄賓印英), 완당 원준(阮堂圓俊), 중관 해안(中觀海眼). 청매 인오(靑梅印悟), 기암 법견(奇巖法堅), 제월 경헌(霽月敬軒), 뇌묵 처영(雷默處英)이 그런 사람들이고, 이들 중 다수가 의승

---

1 격문(檄文): ① 널리 일반에게 알려 부추기기 위한 글. 격(檄). 격서(檄書).
　② 급히 여러 사람에게 알리려고 각처로 보내는 글.

장으로 활약했다.

임진왜란은 우리 민족이 겪은 가장 참혹한 전쟁이다. 왜적에게 유린당한 조선의 국토는 인간이 더 이상 생존할 수 없는 폐허로 변하였다. 고을마다 집들이 모두 불에 타고, 사람들을 볼 수 없었으며, 어쩌다 간혹 눈에 띄는 살아있는 사람은 아사 직전의 어린아이이거나 노인뿐이었다. 이러한 참상은 왜군의 발길이 닿은 곳이면 어디나 다르지 않았다. 오죽하면 명군 부총병 사대수가 마산으로 가는 길에 어린아이가 죽은 어미의 젖을 빨러 가는 모습을 보고 슬퍼하며 아이를 거두어 군중에서 길렀겠는가.(『징비록』)

한양에서 남쪽 변방에 이르기까지 백성들이 모두 산골짜기에 숨어들어 가 있어서, 극소수의 둔전2 말고는 곡식의 씨앗을 뿌려둔 땅이 아무 데도 없었다. 사람은 물론 군마도 먹일 마초가 모자라 1만여 마리가 병들고 굶어 죽는 일이 다반사였다. 한 사람이 쓰러지면 백성들이 덤벼들어 그 살을 뜯어 먹었다. 뜯어먹은 자들도 머지않아 죽었다(『난중잡록(亂中雜錄)』). 명나라 군사들이 술 취해서 먹은 것을 토하

---

2 둔전(屯田): 주둔병의 군량을 자급하기 위하여 마련되었던 밭.

면 주린 백성들이 달려들어 머리를 틀어박고 빨아먹었다. 힘이 없는 자는 달려들지 못하고 뒷전에서 울었다(『난중잡록』).

조선 백성들의 참상은 이뿐만이 아니었다. 수많은 백성이 손목이 묶여 왜국으로 끌려가 노예가 되었는가 하면 왜국 인신매매 상들이 조선 백성들의 목을 묶어서 원숭이처럼 끌고 다녔다. 일부는 포르투갈 상인들에게 노예로 팔려 지구 변두리 먼 이국땅으로 끌려가기도 했다. 명나라 상인들도 군대를 따라와 조선의 인삼과 은광을 쓸어갔다.

명군의 부대 역시 조선 백성에게 적지 않은 피해를 입혔다. 조선 백성들 사이에 '왜군은 얼레빗, 명군은 참빗'이라는 말이 나올 정도로, 왜군이 적군인지, 명군이 적군인지 구분할 수 없을 만큼 명나라 군대의 민폐는 극심했다. 심지어 이여송의 모함으로 의병장 김덕령이 죽었다는 소문이 민가에 나돌 정도로, 처음에 가졌던 명군에 대한 양민의 고마움은 분노로 커갔다.(『징비록』)

임진왜란이 있기 전 중종 38년(1543년)에 4,162,021명이었던 조선의 인구는 인조 17년(1639년)에 다시 조사했을 때 1,521,165명(『조선왕조실록』과 『호구 총수』의 기록 기준)으로 줄어 있었다. 정확한 인구 기록은 남아 있지 않으나 적어도 260만 명 정도가 희생된 것으로 추정된다. 전란 전에 10여만 명이었던 서울 인구는 서울을 되찾은 선조 26년 (1593년) 5월에는 겨우 42,106명이 살아남았다는 기록이 있다. 왜란 중에 일본에 포로로 잡혀 간 사람만 해도 10만을 헤아리는 것으로 추정되고 있다.

또한 왜란 직전에 150여만 결이었던 농지는 전쟁이 끝난 뒤에는 겨우 30여만 결만 남게 되었다. 광해군을 거쳐 인조대에 이르기까지 회복한 결과 조세 대상 토지는 80여만 결로 늘었다.

이런 참상을 겪고도 그나마 나라의 명맥이 유지될 수 있었던 것은 의병과 승군의 애국충정의 항거가 있었기 때문이었다. 특히 유학자들에 의해 핍박받던 승려들의 의거에 힘입은 바가 컸다. 그러함에도 선조는 공신 책봉할 때, 전투에서 공을 세운 선무공신(宣武功臣)보다 피난길을 수행하고 호위한 호성공신(扈聖功臣)을 몇 배나 많게 선정했다. 왜군을 물리치는데 가장 큰 원동력이 되었던 의병장들은 선무공신의 명단에 오르지도 못했다. 곽재우, 고경명, 김천일, 김덕령 같은 의병장들이 제외되었다는 것은 납득이 되지 않는다. 그 가운데 김덕령 같은 의병장은 역모죄로 몰려 고문을 받다가 목숨을 잃기까지 했다. 일등 공신에 선정된 것은 이순신, 원균, 권율 같은 관군의 장수들뿐이다. 특히 칠천량 해전의 패장으로 나라를 누란의 위기에 빠뜨린 원균을 일등 공신으로 책봉한 것은 선조와 조정의 선무공신 선정이 얼마나 불공정했는가를 여실히 보여준다. 결과적으로 선조와 중신들은 자신들의 무책임한 몽진과 파천의 책임을 벗어나고 싶었던 것이다. 그래서 선조는 전란의 와중에도 무책임했던 호종 대신들의 처신을 미화하고, 명나라 군대를 '나라를 다시 세운 은혜(再造之恩)'를 베풀어준 은인이라고 감복했고, 조정 중신들은 선조를 전란을 극복하고 나라를 지킨 임금이라고 치켜세우며 묘호에 조(祖)를 붙일 것을 건의했다.

승군들에 대한 유생들의 배격은 더 심했다. 유생들은 전란이 끝나자 승군들을 토사구팽3하듯이, 모해하여 내치려는 상소문을 올리기까지 했다.

이 소설은, 임진왜란을 당하여 서산대사가 펼친 의거를 중심으로 핍박받던 조선의 승려들의 숨겨진 활약상과, 진

---

3 토사구팽(兎死狗烹): 토끼가 잡혀 죽으면 사냥개는 쓸모없게 되어 삶아 먹힌다는 뜻으로, 필요할 때는 쓰고 필요하지 않을 때는 야박하게 버리는 경우를 이르는 말.

정한 종교(불교)의 사랑과 자비의 정신이 어디에 뿌리를 두고 있으며, 왜 국가의 안위가 최우선이어야 하는가를 청소년들에게 일깨워주려는 것이 주제다. 그러면서 청소년들에게 우리 역사를 바로 알리기 위해 고증에 충실하여 서사를 전개하고, 상세하게 주석을 달았다.

서산대사 연보

1520년(중종 15년) 3월 26일 평안도 안주에서 아버지 최세창
　　　　　　　과 어머니 김 씨 사이에서 태어남.

1523년(중종 18년) 3세 되던 해 사월초파일에 아버지가 등불
　　　　　　　아래에서 졸고 있는데 꿈에 한 노인이 나
　　　　　　　타나 "꼬마 스님을 뵈러 왔다."고 하며
　　　　　　　두 손으로 어린 여신(원래 이름)을 번쩍
　　　　　　　안아 들고 주문을 외우며 머리를 쓰다듬
　　　　　　　은 다음 이름을 '운학'이라고 할 것을 지
　　　　　　　시함. 그 뒤 아명은 운학이 됨.
　　　　　　　어려서 아이들과 놀 때에도 돌을 세워 부
　　　　　　　처라 하고, 모래를 쌓아 올려놓고 탑이라
　　　　　　　하며 놀음.

1529년(중종 24년) 어머니가 죽고 이듬해에 아버지마저 죽
　　　　　　　음.

1530년(중종 25년) 의지할 데 없는 운학의 총명함을 알아본
　　　　　　　안주 목사 이사증에 의해 양육됨.

1532년(중종 27년) 이사증이 서울로 데리고 가 성균관에서
배우게 하여 3년 동안 글과 무예를 익힘.

1535년(중종 30년) 과거를 보았으나 뜻대로 되지 않아 친구
들과 같이 지리산의 화엄동, 칠불동 등을
구경하면서 여러 사찰에 기거하던 중, 영
관대사의 설법을 듣고 불법을 연구하기
시작함.

1540년(중종 35년) 지리산에서 수행하면서 수계사 일선, 증
계사 석희, 육공, 각원, 전법사 영관을 모
시고 계를 받음.

1549년(명종 4년) 승과에 급제하여 대선을 거쳐 선교양종판
사가 됨.

1556년(명종 11년) 선교양종판사직이 승려의 본분이 아니라
하고, 이 자리에서 물러나 금강산·두류
산·태백산·오대산·묘향산 등을 두루 행각
하며 깨달음을 더욱 갈고 닦음.

1589년(선조 22년) 정여립 사건에 연루된 요승 무업의 무고
로 투옥되었다가 석방됨.

1592년(선조 25년) 임진왜란이 일어나자 전국에 격문을 돌려
서 각처의 승려들에게 나라를 구하는 데

앞장서게 함.

제자 처영은 지리산에서 일어나 권율의 휘하에 들었으며 사명은 금강산에서 1천여 명의 승군을 이끌고 평양으로 진군함. 서산 또한 순안 법흥사로 1,500명의 승려를 집결시킴.

1593년(선조 26년) 1월 명군과 협력하여 평양성을 수복함. 10월 선조가 서울로 환도할 때 700여 명의 승군을 거느리고 개성으로 나아가 어가를 호위하여 맞이함. 선조가 팔도선교도총섭의 직함을 내렸으나 나이가 많음을 이유로 군직을 제자인 사명에게 물려주고 묘향산으로 돌아가 나라의 평안을 기원함. 이때 선조는 '국일도 대선사 선교도총섭 부종수교 보제등계존자'라는 최고의 존칭과 함께 정2품 당상관 직위를 하사함.

이후 금강산, 지리산, 묘향산 등 여러 산을 오가며 불도에 정진함.

1604년(선조 37년) 1월 묘향산 원적암에서 설법을 마치고 자

신의 영정을 꺼내어 그 뒷면에 "80년 전
에는 네가 나이더니 80년 후에는 내가
너로구나."라는 시를 적고 유정과 처영에
게 유훈을 전하게 한 다음 가부좌하여 앉
은 채로 입적함. 나이 85세. 법랍 67세.
입적한 뒤 21일 동안 방 안에서는 기이
한 향기가 가득하였다고 함.

묘향산의 안심사, 해남의 표충사, 밀양의
표충사, 묘향산의 수충사에 제향함.

장편소설 서산대사를 전후한 한국사 연표

1587년(선조 20년) 2월 녹도 가리포에 왜구가 침입함.

9월 일본 사신 다치바나 야스히로가 와
서 통신사 파견을 요청함.

1588년(선조 21년) 2월 일본 사신 소 요시토시, 겐소 등이
통신사 파견을 요청함.

1599년(선조 22년) 6월 소 요시토시 등이 다시 옴.

9월 왜국으로 통신사 파견을 결정함.

11월 황윤길, 김성일, 허선 등이 통신사에
임명됨.

1590년(선조 23년) 2월 일본 측이 왜구에 편입되어 있던 반
민 사을배동을 조선에 보냄.

3월 통신사 일행이 소 요시토시 등과 함
께 왜국으로 떠남.

11월 통신사 일행이 도요토미 히데요시를
만나 답서를 받음.

1591년(선조 24년) 1월 통신사 일행이 소 요시토시 등과 함

께 부산포에 도착함.

2월 이순신이 전라좌수사로 임명됨.

10월 일본이 대륙을 침략하려는 사정을
명나라에 보고함.

1592년(선조 25년) 4월 임진왜란이 일어남. 선조가 한양을
떠나 개성으로 피난함.

5월 선조가 개성에 도착함. 선조가 다시
평양으로 향함.

6월 이순신이 당포, 율포 해전에서 승리
함. 선조가 의주에 이름. 여러 지방
에서 의병이 일어남.

7월 이순신이 한산도에서 대승을 거둠.
명나라 장수 조승훈이 평양성 탈환
에 실패하고 사유가 전사함. 임해
군, 순화군이 회령에서 가토 기요마
사에게 사로잡힘.

8월 조헌이 청주성을 회복함. 조헌과 승
장 영규 등이 금산 싸움에서 패하여
전사함.

9월 이순신이 부산의 왜 수군을 무찌름.

박진이 비격진천뢰로 경주성을 수복
함. 의병장 정문부가 경성을 수복함.

10월 김시민 등이 진주성을 굳게 지켜 왜
군을 격퇴함.

12월 심유경이 평양에서 고니시 유키나
가, 겐소 등과 회담함. 명나라 이여
송이 명군을 거느리고 압록강을 건
넘.

1593년(선조 26년) 1월 조선군, 명군이 평양성을 포위함. 고
니시 유키나가 등이 평양에서 패하
여 남으로 달아남. 이여송의 벽제관
에서 패전함.

2월 권율 등이 행주산성의 왜군을 크게
무찌름. 가토 기요마사가 한양으로
되돌아감.

4월 심유경, 사용재, 서일관 등의 강화협
상단이 용산에서 고니시 유키나가와
회담함. 왜군이 한양에서 남쪽으로
물러감.

5월 도요토미 히데요시가 나고야성에서

심유경, 사용재, 서일관 등의 강화
협상단과 만남.

6월 2차 진주성 전투에서 조선군이 패하
여 진주성이 함락됨.

7월 심유경이 일본에서 한양으로 돌아
옴. 임해군과 순화군이 풀려남.

8월 이순신이 삼도수군통제사로 임명됨.

10월 선조가 한양으로 돌아옴.

1594년(선조 27년)   2월 훈련도감을 설치함.

4월 승장 유정이 서생포에서 가토 기요
마사와 만남.

11월 김응서가 고니시 유키나가와 만나
강화를 논의함.

12월 왜장 나이토 조안이 납관사로 북경
에 이르러 화의를 청함.

1595년(선조 28년)   4월 고니시 유키나가가 명나라 책봉 사
절의 일본 방문을 보고하기 위해 일
본으로 돌아감.

6월 고니시 유키나가가 웅천의 진영으로
다시 돌아옴.

11월 명나라 책봉 사절 이종성이 부산의
왜군 진영으로 들어감.

1596년(선조 29년) 1월 심유경이 고니시 유키나가와 함께
일본으로 건너감.

4월 이종성이 왜군의 진영을 탈출하여
도피함. 고니시 유키나가가 다시 부
산으로 돌아옴.

5월 명의 책봉 사절 양방형 일행이 일본
으로 건너감.

8월 통신사 황신 일행이 일본으로 건너
감.

윤8월 황신이 양방형 일행과 일본의 사카
이에 도착함.

9월 도요토미 히데요시가 명의 책봉 사
절을 접견하고 임명장을 받음. 책봉
만 되고 자신이 제시한 강화조약에
대한 명측의 입장이 없자 격노하여
강화 회담이 결렬됨.

1597년(선조 30년) 1월 도요토미 히데요시가 조선 재침략을
명령함. 이순신이 하옥되고, 원균이

경상 우수사 겸 통제사로 임명됨.

6월 명나라 장군 양원이 남원성에 들어
　　감. 왜군이 현해탄을 건너 재차 침
　　입함.

7월 원균이 가덕도에서 왜 수군에 패함.
　　원균이 칠전도에서 크게 패전하고
　　전사함. 이순신이 삼도수군통제사에
　　다시 기용됨.

9월 고니시 유키나가가 순천의 예교에
　　성을 쌓음. 이순신이 명량 해전에서
　　왜군의 수군을 크게 격파함.

10월 가토 기요마사가 경주를 거쳐 울산
　　으로 철퇴함.

1598년(선조 31년) 1월 명나라 군대가 울산성을 총공격했으
　　나 승전하지 못함.

2월 이순신이 고금도로 진영을 옮김. 명
　　나라 도독 진린이 수군을 거느리고
　　구원하러 옴.

6월 경리 양호가 본국으로 돌아가고 그
　　를 대신하여 만세덕이 옴.

7월 이순신이 고금도 근해에서 왜의 수
　　군을 크게 격파함.

8월 도요토미 히데요시가 죽음. 조선에
　　출병한 병력의 철수를 유언으로 남
　　김.

11월 울산, 사천, 순천의 왜군이 본국으로
　　철수함. 이순신이 노량 해전에서 왜
　　의 수군을 크게 격파하고 전사함.
　　모든 왜군이 본국으로 철수하여 왜
　　란이 끝남.

1604년(선조 37년)　　승장 유정을 쓰시마 섬으로 보내 쓰
　　시마 도민의 부산포 교역을 허락하
　　고, 왜국의 사정을 정탐하도록 함.